講談社文庫

改訂完全版

火刑都市

島田荘司

JN054925

講談社

目次

改訂完全版　火刑都市

第一章　消えた女

1.

　昭和五十七年十二月一日、四谷《よつや》で放火と思われる火事があった。正確には新宿《しんじゅく》区四谷二丁目、四ツ谷駅のすぐ目の前の雑居ビルである。

　主任が名を呼んだので、一課殺人班の中村吉造《なかむらきちぞう》は窓ぎわで振り返った。ガラスにもたせかけるようにしていた体を起し、出払ってガランとした放火班の連中のデスクの脇を、主任の方に向かって歩いていった。

　主任のデスクの電話が鳴っていたのは知っていた。頃合いからいっても四谷の放火班からの報告であろうと思っていた。主任はまだ受話器を握っている。たいていこうしてことは始まる。

「中村君」

ともう一度主任は名を言った。

「例の四谷の雑居ビルの火災現場から、ガードマンの焼死体が出た。しかし、どうも連中の気に入らん理由があるらしい。小谷《こたに》君と一緒に、すぐ行ってくれないか」

見ると小谷は、後ろでもうコートの袖に手を通しはじめている。

「殺しですか？」

中村は一応尋《たず》ねた。

「まだ解《わか》らん」

主任は答えた。

「若いガードマンが、彼自身の詰め所で焼死体になってる。こいつが、ガードマンのくせに、自分の詰め所に火が廻るまで逃げもせず、消防署に電話もせず、おとなしく焼け死んだんだそうだ」

中村は、黒いベレー帽と、ハーフコートをとるため、自分のデスクに戻りながら考えた。なるほど、それは納得できない。

小谷は若い刑事だった。中村とのコンビはまだ一年にもならない。日本の刑事は、よほどの場合を除き、たいてい二人一組で行動する。おそらく若い後進を年長者に指導させるためと、刑事捜査というやつは金持ちや若い女の秘密を知るケースもままあるから、恐喝《きょうかつ》などの犯罪行為への誘惑を感じやすい。これらを牽制《けんせい》する意味あいもあるのだろう。一人歩きが好きな中村は、時おりこの慣習が愉快ではない。

燃えたビルは、午前中の陽に、すすけた肌を露骨にさらし、野次馬連中のよい見世物になっていた。

野次馬よけのロープをくぐると、顔見知りの放火班の岡江《おかえ》が、向こうで二人を見つけた。

「全焼ってほどじゃねえんだな」

と中村の方で口をきった。

「違いますね」

と若い岡江は言う。

「地下の資材置き場への放火ですね、灯油をぶちまけて火をつけたと思われます」

「ふうん、そのガードマンの男は、何してたんだろう」

二人は肩を並べて歩きだした。

「それなんですがね、眠ってたとしか思われないわけです」

「眠ってた？　自分が黒こげになるまで目を覚《さ》まさなかったわけか」

「ええ。というのもですね、詰め所に仮眠用のベッドがあるわけです。土屋《つちや》、というんですがね、彼の死体が発見されたのはそのベッドの上なんですからね」

「外傷は？」

「詳《くわ》しいことは解剖の結果を待たなくちゃなりませんが」

「うん、うん」

「さっきざっと調べたところでは、外傷はないって話でした」

「ふうん、じゃあやっぱり眠ってたということか」

「そうなりますかね。しかし警備保障会社の方じゃ、さっきそう言ったら蒼《あお》くなってましたよ。土屋君の過去の業績からみてそんなことは到底考えられない、何らかの事情があるに相違ないんで、どうかマスコミにはこのことはご内密にと言ってましたよ」

「ふん、会社の信用問題だからな。誰かが、ゆうべ土屋を訪ねてきてたらしい形跡ってのはないのかい?」

「ガードマンの詰め所にですか?　なさそうですね。お茶を出したなんて跡はないし、争った形跡もなさそうです。以前よりビルにあるものがなくなってたり、破損していたり、そういった類《たぐ》いのこともないですね、ただ……」

「ただ?」

「土屋は睡眠薬入りの瓶《びん》をカバンに所持してはいましたがね」

「睡眠薬の?　土屋は普段からそんなものを持ち歩いてたのかね?」

「いやそれが、警備会社の方の話じゃ、そんなことは考えられないというんですよ。土屋が睡眠薬の瓶を持っているなんてのももちろん、呑んだって話も聞いたことがないっていうんです」

「なるほど」

「それからですね、ついでに土屋は夜勤中に眠るような男じゃないとこういうんですね。どうも匂うでしょう？」

「確かに、気に入らんな。解剖の結果、胃から睡眠薬が出るって話にでもなると、かなり決定的になってくるがな……。ただし、そうなっても、殺しとは限らんわけだ」

「ええ、自殺という線もあります」

「そうだ」

「これは中村さんの領域ですがね、ぼくが聞いた限りじゃそういう雰囲気はまるでなかったようですね。むしろ近々いいことがあるんだって、うきうきしていたらしいです」

「いいことって？」

「そりゃあとで会社の方で聞き込んで下さいよ。あまり詳しくは聞いてないんでね」

「了解。会社の名と、被害者の姓名を教えてくれ」

「会社は西新宿にある日伸《にっしん》警備保障、日本の日に、伸びると書きます。正確には日本伸興警備保障ですね。ガードマンの名は土屋昌利《まさとし》、二十六歳。小田原《おだわら》出身だそうです」

　岡江は警備会社の正確な住所と電話番号を中村に告げた。中村は手帳に書き取った。

　放火の被害にあった雑居ビルは飲み屋と事務所で埋まっており、六階建てだが空《あ》き部屋はない。最も被害の大きい地階には、四軒の飲み屋が入り、一階には喫茶店と薬屋、本屋が入っている。

しかしビルに住む人間は一人もなく、したがって焼死者は土屋が一人だけである。負傷者もない。だが地下の四軒の飲み屋はすべて全焼、一階も全焼もしくは半焼、二階と三階の一部も何らかの被害を受けている。土屋の死体の出たガードマンの詰め所は一階にあり、地下へおりる階段およびエレヴェーターの、ごく近くに位置していた。

放火の推定時刻は、一日の午前一時すぎと思われる。土屋の死亡推定時刻はまだ解らない。これらの事実を頭に入れ、現場をざっと見ると、解剖の結果を待たず、中村と小谷は西新宿へ廻った。

日伸警備保障は、従業員五十人足らずの小さな警備会社である。常時学生アルバイトを百人程度使っている。土屋昌利も、私立のK大在学中から日伸警備保障でアルバイトを続けており、卒業と同時に、当時彼の面倒をみていた社員の勧めもあって正式に入社したのだという。中村たちの前に、日伸警備保障専務と書かれた名刺を出した木村《きむら》という男は、そう説明した。

「その社員の方は今、いらっしゃいますかな?」

中村は訊《き》いた。

「いや、福住《ふくずみ》という男なんですがね、彼は辞めました。地方で、ま、似たような仕事をやっておるようです」

「そうですか。では土屋さんと特に親しかった方というと、どなたですかな？」

中村は、衝立《ついたて》で囲まれた簡素な応接間の、これまた質素な合板のテーブルの、印刷された木目を見ながら尋ねた。

木村専務は大仰《おおぎょう》に顎《あご》をのけぞらせるような仕草《しぐさ》をして、天井を見た。

「そうですな……」

その時、女の子がお茶を持って入ってきた。中村と小谷は揃ってちょっと頭を下げた。専務は話を中断して刑事二人に茶をすすめた。

「土屋君は、なんというか、非常におとなしい、目だたぬ男でしてね、まあ、友達を大勢作るような男じゃなかったですな。特定の友人というのはないが、友人というならまあ、私も含めて、社員はみんな彼の友人でした」

中村には、木村専務のこの言い方がいくぶん不自然に聞こえる。彼は、この言葉の裏にあるものを読もうとした。

「ほう、と言われますと？」

「ご覧の通り、貸ビルの一室で営業しておるようなこんなちっぽけな会社ですんで、社員とはみんな家族づき合いですよ。ですから土屋君のことは、私もよく知っておりました。彼の同僚と同じくですな。私などむしろあいつと親しい方だったかもしれん」

「しかし、専務さんとは歳《とし》がずいぶん離れておるでしょう。歳が近い社員仲間の方が、酒ひとつ飲みにいくにしても……」

「いや、その酒を、土屋はほとんど飲まんのです」

手をあげ、中村の言を遮《さえぎ》って木村専務は言う。

「飲めなかった」

「そう、ビールならコップ一杯、酒ならおちょこ三杯がいいとこです。ですから友達もできなかった」

「ふむ、なるほど。木村さんは、今土屋さんのことをよく知っていたと言われましたな？」

「はい。申しました」

「ではひとつ、彼の人となりを詳しく聞かせていただけませんか？」

「はあ、それはよろしゅうございますが……」

と言って木村は釈然とせぬ顔をした。何故《なぜ》そんな必要があるのだろうと言いたげだった。

中村はこの男の考えていることがよく解った。彼はさっきから、ただひたすら社の世間体を慮《おもんぱか》っているのだ。こんな小さな会社だからこそ世間的な信用が何ものにも優先する。だから、あるいは土屋に親しい社の同僚がいなかったというのも嘘かもしれぬ。彼から土屋に関する、社にとっての不利益な発言がなされることを怖《おそ》れている可能性はある。

今や土屋昌利という男は、会社の体面に泥を塗りかねぬ存在となっている。彼は、事情はどうあれ、勤務中眠り込み、放火魔の犯行を許したのだ。これは専務にとってはゆゆしい問題であろう。上司としては、この厄介な事実を、なんとか好ましい方向に導かなくてはなるまい。彼は当初よりその問題で頭がいっぱいであるために、刑事たちの思惑に思いがいたらないでいるのだ。

中村たちが考えていることは、これが殺人である可能性である。さもなければ自殺の可能性だ。もしもこれが殺しであるなら、土屋は当然被害者にふさわしい人物でなくてはならない。他人の怨《うら》みをかいやすい人物ではないか？　賭けごとや金銭面に関してはどうか？　女関係はルーズではないか？　借金はどうか？　これらが今刑事たちのなにより知りたい問題である。そのためには、土屋という人物をできるだけ正確に知らなくてはならない。その目的のためには、この専務という立場にある男は、あまり都合のよい相手ではないかもしれない。

刑事には言ってみれば二種類がある。相手にざっくばらんに腹の中をうち明けて訊くタイプと、隠すタイプである。中村はどちらかといえば後者に属する。したがって彼は木村に、「土屋さん、誰かに殺された可能性があると思われますか？」とは尋ねなかった。

「そうですな、土屋君は」

と木村専務は話しはじめた。

「身長は一メートル八十ありましてね、体は大きかったですよ。がっしり型でね、横幅もあるし、当社でも体からいえば、一番大きいくらいかもしれませんね。学生時代は柔道をやっておったようでね、したがってこの仕事にはまさにうってつけでした。

性格的には無口で、人づき合いはへたな方でした。生活態度や勤務状態は、真面目のひと言ですよ、上に馬鹿がつくくらいのね。仕事で手抜きはしませんしね、女遊びはしないし、酒もほとんど飲まない、賭けごとはいっさいやらないし、マージャンも、できることはできるのだろうけれど、ほとんどやっているふうはなかったですな」

「煙草はどうです？」

「煙草は喫《す》っておりました。しかし競輪、競馬、競艇、パチンコ、いっさいやっていたふうではないです」

「ほう……、では趣味は？」

「趣味はない、と当人は言っておりましたな」

「ほう、それはしかし……、しかしそれでは、おたくにとっては得がたい人材だったでしょうな」

「それはもう。ですから今度のことでは、われわれはほとほと当惑しておるわけです。わけが解らんのです」

これはまさしく本心のようにみえた。

「すると、末はおたくの中枢《ちゅうすう》となって、社をしょって立つような存在だったわけですな？」

専務はちょっと苦笑した。

「ええ、まあ……」

「土屋さんの将来は明るいものがあったわけですな？　末は重役の椅子にもすわるべき人物であったと」

「いやまあそういうものには器《うつわ》というものもありますのでね、一概にそうも言いきれませんが……」

重役のこの言葉は、真面目人間ではあるが、頭脳に関してはさほどのものではなかったというふうにも取れる。言われてみると、私立のK大という大学は、学力のランクでは低い方に位置する。

「するとですな、土屋さんは仕事ぶりは真面目、酒はほとんど飲まず、賭けごとにも手は出さない。そうなると借金の類いはなかったでしょうな」

「ないでしょう。少なくとも私のところに金の話を持ってきたことはないですし、社内でもそんな話は聞いてません」

「サラ金で金を借りてたなんてことは……」

「ないでしょう」

「金に関してはきれいなもんだった」

「そうです。生活態度が彼の場合、地道でしたので」

「彼の場合、人の怨みをかうといったような可能性ですね、これはいかがですかね？」

専務は、この時はじめて刑事たちの訪問の意図が察せられたようであった。時間をかけて二度ばかり大きくうなずき、

「土屋君の場合、そういうことは絶対にないです」

と断言した。

「社の仲間連中と、うまくいっていたわけですな、土屋さんは」

「ええ、それもそうですが、うまくいくというよりなにより、彼はおとなしい、なんと言うか……、目立たない男ですからな、人に怨まれるような、そういうタイプではないですよ、全然」

「ふむ……」

「彼が誰かを怨むというなら解りますがね、怨まれるなんてね、論外ですよ」

「そうですか」

中村は少し気が抜けた。

「土屋さんは独身でしたか？」

「独身でした」

「婚約者がいるふうではありませんでしたか？」

「そういう噂もあるにはありました。しかし、実物を見た者はおらんでしょう。なにしろああいう性格でしたのでね。しかしこの問題に関してなら私より詳しい者もほかにいるかもしれません」

「近々結婚なさる予定だったのですか？」

「そんな噂もありましたな、私は直接聞いてはおりませんでしたが。ですから土屋君は、近頃は柄にもなく浮かれておったようですがね」

　では自殺の可能性も消える。

「その女性の素性《すじよう》や、姓名は、聞いてらっしゃいませんな？」

「聞いてませんな、今お話ししたような事情ですのでね」

「土屋昌利さんの現住所はどちらでした？」

「小田急線の千歳船橋《ちとせふなばし》でした。大学が小田急線沿線にありましたのでね、学生時代からずっとこの沿線に住んでいたようです。正確な住所や、本籍地が必要でしたら、あとでコピーさせますが」

「お願いします」

「承知しました」

「時にですな、土屋さんはカバンに睡眠薬を所持しておられたらしい。土屋さんは、普段から睡眠薬を持ち歩くような人だったかどうか、そのへんに心当りはありませんですかな？」

「睡眠薬？」

専務は目を丸くした。

「ちょっと考えられんですな」

と言った。

「土屋君というのは、薬なんぞとはまるっきり無縁のようなタイプの男でしたのでね。あいつが睡眠薬を服用してたなんて聞いたら、私だけじゃなく、社の誰だってみんなびっくり仰天《ぎょうてん》しますよ」

「そうですか」

「第一睡眠薬ったって、近頃じゃ医者の処方箋がなきゃおいそれとは手に入らないんでしょう？　土屋君は、まあ私の知る限り、医者にかかったことはないでしょうなあ」

中村は、専務との話をそれで切りあげた。次に、土屋昌利と同年代の同僚と話したいと言ったら、たまたま社にいた池内《いけうち》という男を紹介してくれた。彼はガードマンの制服を着ていた。歳は土屋と同じ二十六歳だと言う。

明るい性格らしく、中村の質問に彼は実に好意的に答えてくれた。しかし彼からも、専務から得られた以上の情報は得られなかった。土屋は、酒も飲まず、女にも賭けごとにも手を出さず、真面目に仕事をする品行方正な青年で、人の怨みをかうタイプではない——、池内の証言もそうだった。

だがこの答えは専務あたりからの指示かもしれない。口裏を合わせるための時間は充分にあった。彼は睡眠薬の話には驚かなかったが、それは放火班との話ですでに聞かされていたせいらしい。当初聞いた時は、やはり驚いたと言った。

「小谷君、君の方から何かあるかい？」

中村は同僚を振り返って訊いた。

「ええ、土屋さん、借金がないというのは解りましたが、彼が他人に金を貸しているということはないですか？」

小谷はそう訊いた。しかしガードマンの答えはあっさりしたものだった。

「そういうことはないです。少なくとも社内ではないですし、あいつは人に金を貸すようなタイプではないですね」

彼らはみんなこんなふうに言う。何々するタイプではない——。土屋は人に金を貸すタイプではない。借りるタイプではない。女遊びをするタイプではない。酒を飲むタイプではない。バクチをやるタイプではない。

ではいったいどんなタイプなのか？　いるのかいないのか解らないほど黙々と仕事をし

て、黙ってアパートへ帰っていくようなタイプだということか。では、放火現場で焼死体になるようなタイプでもない。

「土屋さんは、それじゃずいぶんと貯金も増えてたでしょうな」

中村が妙なことを訊いた。

「だいぶ蓄《た》めこんでるって噂でしたね。そりゃ貯金してたでしょう。でもぼくらは薄給ですからね、せいぜい百万か二百万か、そんなのがいいとこじゃないですか」

「彼は何か、目的があって貯金してたのかな？」

「それは結婚するためでしょう」

「結婚か。婚約者がいたという話でしたね？」

「ええ、そういう話でした。なんでもすごい美人だという話でしたが」

「ほう、会った人がいるんですか？」

「どうでしょう、ぼくは知りませんが、もっぱらの噂で……。誰が火もとか、ちょっと調べてみましょうか？」

「お願いしますよ」

するど池内は、身軽に腰をあげた。衝立の向こう側へ行き、女の子あたりと話しているらしかった。火もとか、と中村はつぶやき、苦笑した。

「解りましたよ、今野《こんの》という男でしてね、経堂《きょうどう》の街で今年の夏、二人を見かけたらしいんです」

「その方は、今？」

「あいつはゆうべ渋谷で夜勤だったはずですから、今頃はアパートで寝てるんじゃないですか」

「アパートはどちらです？」

「経堂です。土屋と同じ小田急線ですのでね、それで偶然出会ったんでしょう。正確な住所を、コピーさせましょうか？」

「お願いします」

中村は、今野と土屋の現住所のコピー、それから土屋の写真と、小田原の実家の住所の写しをもらって日伸警備保障を出た。正午だった。見あげると、新宿の高層ビル群が、高くなった冬の陽を受けて頭上できらめいた。どこからかジングルベルが聞こえた。

どこにでもあるケチな事件だ、と中村はその時思った。どうやら殺しですらないらしい。どんなかたちにしても、年内にはケリがつくだろう、そう考えた。

しかし、そうはいかなかった。

2.

小田急線に乗り込む。空いた席を見つけ、腰をおろすと、中村は茶のコーティングのかかった眼鏡を少し持ちあげ、土屋の写真を覗《のぞ》き込んだ。中村の背後の窓を、新宿の高層ビル群がゆっくりと移動していく。

土屋は平凡な容貌《ようぼう》の男である。目は小さく、顔の輪郭は小判形で、鼻は丸い。見たところ、確かにおとなしそうだ。これは桜田門《さくらだもん》の新規採用者の写真でよくお目にかかる種類の顔である。

「どうだい」

中村は写真を小谷に渡した。

「なんだか他人のような気がしませんね」

小谷も言った。言われてみると、小谷もそんなような顔をしている。

「いい男の部類には入らんでしょうね」

小谷があきらめたように言い、五分刈りの頭をぶるんと撫でた。

「まあ、人様に嫉妬《しっと》されたり、妬《ねた》まれて殺されるようなタイプの男じゃないな。それから、そう言っちゃホトケに悪いが、そんなすごい美人を、カミさんにもらえるようなタイプにゃ見えねえな」

「はあ、そのようです」

「だから、もしこいつが殺しだとすりゃあだが、匂うのはその女だ。この婚約者の存在を除いて、あとは隅から隅まで平々凡々としてるんだ。ごくごく日常的ってやつだ。ただひとつ、この女だけが少々異常なんだ。このささやかな異常が、殺してえ大きな異常に、ひょっとしてつながっているのかもしれん。とにかく、この女をすぐ洗い出さないとな」

経堂でおりると、二人は駅前の中華料理屋で軽く昼食をとり、今野のアパートへ向かった。この街は四、五年前、警察官による女子大生暴行殺害があったところだ。あれは嫌な事件だった。

今野のアパートは、木造モルタルの、昔からよくあるタイプのものだった。階段が外についていないので、二階へあがるには靴を脱がなくてはならない。一階の廊下の隅に、ピンク色の電話器が見えた。

二人の刑事が今野の部屋をノックすると、廊下の突き当りで歯を磨《みが》いていた男が、びっくりしたように振り返った。腫《は》れぼったい目をして、髪も逆立《さかだ》っている。今起きたばかりと見える。今野だった。

黒革の手帳を見せられ、大急ぎで布団をあげる今野を、刑事たちはドアの陰から見ていた。終ると、まだもうもうと埃《ほこり》が舞う中を、三人は電気炬燵《こたつ》にすわった。お茶を淹《い》れるために立とうとする今野を手で制して、中村が言う。

「このアパートは、独身の方ばかりが住んでらっしゃるのかな？」

「はいそうです」と言ってから彼は、

「こんな汚ないアパートですから、女の人は入りませんよ」

とつけ加えた。

見ると、今野はまだずいぶんと若い。童顔のせいかもしれないが、まだ二十歳《はたち》そこそこのように見える。

「日伸警備に入って、もう長いの？」

「いえ、まだ一年です。でも、その前にずっとバイトしてましたから、長いといえば長いです」

「ああ、君も。すると君もK大？」

「いえ、ぼくはS大です。このあたりにはK大とS大が多いんです」

「そうか、日伸警備保障の社員も、そのK大とS大の卒業生で大半という感じかね？」

「はい。いえ、K大は多いですが、S大はどうかな……、T大、W大も同じくらいです」

「そう、やはり先輩のコネで入ってくるのかな？」

「先輩のコネでアルバイトに来るんです。その中から肌の合う者は本就職するという感じですね」

なるほど、と中村は思った。自然にそういうシステムが生まれたものだろう。

「ところで君、社の土屋昌利さん、知ってますね?」

「はい知ってます」

「親しかった?」

「はあ、いえ、特に親しくはないです。あの人はとっつきがよくないですからね」

「でも同じ小田急沿線だろう? 遊びにいったり、それとも来たりってことはなかったの?」

「ないですね。あんまり社内の先輩の家へ行くなんてことはないです」

「どうして?」

「どうしてって、会社出てからもペコペコしたくないですからね」

「なるほど。土屋さんと、社内で特に親しくしてる人ってのはいなかったの?」

「いないですね」

「専務さんとか、池内さんとか?」

「専務さんとも、池内さんとも、ぼくとも親しくはしてました。同じくらいですね、みんな」

「K大の後輩は?」

「あの人は、後輩だからって特別面倒みる人じゃないですからね、みんな同じですよ。あの……、土屋さんがどうかしたんですか?」

今野は、ただならぬ気配を察しはじめたらしかった。

「ニュースを聞いてませんか？　四谷のビル火災」

「………」

「土屋さんは、昨夜亡くなったんですよ」

「亡くなった⁉　本当ですか！」

そう言ったなり、今野は絶句した。中村たちの見る限り、この驚き方に文句はなかった。演技ではない。

「驚いたな……。今朝社に連絡を入れた時、何も言ってくれなかった」

「まだ不明の点が多かったのと、君をぐっすり眠らせたかったからだろうね。それでだね」

今野の放心は続いているふうである。

「土屋昌利さんには、婚約者がいたそうだね？」

「婚約者が？　はあ、そうですか……」

「知らんのかい？　日伸警備の中では、君がその婚約者を見かけたただ一人の人間らしいんだよ。君、その女性を見たんだろう？　この経堂で」

「ああ！　ええ、見かけました」

「われわれとしては、この女性と早急に会わなくちゃならないんだ。その女性のことをで

けですから」

「しかし、教えるといっても、今年の夏一度だけ、それもほんのちょっと見かけたってだ

きるだけ詳しく教えてくれないか」

「会ったのはそれだけ？」

「そうです」

「話はしなかった？」

「すれ違った時、土屋さんとは挨拶《あいさつ》をしましたよ。こんにちはって、それだけです」

「立ち話なんかは」

「しません」

「どんな女性だった？」

「すごく可愛い人でしたね。小柄で、土屋さんの肩くらいまでしかありませんでしたから

ね。身長は、一メートル五十あるかないかくらいでしょう」

中村は手帳を出した。

「美人だった？」

「美人っていうより、可愛い感じですね。テレビなんかで、ああいう娘《こ》、よく見る感じだ

なあ、目が大きくて」

「ほかには？」

「ほかにはと言われても、ぼくはちらっと見ただけですから」

「髪型なんかは」

「髪はこの肩くらいまでで、よく最近の娘がやっているでしょう、サーファーっていうのでもないけど」

「染めているとか、なにか特徴はないかね？」

「そう言われてみると、茶色く染めていたような気もするなあ……」

「なにか特徴的なこと、憶えてないかね。たとえば、一見して水商売ふうだったとか、化粧が濃かったとか」

「いやぁ、そんな感じは全然しなかったです。普通の、女子大生みたいな感じでした。化粧っ気もほとんどなかったように記憶してますけど」

「化粧っ気はなしか。すると、ずいぶん若い娘だったんだね」

「そうですね、高校を出たばっかりみたいに見えましたね」

「どんな服を着てた？」

「足が、見えてたような記憶があるから、たぶんジョギングパンツを穿《は》いていたんだと思います、夏でしたから。上は憶えてませんね」

「その女性の名前とか、出身地とか、解らないかな」

「そんなの、とても解りませんよ。ぼくはその時ほんのちょっと見かけたってだけなんだもの。アパートへ行けば解るんじゃないですか？　それとも土屋さんの実家とか」

「もう一緒に暮してたのかな？」

「ぼくは土屋さんに直接聞いたわけじゃないから知りませんが、そういう噂でしたね」

「そういう噂？」

「土屋さんはよく夜勤の時、弁当を持ってきていたんですよ」

「なるほど、弁当をね。手造りのかね？」

「そうです」

ということは土屋は、この小柄で可愛い女とすでに同棲《どうせい》していたのか——？　しかしまだ籍は入れてなかったのであろう。そして近々正式に結婚するつもりでいた。

となると、今千歳船橋の土屋のアパートへ行けば、この女に会えるということだろうか——？

「刑事さん、土屋さんがどういう死に方をしたのか教えてもらえませんか。警察の人が調べてるってことは、犯罪の可能性があるんですか？　まさか、殺されたんじゃないでしょうね？」

「焼死だよ。焼け死んだんだ。悪いがこれからすぐ千歳船橋へ廻らなくちゃならないんでね、君にゆっくり説明しているひまはないんだ。会社へ電話して聞いてくれ。邪魔したね」

言って、中村と小谷は立ちあがった。

3.

小田急線の千歳船橋の駅から土屋のアパートまでは、徒歩で十分程度の距離だった。今度のアパートは、今野のアパートよりはだいぶ上等だった。だが鉄筋ではない。金属の階段を登ると、廊下に洗濯機が並んでいる。住人のほとんどが夫婦者らしい。

土屋の部屋は、二階の手前から二番目だった。ドアに、日伸警備保障での土屋の名刺が、画鋲《がびょう》でとめられている。中村がノックをしたが、返事はなかった。

しばらく待ち、もう一度ノックしてみる。同じだった。次には、ノックをしながら土屋さん、と名を呼んでもみた。しかし、中に人の気配は感じられなかった。彼女は買い物にでも出かけているのかもしれない。

下で洗濯をしている主婦がいた。刑事たちは階段をおり、大家の所在を尋ねた。

大家の老人が先頭に立ち、土屋の部屋のドアを開けた。開けると大家はうしろに退《さが》った。中村が先頭に立って中へ入った。あがりぶちの三和土《たたき》で立ち停まる。しかし床には、女物の靴もサンダルもなかった。

部屋は異様なほどにきちんと片づいていた。その意味では、女の匂いがするとも思われた。が、ざっと見渡す限り、六畳と台所の一DKには、女性の持ちものと思われる何ものも見当らない。女は買いものにでも出ているのか——？

中村は、玄関の下駄箱を開けた。その程度ならなにも問題はなかろうと思ったのである。しかし、そこにも男ものの運動靴や下駄、サンダルがあるだけで、女ものの靴はなかった。

中村は異常を感じた。なかば予想していたことでもあったが。

「ここで土屋さんは、女性と暮していらっしゃるようでしたか？」

振り返り、廊下に立っている大家に訊いた。

「いいえ、私は何も存じません。私の家は離れておりますし」

老人は答え、中村はうなずく。

これは、待っても女は帰ってはこないな——、中村は、直感的にそう考えた。

「ごめん下さい。ちょっとあがらせてもらいますよ」

中村は、誰もいないことが解っている奥に向かって、一応声をかけた。それから三和土で靴を脱いだ。

あまり乱暴にしない程度に、二人の刑事は押入や机の抽斗《ひきだし》、台所の隠しや、冷蔵庫の中を調べ廻った。

気味が悪いほどに片づいている。書籍の類いは、まるではかったように正しく積みあげられ、洗濯ものはというと、下着からコートにいたるまでがきちんとたたまれ、押入の中のタンスにしまわれていた。女ものは、服も下着もなかった。

台所に廻る。冷蔵庫の中には缶入りのコーラとジュースがあるばかりだった。流しの横のカゴの中には、茶碗やコーヒー・カップが洗われて入っており、清潔なふきんがかけられている。ここにも、箸は男ものが一組あるだけで、抽斗にあるものは割り箸と、スプーンだった。

まるで墓場のようだった。それとも病院のようだった。清潔で、静かで、そして冷たかった。

中村は台所に立ちつくし、なるほど、と低く言った。

女は、逃げたのだ。

おそらく間違いはあるまい。時々遊びにきていた程度にしても、もう少し何か痕跡が遺《のこ》っているであろう。意図的に隠したのだ。自分の存在を示すものすべてを、洗いざらい持って逃げたのだ。

火事のニュースを聞き、あわてて逃げだしたということでもないようだった。それなら時間がなかったろう。これはご念が入りすぎている。時間をかけ、徹底している。計画的なやり口だ。となればいくら捜しても、ここに女の素性を物語るような何ものも遺ってはいまい。

匂いはじめた、と中村は思った。ここに最近までいた女が、いやこの様子ではついさっきまでいたように思えるではないか、そんな女が、土屋の死と無関係とは到底考えにくくなった。

逃げだすとは、自分で語ったようなものだ。何らかのかたちで、というよりおそらくは直接的に、ここにいた女は土屋の死に関わっている。

「土屋さんが、ここで女性と暮していたことはご承知ではなかったんですな？」

中村は振り返り、もう一度大家に尋ねた。

「存じません！」

めっそうもない、というように老人は首を横に振った。彼は間借人の突然の死に、まだ動転していた。

「こんなものがありましたよ」

と小谷が、奥からアルバムらしいものを持ってきた。カラー写真のアルバムだった。透明フィルムを剝《は》がし、その下に写真をはさみ込む形式のものである。

手袋を塡《は》めた手で中村がパラパラとめくると、最初のページは学生時代のものらしい。続いてガードマンの制服姿の土屋の写真。しかしそれは最初のあたりだけで、すぐに私服で海や山をバックに撮った写真に変っていく。東京、少なくとも都内の写真ではないようである。旅先で写したものと思われた。すべて彼が一人で写っている。彼以外の写真は、一枚もなかった。

これは重要な証拠物件であると刑事は思った。中村はしばらくこのアルバムに見入った。土屋が一人で写っているこれらの写真の群れは、例の女が写したものではあるまいか。土屋は友人がほとんどいなかったという。一緒に旅をして、写真を撮り合うような同性の相手はいない。となるとこれは、土屋が例の女と二人で生活をし、旅をした記録、正確にはそのうちの半分ということではないか。

女の姿は一枚もない。注意深く見ていくと、このアルバムの写真の配置に、妙なところがあるのが解ってきた。あちこち片寄っている。表面の透明フィルムを光線にすかしてみると、下にあったはずの写真のかたちがかすかに残っていた。つまり写真は、方々が抜き取られているのだ。アルバムのお終《しま》いに近づくほど、つまり最近になるほど、たくさんの写真が抜き取られていた。

この抜き取られた写真に、女が写っていたのであろう。あるいは二人が写っていたのであろう。女が姿を消す時、これらの写真をすべて抜いて、持ち去ったのだ。アルバムはいたるところ、歯が抜けたようになっている。土屋一人の写真だけが残っているからだ。アルバムは、部屋の縮小形だった。同じ種類の作為が施こされている。

アルバムを小脇に抱え、中村はさらに念入りに部屋を点検した。何もなかった。机の上も、畳の上も、埃ひとつ落ちてはいないようだった。机の上に、中に写真の入っていない写真立てがある。どうやらこの中にも、女の写真か、それとも二人で並んで写った写真が入っていたと思われた。

中村は、写真立ての縁にも指を這《は》わせた。指は汚れなかった。窓の桟《さん》も同様だった。念入りに掃除が為《な》されている。ということは、おそらく昨夜であろう。土屋をここから仕事へ送り出してすぐ、女は念入りに雑巾《ぞうきん》がけをし、自分の写真だけを丹念にアルバムから抜き取った。掃除から、まだそれほどの時間は経っていない。

これなら、女の指紋も見つからないであろう。この念入りな掃除には、そういう意味あいもあるのか。

中村はもう一度アルバムを見る。

すると——、このアルバムだけが女に迫る唯一の手段ということだ。女の顔は写っていない。したがって、いかにも頼りない手がかりではあるが。

この写真は、ほとんどが旅先のもののようだ。いや、よく見れば、学生時代のものは除いてだが、土屋の制服姿のもの以外は、すべて旅先の写真だ。そうならこれらの写真の背景から、二人の旅先の見当がつけられないか。そしてその旅先から、女の素性を語る何かが摑めないだろうか——。

けれど中村がそう思って写真を眺《なが》めても、写真は実に注意深く抜き取られているとみえ、背景に駅名や地名が写っているようなものはもちろん、旅行先をはっきり推測させるようなものは一枚もなかった。土屋の顔のアップが多い。そしてそれらの写真の背景には、変哲のない海や樹々や山が写っているばかりである。

中村は部屋を切りあげ、廊下へ出た。左隣りのドアを叩く。留守らしかった。そこは共稼ぎなんです、と大家が後ろから遠慮がちに言った。

右隣りを叩くと、四十歳くらいに見える主婦が細目にドアを開け、鼻先をのぞかせた。中村が警察手帳を見せ、手短かに事情を説明すると、ようやくドアを大きく開いた。

お隣りの土屋さんについてうかがいたいんですがね、と中村は切りだした。

「お隣りには、女性も一緒に暮しているようでしたか？」

すると主婦は不審気な顔を、しかしはっきりとうなずかせた。やはり、女はいた。

「もう長く、その人はいるようでした？　お隣りに」

「ええ……、今はいらっしゃらないのかしら？」

主婦は言った。

「いないんですよ、どうやら出ていったらしい。その女性はいつ頃からここで暮してました？」

「さあ、夏ぐらいからかしら」

「夏ぐらい、八月くらいから？」

「ええ、そう、そうですね」

「ここに、寝泊りしているようでしたか？」

「ええ、それはもう……」

「どんな女性でした?」

「どうなって言われても……、若い人よねえ」

「勤めていたふうでしたか？」

「ええ、そう、お勤めしているふうだったわね」

「それは昼のお勤め？　それとも夜？」

「昼でした」

「朝出かけて、夕方、ここへ帰ってきていたふうなんですな？」

「そうです」

中村はメモをとりながら訊いた。

「すると共稼ぎですな、解りました。いつ頃から働いている様子でした？　その女性は。ここで暮すようになってからずっと、働きに出ているふうでしたか？」

「ええ、そうみたいでしたよ」

「八月頃の時点から、ずっと働いていた」

「ええ」

「そうですか。ところで、どんな女性でした？」

隣人はこの問題になると再び言いしぶったが、もういなくなったと刑事が強調すると、眉《まゆ》をひそめるような仕草をしてから話しはじめた。

「なんだか愛想《あいそ》のない人でね」

と主婦は言った。

「最近の若い人はみんなああなのかしら。私が挨拶しても、ろくろく返事もしないんですよ」

「お高くとまっていた」

中村は調子を合わせた。

「ええ、まあ、どういうんですかねえ……、割りと綺麗な娘さんみたいだったしねえ……」

「たとえばどんなことがありました？」

「たとえば、そうねえ……、急に言われても思い出せないけど、そう、たとえばこんなことあったわね、私がお洗濯しようと思って出てきたら、うちのこの洗濯機の上にお隣りの何だか荷物がいっぱい載ってるんですよ。それで私が、ちょっとすいません、これどかしてくれないって言ったら、普通、あ、ごめんなさい、とか何とか、あわてて言うものじゃない？　それが、奥の方から低い声で、『はい、少々お待ち下さい』とこうでしたものね」

「はあはあ」

「あの、いなくなったって、あの方、奥さんじゃなかったんですか？」

「いや、まだ正式には結婚されていなかったようですな」

すると主婦は目を輝やかせて、ああそうなんですか、と言った。

「歳はいくつくらいでした？」

「さあ、二十二、三じゃなかったのかしら」

「出身地とか、名前とか、お聞きになってはいませんか」

「出身地なんてそんな、解りませんよ。お隣りのことなんか興味ありませんもの。それにそんなに話したことないし」

「あんまり親しくつき合ってはおられなかったのですな」

「ええ」

「ご主人とはどうでした？」

「ご主人も、あんまり愛想のよい人じゃなかったしね」

「このアパート内で、ほかに土屋さんと親しくなさってた方はありませんか？」

「ないと思いますね、あんまりつき合いのいい人たちじゃなかったみたい。あの、あの方、ご主人、亡くなったんですか？」

「ええ。名前はどうです？　ご主人が、彼女を呼ぶ声なんか、お聞きになったことはありませんか？」

「名前は……、さあ、聞いてないわねえ……」

「うーん、昨日、彼女を見かけましたか？」

「ええ、見かけましたよ」

「何時頃です？」

「さあ、午後でしたわね」

「昨夜はどうです？」

「ゆうべのことなんて解りません。私、お隣りばっかり注意してるわけじゃありませんから」

「今日はいかがです？」

「そういえば、今日は見てないわね」

「彼女の苗字《みょうじ》なんてご存知ないでしょうな」

「もちろん知りません」

「彼女にもう一度会えば解りますか？」

「それは解ると思います」

「たとえば、これは本当にたとえばですが、その女性のモンタージュ写真の作成をお願いできるくらい、よく顔を憶えていらっしゃいますか？」

「どうしてですの？　あの人がご主人を殺したんですか!?」

「とんでもない。これはたとえば、のお話です。いかがです」

「そうね、憶えてると思いますけど……、どうかしらね……」

「解りました。どうもお手数かけました。最後に、そのほかどんなことでもいいんですが、この女性に関してお気づきの点がありましたなら、お教え願えませんか」

「そうですわね」

「どんなことでもけっこうなんですがね、たとえばタレントや映画スターの誰それに顔が似ていたとか」

「さあ、そんなのは解りませんけど……、そう、ひとつだけ、こんなのお役にたつかどうか解りませんけど、彼女、言葉に訛りがありましたよ」

「訛りが、ほう」

「普段は懸命に隠してるみたいだったけど、確かに、かすかな訛りがあったわね」

「どこの訛りです?」

「東北だと思うわね、あれは。というのは一度だけ、ご主人からうちに緊急の電話が入ってきたことがあるんですよ。お隣り電話がないから。それで私、呼んであげてね、電話で話すの聞いてたら、かすかに訛りがありましたよ、ご主人との会話では」

「なるほど。いや、大変参考になりました。どうもお手数かけました」

中村は隣室の住人の電話番号を訊き、続いて刑事たちはアパート中の住人を聞き込んで廻ったが、女についてこれ以上の情報は得られなかった。

4.

桜田門に帰ってくると、解剖の結果が早々と出て中村たちを待っていた。岡江が詳しく報告してくれた。

土屋の胃からは、やはりかなり大量の睡眠薬が出てきたという。しかしむろん致死量には遠い。

死亡推定時刻は深夜一時半頃。これは放火の推定時刻とも合致する。地下に放火したのが午前一時すぎ、それから一階の、土屋がいたガードマン詰め所に火が廻るまでに、三十分程度かかっているということである。

死因はいうまでもなく焼死。睡眠薬を多量に服用して、あるいは呑まされて、深く眠り込んでいたところに火が廻ってきた、とこういうことになる。

夜食用に持参した弁当を土屋が食べたのは、午前零時から零時半頃であろうという。これは放火班の岡江自身、念のため日仲警備に電話を入れて確かめたと言った。徹夜勤務の者はたいていそうすると言い、土屋も例外ではなかった。

睡眠薬はこの時同時に服用したと思われる。そして眠りに落ち、約一時間後、眠りが一番深い頃、彼は割合苦もなく焼死したということになろうか。

弁当の内容物は「スブタ」であったらしい。手製と思われ、これを入れていたプラスチックの容器の残骸《ざんがい》が現場から見つかっている。さらに、土屋が茶を飲んだらしい急須《きゅうす》と湯呑み茶碗が、詰め所のテーブルの上に載っていた。この湯呑み茶碗はひとつであり、したがって来客があったとは思われない。しかしむろん、来客が犯人なら、自分の茶碗は持ち去ったろう。

睡眠薬の瓶は、彼の所持していた黒ヴィニール製のカバンの底から見つかった。カバン内にはほかにも小説本や雑誌等があったが、これらはカバンから出されてはいない。出されたものは弁当だけらしかった。

「するとこの睡眠薬を、この茶で呑み下したと、こういうことになるのかい?」

中村は岡江に訊いた。

「まあ、そう見えますね」

岡江は若いが、優秀な男である。

「今まで仕事ぶりが真面目で通っていた男が、十二時すぎたら今夜はもう弁当食って寝ちまおうと思って、睡眠薬をたっぷり茶で呑んだってわけか」

「そうですね。そして睡眠薬の瓶を、カバンのわざわざ一番底に入れたわけです」

「うーん、どうも気に入らんな……。土屋の当日の行動は、どうだったんだい?」

「新宿の会社に昨日、十一月三十日ですね、夕方五時頃出社しています。そして六時頃、社がいつも利用している仕出しの弁当屋から出前をとって、何人か一緒に食事をして、そして七時頃社を出て、例の四谷のビルに向かっています。ビルに着いたのは七時半頃で、ここで同僚と勤務を交代しています」

するると土屋が千歳船橋のアパートを出たのは四時すぎ、四時半頃ということになろうか。

中村は腕を組み、考える。その頃例の女は、ひそかに部屋の後始末を始めたはずだ。この女が、深夜にいたるまで土屋のアパートにいたのか、それとも早々に立ち去ったのか、この点は今はなんともいえないが、洗いざらい自分の痕跡を消して去ったということは、土屋昌利という自分の愛人が、翌朝部屋に帰ることはもうないと、考えたことを物語らないであろうか――？

いや、一概にそうともいえない。この二人のつき合いの深さがどの程度であったかにもよる。もし土屋が、われわれと同様この女の素性をろくに知らず、実家も女の知人も、勤め先などもいっさい知らなかったとしたなら、自分が夜勤に出た間に蒸発されたらもう跡を追いようがない。だから女は失踪しようとした。そしてたまたまその日、男が夜勤を務めているビルが火災に遇《あ》った――。

しかし、そんな偶然があり得るものだろうか？　睡眠薬の問題もある。

さらに、この二人は今年の夏の時点からずっと同棲してきている。夏には連れだって経堂の街を歩いて、社の後輩に姿を見られたりもしている。少なく見積っても四、五ヵ月、二人の関係は続いていた。その間女が、自分の両親の実家――隣人の証言からすれば、それは東北ということになるのだが――も教えずにいるものだろうか？

やはりそれは考えにくい。男は近々結婚するつもりでいた。この二人の出会いのいきさつは不明だが、男が結婚を決意していたということは、彼がこの女について、あらゆることを知っての上だったと考える方が自然だろう。なにひとつ素性を知らぬ者と結婚しようなどとは、人間たいてい考えないはずだ。

そして男がうきうきしていたということは、女の方も男の意を承諾していたということだろう。それが男が死ぬ日、念入りに男のアパートから自分の痕跡を拭い去って失踪した。

やはりこの女は、土屋の死を知っていたと考えるべきだ、中村は思う。どこから見ても重要参考人である。早急にこの女を洗い出す必要がある。今のところぷっつりと姿は消え、たどるべき手がかりひとつないらしく見えるが、いくら土屋が人嫌いでも、彼の知人関係をあたれば何か出てくるに相違ない。そのうちの一人くらいには、土屋は女を会わせているかもしれない。

土屋の実家という手もある。彼が事実結婚を決意していたのなら、土屋は小田原の両親には女を引き合わせていることも考えられる。

　中村が黙り込んでしまったから、岡江がどうかしましたかと訊いた。中村は今日の調査の収穫を話した。

「なるほど、謎の女ですね」

　岡江が言った。

「いや、幻の女と言うべきかな」

「ああ、解っているのは若いこと、少し東北訛りがあること、そのくらいなんだな」

「それから、美人だってことでしょう？」

「ああ、そうだな」

「それでこの女がですね」

　岡江は言いはじめた。

「うん、睡眠薬だろう？」

　中村が察して言った。

「確かに弁当を食い終って、すぐ睡眠薬をたっぷり呑んだってのは考えにくい。胃腸薬じゃねえんだ、それにコップはなかったんだからな。つまり、この女が作って持たせた弁当のスブタの中にたっぷり入っていた、そう考える方が自然だ」

「そうです。そして女は、残った睡眠薬の入った瓶を、こっそり男のカバンの底に忍ばせた、だから男自身、自分のカバンにそんなものが入っているなんてこと、気づかないで死んだわけです」

「確かにな。そうなると日伸警備保障の、土屋は睡眠薬なんて呑むタイプじゃないって話とも辻褄が合ってくる」

「この女が臭いですね。男を送り出し、男が睡眠薬入りの弁当を何時に食うかなんぞ、当然解っているわけです、同棲期間は短かくはないですから。そして男の眠りが一番深い頃、男が夜勤しているビルの地下へ行き、灯油を撒《ま》いて放火する、そしてそのまま姿をくらます」

「まあ、そういうことになってくるだろうな。きわめて無理のない推測だ。ただ……」

中村は黒いベレー帽のてっぺんを押さえ、考え込んだ。

「ただ、何です？」

「いや、俺もその考えにまあ賛成なんだが、ちょっとケチをつけるとすりゃあだ、どうも殺し方が大袈裟なような気がする。もしどうしても殺したいんだったら、女が二人きりで土屋を人里離れた野っ原か山の中へ連れ出して、毒でも呑ませりゃそれでいいような気がするんだ」

「そりゃ、毒が手に入らなかったんでしょう」

「そうかもしれんが、それなら睡眠薬で眠らせておいて崖から落とすなり、東北の方へ連れ出しておいて雪に埋めて凍死させるなり、確実な方法はいくらでもあるだろう。

どうも今度のは大袈裟だ。ビルに火をつけてるんだからな。それも一階の詰め所に火をかけてるわけじゃない、地下へやってるんだ。当然騒ぎは大きくなる。誰にも発見されずに土屋が死んだからいいようなもんだが、途中で発見されて、地下で火を消しとめられる可能性だって大いにあったろう。睡眠薬で眠ってるとはいっても、弁当を半分しか食ってないで、むっくり起きあがって逃げだすかもしれない」

「そう、まあそういえばそうでしょうね。だけど中村さん、どんな事件だって、あらを探す気になればそういう要素はありますよ。やはり面と向かっては殺せないでしょうからね、女ですし。やはり火をつけておいて、あとは知らないって調子で逃げてくるのが、女にふさわしいやり方って気はしますがね」

「うん、だがそうなると女一人が夜中の一時に、四谷あたりをうろついているわけだ。ひょっとするとタクシーを停めたかもしれん、今聞き込んでもらってるがね、足取りが出ても不思議はない。しかし、やるかなぁ……。

ま、今夜同時刻、一応もう一度やってみた方がいいかもしれんね。もしかすると、現場の近所に蕎麦《そば》屋の屋台でも出ていたかもしれんからな。ほかに、火つけの現場に、遺留品なぞないかね？」

「ないです。灯油となると、誰でも、それこそ女でも簡単に手に入る代物《しろもの》ですからね、ど

う も難航しそうですね、こいつは。中村さんたちにかかってますよ」

「ははあ、じゃあ寝酒はあきらめて、今夜の夜中、ちょっと聞き込んでみるかな」

「お願いしますよ、暖かくしてね」

5.

中村はそれから、日伸警備保障で教えられた土屋昌利の実家に電話をした。身分を告げて息子さんのご遺体の引き取りに関してなんですがと切り出すと、不審そうな老人の声が電話口の向こうで絶句した。

中村はあわてた。どうやら日伸警備保障の方では、まだ遺族に連絡を取っていなかったとみえる。これをみても日伸警備の土屋に対する当惑ぶりが解る。会社側としては、同情はしながらも土屋という社員に対し、いささかの被害者意識を抱いているのであろう。それが彼に対する、こういうぞんざいな扱いになって現われている。

もうひとつは、これは土屋という男にいかに友人がいないかの現われでもある。日伸警備内部に彼と親しい友人がいたなら、その人物からいの一番に実家へ報《しら》せが行ったであろう。

声の主は父親なのであろう、かなりの年配者の声だった。それがものの一分と経たぬうち、さらに十歳も老《ふ》け込んだように思われた。

中村は恐縮し、用件に入るまでに廻りくどいお悔みをたっぷりと述べなくてはならなかった。それがすむと、事件のあらましを説明した。説明しながら中村は、次第に日仲警備に対し、腹がたってきた。これらは当然会社がやるべき仕事である。

事情の説明がすむと、老人は電話の向こうで大きく溜め息をついた。ご遺体なんですが、と再び言うと、電話口の父親は、これからすぐ引き取りにうかがいます、なに、家から新幹線の駅は近いもんですから、と言った。息子を、ひと晩でも一人で置いておく気にはなれぬ、と言いたげだった。

中村は、明日でもよいと思ったのだが、早急に訊きたいこともあったので、それでは東京駅まで、誰かを迎えにいかせましょうかと言うと、いや、これから家内に話して、それからどの新幹線にするかも解らないですし、東京は勝手をよく知っておりますので、こちらで警視庁の方へうかがいます、と言った。中村はそうですかと言い、自分の電話の内線番号を教えて電話を切った。

中村は、すぐに日仲警備のダイヤルを回した。専務を呼び出し、今土屋の実家にかけて父親と話したと言うと、ああそうですか、と彼は言った。

中村が、おたくでは、実家に不幸を報せるのは警察の役割と心得ているのかと言ってやると、大いにあわてた。平謝りに謝り、誰かが報せているとばかり思っていた、まったくこちらの手落ちです、申し訳ありませんでしたと言った。それから、なにぶん今ごたごたしておりまして、いや土屋君が火災警報装置のスウィッチを切ったままにしていたらしくてですな、いやこれはたぶん彼がやったんじゃなくて、前々からその状態だったんでしょうけれど、というようなことをくどくど言った。

あれで言い訳をしたつもりなのだろう。それとも、こういう手落ちが彼にもあったのだから、こっちのそのくらいの仕打ちは勘弁してくれという意味も込めたつもりかもしれない。

父親がすぐこっちへ来ると言っているが、宿泊はどうさせるつもりかねと問うと、すぐにこちらで手配しておきます、と答えた。土屋君の遺体を小田原まで帰す車もこちらで用意させますと言った。

では父親がこちらへ着いたら連絡しますよと言い、中村は電話を切った。気分は、なんとなく愉快ではなかった。

土屋の父親は七時頃やってきた。

連絡があり、おりていくと、がらんとしたロビーに、初老の夫婦の姿があった。母親も出てきていた。

中村が近寄っていくと、二人は揃って白くなった頭を下げた。父親は、七十は超えているように見受けられたが、堂々たる体軀で、身長は一メートル八十近くあるだろう。痩せているが、肉がしまっている。

母親も、柄は大きい方だろう。この両親なら、確かに土屋昌利が大男であったのもうなずける。中村は喫茶室へ誘った。

喫茶室の椅子を引きながら、母親は終始うつむいている。土屋の写真に顔だちが似ている。中村が紅茶でよろしいですかと尋ねると、さして考えたふうでもなく、はいと言ってうなずいた。

中村は、手帳を差し示し、ちょっとベレー帽をいじった。父親は、隠居の身ですので名刺は持ちませんと言った。

中村は、もう悔みは言わなかった。

「昌利さんには、婚約者がいらしたそうですね？」

そう単刀直入に訊いた。これこそ中村が、この老夫婦に期待している最大の点である。これを尋ねたくて中村は、即日来てもらった。

「そう、婚約者というんでしょうか……」

父親はちょっと苦笑いのような表情をした。刑事の胸は、期待で高鳴った。

「息子が、二、三度手紙に書いてきたことがあります」

「名前や、素性など、詳しく書いてありましたか？」

「いや、そういうことはいっさい書いてありません。ただ、いずれ一緒になりたい娘がいると……」

「では、その女性にお会いになったことは？」

「ありません」

「お二人とも？」

「はい」

「名前もご存知ない？」

「はい、聞いておりません。ですから婚約者といえるものかどうかは……」

「そうですか……」

期待は急速にしぼみ、落胆の溜め息が洩れた。

両親は顔を見合わせた。

「その女性が何か？」

「ええ、早急に捜し出して、会いたいのです。訊きたいことがたくさんありましてね。息子さんは、その女性ともう夫婦同然に暮しておられたらしい。この女性はまだ若く、東北の出身らしい、そこまでは解っているんですが、いかがです？　息子さんの言われたことなどで、何かお心当りはありませんか？」

「いやあ……それは」

老人は考え込んだ。

「お前、何か聞いてるか？」

母親は異様なほど激しく首を振った。そして無言だった。

「われわれは、昌利と話すことはほとんどなかったんです。あれは、電話をかけてくるような子ではありませんでしたし、あれのところには電話がありませんでしたから。来るのは手紙だけなんです。それもそうそうは書いてきませんし」

「どのくらいの割合で、書いてきましたか？」

「そう、ふた月に一度……、いや、年に四、五通ですかね」

「そうですか。その手紙に、つき合っている女性のことが書いてあったのですね？」

「はい。お正月には連れて帰りたいから、会ってやってくれ、と書いておりました」

「ほう、お正月には……、そうですか。しかし、それでもまだ素性も名前も書いてなかったのですか？」

「ええ、そうなんです。ここのとこ三通ばかりの手紙には、みんなその娘さんのことが書いてあるのに、一度も名前は書いてきません」

中村は、これには首をかしげた。三度も娘のことを告げた手紙を書き、正月には連れて帰るとまで言いながら、名前を一度も書かずにすませるということがあるものだろうか。少し異常が感じられる。何か特別な理由があったのだろうか。それとも、娘がとめていたのか。

しかしここにひとつ、注目すべき発見が加わった。土屋昌利は、この娘を正月には小田原へ連れて帰るつもりでいた、という事実である。

これはまったく仮定の域を出ないが、もしこの女が、土屋のもとからどうしても逃げ出したいという気持を持っていたら、そして、土屋という男が断じてそれを許さないというような執念じみた惚《ほ》れ方をしていたなら、女は土屋を殺す決心をしたかもしれない。そういう例は中村の知るうちにいくらもある。

そしてもしもそうなら、この女は急ぐ必要があったということである。正月まで、今年も残すところあとひと月だ。

「その三通の手紙は、それぞれ何月によこしてきたものですか？」

「さて……、最後のものは、一番最近のものは、十一月のなかばか、はじめ頃のものでした。その前はいつだったか、たぶん九月頃だったと思います。はっきりしません。家に帰って、消印を見れば解りますけれども。もし、あれでしたら、帰ってから、こちらへお送りしましょうか？　息子がよこした手紙を全部」

「そうお願いできれば、大変ありがたいです」

中村は言った。

「あのう、刑事さんがお調べになっているということは、あれの死因に、何かご不審をお持ちということでしょうか？　何か、殺されたというような……」

「いやいや」

中村は強いて軽い調子で否定した。

「まずは火災が放火とみられるからです。それからもうひとつは、日仲警備の方で尋ねましても、昌利さんの勤務状態はきわめて優秀であったという。真面目で通っておられた。それが火災発生当時眠っておられたという点に、われわれは多少の疑念を抱いたわけです。なに、人間魔がさしたということはあり得ますからな、取り越し苦労かもしれません。ところで昌利さんは、何人兄弟でいらしたんですかな？」

「二人です。男二人の次男です」

「ほう、上の方の方は？」

「小田原で結婚しています。文房具屋を継いでくれておるんです。それで私どもの方は隠居の身です」

「ああそうですか、お名前は何とおっしゃるんです？」

「健太郎《けんたろう》です。嫁は美智子《みちこ》と申します。これは小田原の方の娘でして、見合いをして、一緒にさせました」

中村は例の通り手帳を出して、鉛筆を走らせていた。

「健太郎さんは、東京の方で学生生活を送られたようなことは、ございますか？」

「いえ、あれは大学は名古屋の方にやりましたので、ありません」

「そうですか。ところでずいぶんご立派な体格のようですが、何か運動をおやりだったんですか？」

「私ですか？　はあ、昔剣道と陸上を少々、いや昔のことですがね」

「そうですか、いや、それは素晴らしい」

それから中村は、念のため土屋の血液型や、金歯の位置、左足くるぶし部の古い傷跡のことなどを母親から聞いた。それらはすべて、鑑識がよこした報告と合致した。焼死体が、彼らの息子、土屋昌利であることに疑いの余地はなかった。

それから二人をうながし、死体安置所へ行った。無残な焼死体だったが、母親も、父親も、泣きくずれるようなことはなかった。中村は安堵《あんど》した。

彼らが遺体のそばにいる間に、中村は日伸警備に電話を入れた。今土屋さんの両親がこちらにいると言うと、専務はすぐ車をそっちへやりますと言った。

日伸警備の名の入った車に乗り込む土屋夫婦を正面玄関に見送り、六階のデスクに帰ってくると、中村は千歳船橋の土屋のアパートの、隣りの部屋の主婦に電話を入れた。

先ほどお会いして話をうかがった刑事だがと言うと、主婦はすぐにはいはいと言い、何でしょうと愛想よく言った。

「お隣りの土屋さんですがね、昨日は夕方の四時から四時半頃、そちらのアパートを出たと思われるわけです。もしかしてその時刻、出社される土屋さんを、見かけられたなどということがないかと思って、お電話してみたんですがね」

言いながら中村は、期待はしていなかった。しかしこの主婦は、あっさり肯定した。

「ええ、見ました」

「ご覧になった!? 何時頃？」

「四時半頃ですかしらねえ」

「ああ、そうですか。間違いないですな？」

「ええ、確かです」

何故さっき言ってくれなかったんだと思った。中村は、それならと、さらに期待する気になった。

「じゃあ、お隣りの土屋さんのところにいた女性ですな、この人に関してはいかがです？昨日何時頃アパートを出たか、ご存知ないですかな？」

「ええ……」

と主婦は少し考えているふうだったが、

「それからしばらくして、出ていったみたいでした」

と答えたではないか。

訊けばいくらでも貴重な情報が出てくるように思える。まるで土屋家を張っていた刑事のように頼もしい。

「しばらくというと、何時頃でした？」

「さあ、それは解りませんけど、一時間ぐらいじゃないかしら、ご主人が出ていってから。でも、そんなに経っていなかったかもしれません」

「何か変った様子に気づかれませんでしたか？」

「さあ、もう暗かったですし……、でもそういえば、大きなバッグを持っていたようでした」

思わぬ収穫だった。するとこの女は、昨夜の午後五時すぎに、土屋のアパートを出ていったことになる。四谷のビルの放火推定時刻は、それから八時間後の翌午前一時。もし彼女がやったとすれば、その後の八時間、この女はどこにいたのか——？

「それからは、お隣りが帰ってきた様子はありませんでしたか？　ずっと留守でした？」

「ええ、そうだったみたい。さっき刑事さんたちがいらっしゃるまで、ずっと留守だったみたいですよ」

「なるほど。大変参考になりました」

そう言ってから待てよ、と中村は思った。この女は勤め人だったという話だった。しかし昨十一月三十日は火曜日だ。日曜ではない。にもかかわらず掃除をして午後の五時頃アパートを出たということは、昨日は勤めを休んだということだろうか。

「昨日は休日ではないですな。しかしその女性は昨日は部屋にいたふうだったんですな？」

「そう、そういわれると、そうですわね……」

隣人は電話口で考え込んだようだった。

「でも昨日はいたみたいだったわねえ」

「その女性は、休みはやはり毎週日曜日のようでしたか？」

「そう、そうみたいだったわねえ」

「すると昨日のようなことは、珍しいことなんですな？」

「そうだと思うけど、でも解らないわねえ、そこまでは」

「そうですな、それはそうでしょうな。ところでお隣りに、例の女性が帰ってきているなんて気配はありませんね？」

「今ですか？　ないみたい」

「そう、ではもし万が一、例の女性が帰ってきた様子があったら、すぐに私の方へ連絡を願えませんか、ご面倒でしょうがね。それからこの女性に関して、たとえば土屋さんが呼んでらした呼び名とか、どんなことでもけっこうです、何か思い出したことがあったら、私の方へご連絡下さい、お願いします」

中村はそう言って、自分への連絡方法を教え、電話を切った。

6.

四谷の雑居ビルの周りを聞き込んでくれた連中からは、何も目新しい情報はなかった。中村は、深夜の聞き込みをやってみるにしても、夕食をとるためにいったん帰宅することにした。

中村は、小石川《こいしかわ》、大塚仲町《おおつかなかまち》に住んでいる。もっとも今は例の悪名高い町名改正で、文京《ぶんきょう》区大塚三、四丁目という味気ない地名に変った。

警視庁を出て、地下鉄の霞《かすみ》ケ関《せき》駅まで歩く。すぐ目の前に有楽町線桜田門駅が口を開けているから、これに乗って護国寺《ごこくじ》でおりてもよいのだが、中村は霞ケ関駅まで歩き、丸ノ内線の池袋行に乗る。これだと東京駅まで迂回《うかい》し、距離的には少し遠廻りになるが、新大塚駅で家のすぐ近くに出られるのである。護国寺駅から家まで歩くより、警視庁から霞ケ関駅まで歩く方がずっと近い。

大塚仲町の家は、父の代から住んでいる。中村吉造はここで生まれ育った。ほかの町の暮しを知らない。だから東北出身者の多い刑事連中の中にあって、彼は珍しくちゃきちゃきの江戸っ子である。

江戸っ子といえば、彼はよくべらんめえ口調が口をついて出る。これはある時期、中村が意図的に始めたことだ。いつの間にかこんな調子になった。これを思い出すと、彼は思わず苦笑しないではいられない。

そもそも彼の育った大塚仲町というところは、元来そんな言葉を口にするような土地柄ではなかった。そこはいわゆる「山の手」であって、「です、ます」体以外の会話をするような人間は一人も住んでいなかった。中村も子供の頃は、「お父さま、お母さま、行ってまいります」とか「おはようございます」と言うようきびしくしつけられたものだった。

それがいつの間にか、東京人の感覚が微妙に変化していった。大塚仲町が大塚三、四丁目になった頃、文京区は、格上げか格下げかは知らぬが、東京都民の意識の内では明らかに「下町」に組み入れられたようであった。中村は、聞き込みのたびに否応なくそういう変化を感じた。

では山の手とはどのあたりかと試しに尋ねてみると、多くの東京人たちは、「そうですね、中野《なかの》、荻窪《おぎくぼ》、吉祥寺《きちじょうじ》あたりじゃないですか」と言う。

中村の意識の内ではそれらはあくまで「郊外」である。彼の意識の内では、「山の手」とはどうしても本郷であり、小石川であり、四谷であり、青山《あおやま》、麻布《あざぶ》、高輪《たかなわ》であって、城を中心に、なんとなくぐるりとそんな輪を描いた、そこから一歩も外へ出ないのである。

東京という街自体が成長し、巨大円化したということであろう。今や、隣県も確実に通勤圏に入っている。文京区などこの感覚でいけば、さしずめスモッグの真っただ中にある「都心」ということになるのであろう。

中村がこの変化をはっきりと認識した頃、彼自身いつの間にか下町のべらんめえ口調を使うようになっていた。なんとも面白いものだ。

この変化を知らずに亡くなった自分の両親は幸せであったかもしれない。彼らならこの変化を堕落《だらく》と呼んだかもしれない。中村の母は、山の手の文化人独特のハイカラさから、彼に画家になるよう勧めた。彼女は絵が好きだった。そして息子にもいささかの素質はあった。家があるのだから、生活くらいは何とかなると考えたのであろう。しかし彼は、まるっきり見当違いの刑事になると言いだした。当然母親は反対した。彼女にとって、「岡っ引き」などというものは、ヤクザのやる仕事という観念があったのである。

しかし中村は強引に岡っ引きになってしまった。そのせめてもの罪ほろぼしと親孝行のつもりで、今でもベレー帽をかぶって歩いている。

その夜遅く、中村は首にマフラーを巻いて聞き込みに出かけた。しかし結果は空《むな》しかった。昼間の聞き込みと変るところはなく、収穫はなかった。蕎麦屋の屋台も出てはいたが、現場の雑居ビルからは遠く離れた場所で商売していた。いつも同じ場所に出ているという。昨夜も火が出たことは知っていたが、見物には行かなかったと蕎麦屋は言った。中村はその屋台で蕎麦を食べて、空しく引きあげた。

雑居ビルの方からも、昨夜ビルに泊り込んでいたと名乗り出る者はなかった。岡江たち放火班の方の捜査も、進展している様子はなかった。放火事件の捜査はむずかしい。殺しのように、はっきりとした動機を持つケースは少ないし、かといって空巣狙いのように、常習者のリストが存在するわけでもない。これが連続する気配でもあればまた事情も違ってくるが、今のところそういう気配もない。さらにまずいことには、一課の連中の内に、なにがなんでもこの事件をあげるんだという決意がみなぎってはいなかった。

なんといっても、事件自体が今のところ地味である。死傷した者は夜勤のガードマン以外にない。誰かがひと気のない夜半、雑居ビルに火をつけた。不真面目に居眠りをしていたガードマンが一人焼け死んだ、言ってみればそれだけの話である。もし一課が、ほかの凶悪な事件で非常にたて込んででもいたら、二、三日おざなりの捜査がなされて、それで忘れ去られたかもしれない程度の事件であった。

捜査本部も開かれなかった。それは、一課が土屋昌利の死を殺しであるとは決めかねたことを物語っている。これは主任の判断になる。

しかし、中村吉造にはどうもひっかかる。土屋の死が、単なる放火によるとば、っ、ち、り、とは、どうしても考えられないのだ。

さらに、このガードマンは自殺とは考えられない。状況からは、次にそれを疑ってかかる必要があったが、焼死した土屋昌利は、近頃そんな様子ではなかった。

自殺説は睡眠薬から出てくる。しかし彼は、睡眠薬など日頃用いるようなタイプの人物ではなかった。

加えてここに怪しい女が登場する。彼と結婚を約し、同棲までしていた若い女が、土屋の死と時を同じくして、彼のアパートから姿を消している。

この女は隣室の主婦の証言では、八月頃から土屋と一緒に暮していた。つまり土屋と四カ月間のつき合いがある。当然土屋はこの女の素性や、実家の住所、勤務先などを知っていたろう。そして土屋は女に惚れていた。とすればこの女は、土屋から逃げ出しても無駄という話になる。当然土屋は女を追い、見つけ出すだろう。にもかかわらず女が逃げたということは、もうこの十一月三十日を最後に、男は自分を追ってこられないと知っていたからではないのか。つまり、土屋昌利は死ぬと解っていたのではないか。何故か——？

それは自分が殺すからであろう。

だから、警察からも逃げおおすため、土屋のアパートから自分の持ち物をいっさいがっさい持ち去った。これが中村の推理である。

女は十一月三十日の夕方まで土屋のアパートにいた。これは隣室の住人の証言から確かめられた。この事実も、中村の推理に力を与える。

この消えた女の存在が、中村刑事の第六感に強く訴えた。犯罪の匂いがする。しかもこれは、殺人班の自分の領域である。この女を、このたった一本の針のような存在を、この大都会という砂浜の中から捜し出す必要がある、中村は考える。

第二章　ただひとつの手がかり

1.

翌朝登庁すると、タイミングよく中村に外部から電話が入った。土屋の父親からであった。昨夜は新宿の京王《けいおう》プラザホテルに泊ったと言ったが、あまり眠れたような声ではなかった。

今から、息子の千歳船橋のアパートの部屋を整理して引き払ってしまいたいが、荷物をすべて持ち帰ってしまってよいかと問う。

どうぞ、と中村は答えた。アルバムはすでに預かってきている。欲しいものはもうアパートにはない。あと欲しいものはただひとつ、土屋が両親に出したという四通の手紙だ。これをできるだけ早く送ってくれるよう、中村はもう一度念を押した。

中村は、次に日伸警備保障に電話をかけ、社員を次々に電話口に呼び出して、土屋とつき合いのあった友人知人の類いは本当に一人もいないのかと繰り返し尋ねた。

電話口に出た池内も今野も、土屋昌利には親友はおろか、友人といった人間もただの一人もいなかったのではないかと思う、と言った。彼ら以外の、社の誰に訊いても答えは同じだった。ちょっと病的な人嫌いという土屋の印象が、次第に強くなる。

社交嫌いかと問うと、そう、社交べたでしょう、と答えが戻る。ではなじみの酒場やスナックの類いはと問うと、彼は下戸《げこ》だったと言う。それならなじみの喫茶店はと訊けば、そんなものがあったとは思われないという返事だ。

中村はお手あげになった。いくら人嫌いの人物でも、まったく孤立して生活することなどできるはずもないので、いずれは女を手繰《たぐ》れる糸にぶつかるとたかをくくっていたが、あてがはずれた。

土屋の交際範囲というものは、ほとんど日伸警備内の人間に限られるようである。しかし彼らの内に、この消えた女を土屋に紹介され、いつ時でも親しく語り合ったという者はない。友人は駄目《だめ》、会社関係も駄目、近所づき合いはしていない、というわけである。

消えた女の、顔も、名前も、素性も、職業も、出身地も、今のところいっさいが解らない。土屋の交際範囲の人物から、この女に会った者を探り出し、そういうことを聞き出すよりないのだが、この線も、どうやら絶望的になってきた。

人づき合いの悪い、まるで病的に閉鎖的な性格の土屋のもとに、ひっそりと身を寄せるようにして生活している一人の小柄な女、そういうイメージが中村のうちに湧く。

そして、だからこそ女は逃げたのだな、とこの時にいたり、ようやく中村は納得した。自分の持ち物と写真、そしてネガさえ持って逃げてしまえば、もう自分を追って手繰れる手がかりはいっさいない、女はそれを知っていたのであろう。

だがそれにしても、と中村は思う。では何故この女は、土屋と生活を共にしたのか？それが解らなくなる。第一、そんな土屋が、いったいどうやってこの女を口説《くど》いたのか、この点からして大いなる謎である。そもそも二人はどうして知り合ったのか。

この二人はおよそ似つかわしくない。体力こそありそうだが、平凡で無口で、少しも目立たぬ男と、今野の話によれば、テレビ・タレントばりのいい女だというではないか。それほどに引っ込み思案の男が、いったいどうやってそんな女をものにしたのか。

いや、土屋に落ちたというだけなら、それは解らないでもない。しかしそんな派手な女が、何故土屋のような男一人を、ひっそりと身を寄せるようにして頼り、まるで世を忍ぶような生活をしたのか。それが解らない。

一般的には飲み屋で知り合って口説くという想像が、最も解りやすい。安サラリーマンと、びっくりするようないい女とが結びついている説明としては、これは上等な部類である。だが、土屋は酒が飲めなかった。

また酒場でものにしたものなら、会社の同僚が、そのあたりの事情を知っていてもいい。

ただ、そういったことを別にすれば、土屋は思い詰めるタイプのようにみえる。性格の暗い男は、思い込んだら一筋というところがあるものだ。惚れた女がいれば、土屋は虚仮《こけ》の一念で猪突猛進したかもしれない。そしてもし失恋でもすれば、自殺のひとつもやりかねないかもしれない。

とすれば——、あれはやはり自殺の線もあり得るのか。そして女が、土屋のそういう性格を心得ていたなら——？

そうだな、と中村はこの時はじめて気持ちがぐらついた。そうか、そう考えるなら、部屋の様子も別段不自然ではないのかもしれない。整頓は女がやったのではなく、土屋自身がやったものかもしれない。死を決し、あとの整理をつけておいたのだ。

写真くらいは女が持っていったものかもしれないが、これは別に自分の失踪後の行方を隠すためではなく、二人に合意ができていたからともとれる。二人はすでに別れ話がすんでいた。だから男は死にに行き、女はどこへとも知れず出ていった——？

中村は腕を組む。そして背もたれにそり返った。

しかし、やはりそれは納得しがたいのだ。理由は多くある。まず遺書だ。遺書がない。

だがこういうケースで、遺書のない自殺者はいくらもいる。失恋による自殺というものには、男の側に照れがあるのだろう。

では、灯油を四谷の雑居ビルまで運んできた容器という点はどうか。自殺なら、一人で灯油を撒き、火をつけなくてはならない。そうなると、現場か現場付近に灯油を運んできた容器が遺るはずである。しかし岡江は、そんなものはなかったと言う。

さらに、あの日土屋がもし自殺を決意していたものなら、四谷の勤務地に出発する前、新宿の会社で食事をした同僚たちは、彼の異変に気づいてもよいのではないか。彼らはそんなことはひと言も言わない。

やはり違う。土屋は自殺ではない、中村は考える。

中村はK大に出向き、土屋の同窓生の名簿と、柔道部の名簿を借りてきた。土屋の現在の交友関係の輪の中に、女と会った者が出てこないのなら、彼の交友関係の可能性の輪を、もう一段拡げるほかはない。

中村は、小谷と手分けして、このふたつの名簿に並んだ人物に、片端から電話を入れた。最近土屋昌利に会ったことがあるか、また、彼の恋人と思われる小柄で少し東北訛りのある女に会ったことがないか、この二点を質《ただ》したのである。

その作業には、半日以上を要した。ひと通り終ると、もう夕刻の五時を廻っていた。

しかし、結果は空しかった。驚いたことに、誰一人卒業後土屋に会った者はなかったのである。まずK大学の土屋のクラスは、同窓会というものをまったくやっていない。柔道部の方は、何度か飲み会が開かれてはいる。しかし土屋には、声もかけなかったようだ。

土屋という男は、確かに一緒に酒を飲んでも面白いことひとつ言いそうではない。好んで誘いたい相手ではないのだろう。土屋の孤独は、いよいよ病的な様相を呈してきた。

2.

小谷を先に帰し、中村は窓ぎわに立った。皇居の森と、その内堀の間ぎわまで攻め寄せてきたようなビルの群れが、次第に夕闇の中に沈んでゆくのが見おろせた。じっと見つめていると、皇居の森の樹々が、次第に夜のとばりにまぎれていく。ビルの窓々の明りが、徐々に浮き立ってくる。

女は、この都会のどこかにいる。あとほんのひと息だったのだ。ほんのひと足違いでこの女は自分の手をするりと抜け、この都市の闇に逃げ込んだ。消えた女を手繰る手がかりは、いよいよこれでぷつりと途切れてしまった。

会社の同僚も駄目、近所の連中も駄目、大学の同窓生も駄目となると、あとは高校時代の同窓生にでも手を拡げるしかないか――。

しかし大学が駄目であったというのに、いったい高校にどれほどの期待が持てるだろう。ほかに考えられる可能性としては、同郷の幼なじみという線か。これは両親にでも尋ねるほかはないが、まずもって期待はできまい。

それ以外に、土屋の周りでこの女に会った可能性のある者といえば——。

どこかにいるはずだ。ひとりくらいいてもいい。何かまだ見落としている可能性があるのではないか。土屋が女連れで立ち廻りそうな先といえば、旅先の旅館だが、これは漠《ばく》としすぎていて調べようもない。あとは東京で、アルコールを飲ませる店、一杯飲み屋やスナックの類い、それから連れていくと女の子の喜びそうな、しゃれた喫茶店とかレストランか。

しかし土屋は下戸だった。酒を飲ます店に足が向くとも思えない。そして喫茶店やレストランの人間と、恋人の身の上話をするほどに親しくなる者はまずいない。まして土屋はああいう無口な男だ。

中村は席に戻り、預かってきているアルバムをもう一度開いた。表紙にPHOTOと金色の文字が入っている。どこの文房具屋ででも売っている、そう高価ではない代物だ。この都市の一隅に住む、それほど豊かでない若夫婦が、狭いアパートのひと部屋で、並んでページを繰るにふさわしいようなアルバムである。

写真は、土屋の大学在学中からのものらしい。柔道着姿のものや、卒業式らしいものも写っている。たいていは男二、三人の記念写真だった。だが、大学時代のものは極端に少ない。数えれば、わずかに四枚だった。ほとんどが、日仲警備に就職してからのものである。

　ページを繰るにつれ、抜けた写真が多くなる。歯が抜けていくようだ。それはとりも直さず、彼の生活に女が入り込んできた度合いを示している。というよりむしろ、このアルバムは彼女との生活を記録するためのもののように思われる。彼一人だけの部分は、最初の二ページだけだ。

　中村は、あらためてアルバムを一ページ目からじっくりと眺めていった。しかし女をたどる糸口となりそうな要素は、やはり何ひとつ発見できない。たちまち最後のページにいたってしまう。あとは数枚の白紙のページを残すのみだが、その最終ページに、土屋がTシャツを着て、海をバックに写っているものがあった。

　その前後の数枚が、最後の写真である。行先は解らないが、二人の、おそらくは最後の旅の記録であると思われた。

　こうしてあらためて観察すると、旅の写真が多いように思ったが、それらはどうやら、わずかに三つばかりの旅に集約されるように思われる。土屋の服装から、それが知れる。前ふたつの旅は、せいぜい東京の郊外のようだ。日曜ハイキングといったところだ。最後の旅だけが遠出である。ここにはじめて海がのぞく。

　海の風景は美しいものだった。穏やかな水面に、かたちのよい大岩や岩場が、浮かぶように突き出している。遠く写っている砂浜は広々として、ごみひとつ見えない。その前に

Tシャツを着た土屋が、肩をすくめている。

どこか遠い土地の浜辺であろうと中村は思った。東京の近くに、こんな鄙《ひな》びた海はない。

土屋の服装から、季節は夏と思われた。そうなら今年の夏か。

前ふたつの旅の写真も、服装は軽装だった。春か、夏である。写真が抜き取られはじめてから、冬の写真は一枚も出てこない。

夏のいつ頃土屋は休みをとっているか、日伸警備の方に質してみるか、とも考える。しかし日にちや日数が解ったところで、二人の旅先を推測する材料にはなるまいな、と思い直した。

これ以上の何ものも、そのアルバムには見出せなかった。異常な神経の配り方だ、中村は思った。この女のやり口は、やはり犯罪者のものである。となるとこれ以上いくら眺めても、このアルバムからは何の収穫も望めまい、つぶやきながら、中村はアルバムを閉じた。

アルバムは、薄いボール紙の箱に入っていた。この中に戻そうとして、中村は紙箱を逆さにした。その時、小さな紙片がひらひらとデスクに舞い落ちた。中村は手を停め、指を伸ばして、その紙を拾った。

それは縦一センチ、横四・五センチくらいの、白い長方形の紙きれである。白紙に見えたが、裏を返すと万年筆によるらしい文字があった。

中村は思わず緊張した。「寒子」、と書かれていたからである。

この紙は、ボール紙の箱の奥底に、ずっとあったらしい。今まで気づかなかったのだ。

中村は、しばらくそれを指でつまみ、考えた。すると軽い興奮が来た。もしかするとこれが、女の名前かもしれない！

ようやく女の名が解ったのだろうか。「さむこ」と読ませるのだろうか。そうなら、この紙は何なのであろう。

思いついたことがあり、中村はもう一度アルバムを開いた。注意深く観察していくと、ところどころの写真の下に、小さな紙片が貼ってあったらしいかすかな痕跡に気づいた。写真の説明と思われる。

日時とか、場所が書いてあったものであろう。光線にすかし、よく見ると、カバーの透明フィルムにかすかに紙片のかたちが遺っている。そのサイズは、中村が今ちょうど指につまんでいる紙片くらいの大きさだった。

これら説明書きも、どうやらことごとく抜き去られていたのだ。そしてこの「寒子」と書かれた紙片も、まさにその一枚であると思われた。

するとこの「寒子」が女の名である可能性も、ずいぶん高いという気になった。ほかに「昌利」と書いた紙もあったのかもしれない。どこか女の写真の下に、この紙は添えられていたのであろう。

中村はそれから、この紙片が収まっていた場所を知ろうと丹念な検証を試みたが、これは結局なんともいえなかった。ここかもしれぬと思える場所が二、三あったが、特定はできない。そのひとつが、例のTシャツを着た土屋が、海を背にして写った写真の隣りである。

夏らしいが曇り空で、海は妙に寒々として見える。「寒子」の名にふさわしい。ここに女一人の、おそらくは寒そうに肩をすぼめた写真があったのではないか。女のその姿の連想から、土屋は「寒子」と書いた紙を下に貼った——。

とすれば、これは名前ではないのかもしれない。写真の様子が寒そうであるから、ただ説明にそう書いただけかもしれない。考えてみれば二人で見る写真の説明に、わざわざ相手の名前を書くというのもおかしい。それはもう、解りきっていることのはずだ。

そうだ、そう考えれば、「さむこ」というのも名前としてはすこぶる妙だ。そんな名は今まで聞いたことがない。やはりこれは、名前ではないのだろう。

しかしそれにしても、「寒子」とはいささか風変りな表現である。説明文としても、ちょっと腑《ふ》に落ちない。

いずれにしても、説明文の書かれた紙片もすべて、女は写真とともに持ち去ろうとした。が、うっかり一枚だけ落していった。それがこれであろう。この想像は非常に蓋然性《がいぜん》が高いものに思われる。

とすればこの小さな紙片は、いやこの「寒子」というふたつの文字は、女を追うたったひとつの手がかりであるように思われた。

ごくささやかなものにすぎないが、ようやくたったひとつ、手がかりらしい手がかりが手に入った。

3.

中村は、小田原の土屋の実家に電話を入れた。土屋の高校時代の同窓生名簿を送ってくれるよう頼んだのである。そのついでに、土屋に同郷の幼なじみといった人物は存在するかと母親に尋ねてみた。なかば想像した通り、そんな人物はいなかった。

翌日、事件後三日目の土曜日、今年土屋が実家の両親に宛てた四通の手紙が、小田原から届いた。封を開き、中村はこの四通の封書を、自分のデスクの上に並べてみた。見れば封筒の筆跡は、例の「寒子」の筆跡と明らかに同一のものだった。

短かい手紙が添えられていた。母親が書いたものだった。どうか犯人を捕え、息子の無念を晴らしてやって下さい、と書かれてあった。母親はどうやら自分と同じ考えのようだ、と中村は思う。

消印を見ると、最初の手紙が三月の十九日、次が七月の八日、三番目が九月の十日、お終いのものは十一月十二日である。

三月十九日の手紙には、女のことなど少しも触れられていない。仕事の様子や、自分の平凡な近況について触れた、ごくありきたりの内容だった。

それにしても朴訥《ぼくとつ》たる手紙である。まるで調査報告書のようだ、と中村は思う。三月十九日の時点で、土屋昌利はまだ「寒子」とは知り合ってないとみるべきか。

次の七月八日の手紙に、はじめて女のことが現われる。しかし非常に簡単な内容で、以下のごときものである。

「——自分ももうじき二十六歳となります。そろそろ身のふり方も考えなくてはならぬ歳頃であります。ぼくがもし女の子であれば、縁談でお父さんお母さんは頭を痛めているはずです。

しかし自分は、お父さんお母さんには面倒をかけぬつもりでおります。どうやらぼくにも、彼女ができたらしいからです——」

たったこれだけだ。あとは兄夫婦の子供に関する文章が延々と続く。

三通目の九月十日のものも、内容は似たようなものであった。

「——ところで先日お報せした女性のことですが、外見もよく、内面的にもしっかりした、自分にはすぎた女です。お父さんお母さんも、この女性に会ったらどうしておまえなんかが、ときっとびっくりするでしょう。尊敬のできる女です。しかし、自分を慕《した》って、頼りにしてくれています。詳しいことはまたお報せしますが、自分としては一緒になるつもりでおります――」

ここでも、女の名前も素性も、知り合ったいきさつも、触れられてはいない。ただ結婚するつもりだと述べているばかりである。

最後の手紙は、十一月十二日付だ。土屋が死ぬ、十九日ばかり前ということになる。これも、内容は似たり寄ったりではあったが、しかしこの手紙には、きわだって特徴的な要素が認められた。文字が、大きく三行にもわたって消されているのである。

「先日から何度か書いている女の件ですが、来年の正月には、是非小田原へ連れて帰りたいと考えています。今年の末から帰れるとよいのですが、大晦日《おおみそか》はそちらも忙しいでしょうし、ぼくも三十一日まで仕事がどうもありそうですので、年が明けて、一日か二日にします。それなら電車も空いているでしょう。

ぼくも今月で二十六歳となりました。もう充分おとなのつもりでおります。その息子が選んだ嫁ですので、どうか暖かく迎えてやって下さい。こんなことを書くのも、万が一、反対されるのをおそれるからです。もう自分の心は決っております。お父さんお母さんと深刻なトラブルは起したくはありません。

素性もしっかりした、立派な女です。どうかぼくを信頼して下さい。お願いします

――」

そこから以下三行にわたり、文章が丹念に削られていた。中村は緊張した。しかし同色のインクで上から丹念につぶされている。便箋を斜めにして見ても、光線に透《す》かして見ても、下にあったはずの文字は読みようがない。その後は、いきなりまた兄夫婦の話が始まる。あとは手紙の終りまで、女の話題は出てこない。

中村は即座に立ちあがり、鑑識班へ行って、この手紙の消された文字を読む方法はないかと尋ねた。係官はしばらく子細に調べていたが、同種のインクで、しかも強い筆圧で消されている。復元する方法はないですね、と答えた。

一課へ戻り、四通の手紙を再びデスクに並べて中村は考えた。当然ながら、最重要の問題はこの四通目の消された文章であろう。まず、この文章は何故、誰によって消されたのか、という点である。

この文章が、どんな内容を語っていたかはまずもって明白ではないか。女の説明が書かれていたのだ。名前、出身地、実家の職業、兄弟の有無、などであろう。正月には両親のところへ連れて帰ろうというのに、その二ヵ月前にもなってまだ当人の名前ひとつ実家に告げないというのは不自然だ。したがってここには、そういった内容がひと通り述べられていたと考えてよかろう。

それが、完全に消されている。何か事情が生じ、土屋自身が消したとは考えられない。

となると、女がやったことであろう。女が、出しておいてあげるといって土屋から手紙を預かり、開封して不都合な文章を発見し、削除したのだ。その際、土屋が手紙を書くのに用いたと同じインク、おそらくは同じ万年筆を用いている。周到な女だ。

ということは、十一月十二日の時点で、女はすでに土屋を殺す決意をしていたということか——？　いやそれは解らぬが、少なくとも土屋と別れる、別れて身をくらます決心はしていたものと考えられる。そのためには、自分の名や出身地など知る者は、少ない方がよい。

いや、土屋がのちに口頭で両親に告げればそれまでである。すなわち土屋が生きていれば同じことだ。加えてその時、自分が手紙の文章を消したこともばれてしまう。

つまりこの女が、土屋の手紙の一部を消す決意をしたということは、土屋を殺す決断も下していたということではないか——。とすればこの手紙が、とうとう女が殺人者である証拠を語ったことになる。

ほかにこの四通の手紙から推測できることは何かあるか？　まず最初の手紙。三月十九日の時点では、土屋は女と知り合ってはいなかったと思われる。むろんすでに知り合ってはいたが、手紙には書かなかったということも考えられる。しかし次の七月八日の手紙から、その想像は当らぬように思われた。

「どうやらぼくにも、彼女ができたらしいです」という一文からは、まだできて間もないといったニュアンスが感じられる。

しかしこの点はむろん想像である。そうではないかもしれない。だが中村には、どうも三月十九日から七月八日までの間に、土屋はこの女と知り合ったらしく思われた。写真が抜かれはじめてからのアルバムの土屋の写真に、冬服姿がないという点も、この想像に力を与える。

千歳船橋の隣人の話では、この女が土屋のアパートで暮すようになったのは八月頃からだという。そして会社の同僚今野が、経堂でこの女と土屋を見かけたのもその頃だ。つまり七月八日の時点では、二人はまだ一緒に暮してはいなかったと思われる。それどころか、知り合ってまだ間がないことも充分に考えられる。

それなのに土屋は、「どうやらぼくにも、彼女ができたらしいです」と何故か自信を持って言いきっている。土屋は、格別女にもてるタイプではなかった。自分でもそれは心得ていたであろう。その彼に、こうまで言いきらせたものは何なのか？

もし知り合って日が浅かったとすれば、なおさらである。体の関係ができたということか？　しかしそんなものは当節、逃げられたならそれまでである。それをあえて手紙にこう言いきったということは、そうさせぬ理由があったということではないのか。ではそれは何なのか——？

ほかにも何か、この手紙から引き出せる推測があるだろうか。三通目の手紙に、「自分にはすぎた女」、「尊敬のできる女」、と女のことを書いている。これは事実土屋はそう感じたのであろう。こういったことはその女の人間性であって、学歴などとは当然関係がないが、土屋の両親のような昔の人間にはそうではあるまい。おそらくこういう言葉を学歴の有無によって裏打ちしようともするだろう。息子もそういうことは想像がついていたに相違ない。

つまり、彼女にもし学歴があったなら、土屋は当然ここでそう書いたと思われる。書いていないということは、この「寒子」は大学を出ていない、もしかすると中学しか卒業していない程度の学歴だということを、物語る可能性はある。

さらにこの手紙に、彼女は「自分を慕って、頼りにしてくれています」という件《くだり》がある。この言葉も、最近の若い恋人同士の関係としては少々妙である。この二人は、先の推測が正しければ知り合ってまだ二、三ヵ月である。それでもう「慕われ、頼りにされ」ていたとすれば、何か特殊な事情があったとも考えられる。

また、ここで土屋は結婚するつもりである、とまではっきり言っている。それなのに女の素性については、ここではまだ触れずにすませている。なにか、厄介ごとを先に延ばしているというふうにも感じられる。これもまたすこぶる妙な感じである。

いずれにしてもこの女は謎だ。四通の手紙という謎を解く材料が届いても、謎は深まるばかりだ。

翌日、土屋昌利の高校時代の同窓生名簿が送られてきた。見ると小田原の高校というのに、意外に東京在住の者が多い。中村は片端から電話をかけはじめたが、土屋のクラスの三分の一もいかぬうちに放り出してしまった。

その理由のまず第一として、この名簿は彼らの世代が大学生の時に作成されたものであるために、現在は住所が変っているのみならず、郷里へ帰ったりで東京にいない者が多い。

次に、大学時代、小田原で開かれた同窓会で一、二度土屋とは顔を合わせたことがあるが、それ以後、特に大学卒業後は一度も顔を見ていないという者が、かけた限りでは全員だったからである。

大学の同窓生でさえ無駄だったのだから、高校時代の同窓生になど、やはり期待する方が無理という気分になった。そんな迂遠《うえん》なやり方をするくらいなら、何か別のもっと合理的で効果的な捜査方法があるように思われた。

昨日の、四通の手紙からの自分の推測が間違っていなければ、この二人は三月十九日から七月八日までの間に知り合ったはずである。土屋が事実酒を飲まず、仕事ぶりが真面目で、しかも人づき合いが悪かったのであれば、その間の行動範囲もそう広くはないのではないか。

この女のことを、日伸警備の連中が少しも知らないとなれば、土屋は会社の同僚と行動をともにしている時、この女と知り合ったのではないことになる。つまり会社の付近や、社の慰安旅行、あるいは、社の仲間と食事に行くレストランなどは、二人の出会いの場としては除外できる。すると、ああいうタイプの男の行動範囲などたかが知れたものとなってこないだろうか――？

自分のアパートと、仕事で警備に入るビル、せいぜいこの二箇所の周辺という話になってこないか。日仲警備から、この期間土屋が警備に入ったすべてのビルのリストを出させ、それを逐一《ちくいち》あたっていけばどうか。垢抜《あかぬ》けぬやり方ではあるが、丹念にこれを続ければ、きっと何ものかにはぶつかると思われる。

しかし三月十九日から七月八日というのは、いかにも間がありすぎた。これがせめてひと月程度というならその気にもなるのだが、と中村は考える。しかしほかに手がかりが出なければ、来週からでも始めるほかはあるまいとも思った。

4.

だが中村は、とりあえずはそうしないですんだ。ささやかながら、事態の進展があったのだ。月曜日、昼が近づく頃、中村に電話が入った。

新橋の旅行代理店に勤める久松《ひさまつ》と名乗るその男は、なかなかもの馴れているふうの初対

面の挨拶をすませると、

「刑事さんが、土屋君の彼女を捜していると、友人からうかがいましたもので」

と言った。

「あなたご存知なんですか？」

と訊くと、

「いえいえ、そういうわけではないんです。こうしてわざわざお電話するほどのことでもないかもしれないんですが、何かのお役にたてばと思いまして」

と言う。

「女性の名前とか、ご存知ですか？」

「いえ、申し訳ありません、知らないんです。ただぼくは、その人と、たぶんその人と思うんですが、会ったことがあるものですから」

「ほう！　お会いになった!?」

中村は勇みたった。

「詳しくうかがいたいが、電話では何ですな、今こっちでそちらへ出向けば、お話をうかがう時間はありますか？」

中村がそう尋ねると、久松は、そうしていただけるとと言い、会社の付近の喫茶店を指定してきた。そこに昼休みに出向くという。中村は即刻立ちあがった。

昼食をすませ、中村がやや中年肥《ぶと》りの体を店のシートに沈めて待っていると、久松が現われた。髪が長く、痩せぎすの青年である。

挨拶もそこそこに、中村はすぐに本題を切りだした。

「さっそくですが、土屋昌利さんとはどちらで知り合われたんです？　親しかったんですか？」

「いえ、親しくはありません、高校の時、クラスが同じだったというだけで、三年生の時」

「おう、そうだったんですか、なるほど」

そう言われてみると、中村がまだ電話していない土屋の高校の同窓生のうちに、久松という名があったようである。

「高校時代の友人が、刑事さんが土屋の彼女について知りたがっているとぼくに教えてくれたものですから、何かお役にたてるかもしれないと思いまして、お電話したんです」

「それは大いに助かります」

中村は頭を下げた。

「いえ、それは友達のためですから」

「クラスメイトだったわけですな。驚いたでしょう、亡くなったと聞いて」

「ええ、それは驚きました。でもさっきも申しました通り、親しくしていたわけではないですので、それほどには……。正直に言えば、土屋と聞いて、すぐには顔も思い出せなかったくらいで」

「ああそうですか。で、二人にお会いになったとか、それはどちらで？」

「新宿の喫茶店です。深夜喫茶でした」

「親しくしていたわけでもないのに、またどうしてです？」

「クラス会があったんです、新宿で」

「高校時代のクラス会？」

「そうです。二、三年に一回くらい、誰かが声かけてくるんです。大学時代は三十人以上も集まったもんですけど、あの時は十四、五人でしたかねえ、みんなもう東京にいないんですよ」

「なるほど。その会に、土屋さんが彼女を伴なって現われたのですか？」

「とんでもない！　あいつはそんなことするタイプじゃないですよ。いつも一人で来ますし、ぼさっと隅の方で飲んでます。全然目だたないやつですからね」

「それがどうして？」

「ほんの偶然なんですよ。ビアガーデンに集まりましてね、二次会、三次会と繰り出して、みんなできあがってきた頃は、十一時をもうだいぶ廻ってまして、それでそろそろお開きにしようってことになって、東口で別れたんです」

「なるほど。土屋さんはそんなに無口で、しかもあの人は飲めないんでしょう？」

「ええ。ほとんど飲んではいないみたいでしたねえ」

「それでも二次会、三次会とついてくるんですか？」

「そうみたいですね、とにかくあの時はそうでした。別の時は、途中で帰ってたのかもしれませんが、ちょっと憶えてないですね」

「なるほど。失礼、先をどうぞ」

「それで解散しましてね、偶然あいつと帰り道が一緒になったんです。見るとあいつ、駅の方へ向かわないんですね。ぼくもあの夜、甲州《こうしゅう》街道へ出てタクシーを拾おうかと思って歩いていたもんで、たまたま方向が一緒になったんです。あれがほとんどはじめてじゃないかなあ、土屋とまともに口をきいたのは。高校の時あったかもしれませんがね、憶えてないもんで」

「あなたの方で話しかけた」

「と思いますね」

「どんな様子でした？　土屋さんは」

「ご機嫌でしたね、赤い顔をして。たぶん飲めない酒をいくらか飲んだんじゃないですか。ぼくはあんなにしゃべる土屋をはじめて見ましたよ」

「よくしゃべった」

「しゃべりましたね、あいつは誰かと二人になるとよくしゃべるのかもしれない。とにかく二人になると急にしゃべりだしましてね、ぼくは、へえ、こいつこんなにしゃべるやつだったのかと、意外に思ったのをよく憶えてます」

「ふむ、それで？」

「そしたらあいつ、これから喫茶店に行くんだが、一緒に行って酔いを醒《さ》まさないかと誘うんです」

「ふむ」

「ぼくはその時、コーヒーを飲みたい気もしてはいたのですが、まあどちらでもいいような気分でした。そしたら土屋が、実は彼女がぼくを迎えにきて、今喫茶店で待ってるんだと、そう言いだしたんですね」

「ほう！」

「ぼくはあの土屋の口から出た言葉だし、ずいぶんびっくりしたわけです。こんな時刻に迎えにきてるというのは、ただならぬ関係というわけでしょう？　一緒に暮してるということになる。ぼくはびっくりして、君、結婚してたのかと訊きました」

「ふんふん、そうしたら？」

「いや、まだ結婚はしてないと言ってました。でも、ずいぶん得意そうでしたね」

「なるほど。それで？」

「ぼくはその彼女に興味も湧きましたし、土屋に、こんな夜わざわざ迎えにくるほど惚れている女なんて、いったいどんな人間なのか見てやろうという気になって、喫茶店についていったんです」

「会ったんですね？」

「そうです」

「どんな女性でした？」

「それがもう、びっくりするような可愛い娘でしてね、いったいどういうわけでこんな土屋なんかに、と思いましたね。いや、正直いってうらやましかったですよ」

「ほう、それほどにねえ……。で、どんな様子でした？　彼女は」

「ぼくが一緒に入ってきたので、戸惑っているふうでした。でもおとなしそうで、本当によさそうな娘でしたね」

「その娘と話しましたか？　あなたは」

「ふた言み言ですね、おとなしそうな娘でしたから。もっぱらあの無口な土屋が、一人ではしゃいでるようでしたよ。嬉《うれ》しくてしょうがないという感じでしたね」

「それは、こんな綺麗な恋人を持って、という……」

「ええ、そうです」

「久松さん、ここが問題なんです。今われわれはその女性を捜しています。重要参考人です。早急に見つけなきゃならない。今のところ、この女性とちゃんと会って、話をしたなんて人は、あなたが一人だけと言ってもいい。よく思い出していただきたいんですがね」

「重要参考人というと、この女性が土屋をどうかしたという……」

「まあ、そういう可能性も、われわれは考えております」

「いや、それは絶対にないですよ、刑事さん」

久松は言った。

「ほう、というと？」

「いや、断言はできませんが、全然そんな感じじゃないですもの。まだ幼ないような感じのする、若い娘ですよ。そんなことしそうじゃない」

「なるほど、われわれも早く会ってそう確認したいものです。土屋さんは彼女について、あなたに何か説明めいたことをしましたか？」

「いいえ、ただじゃれていただけですね」

「じゃれていた？」

「ええ、髪に触ったりしてふざけていました」

「名前は言いませんでしたか？」

「確か、名前を何度か呼んでいるのを聞きました」

中村は緊張した。

「何と？　どういう名前でした？」

「それが、ちょっと変な名でしてね……」

久松は、顔を隠すような仕草をした。中村は黙って青年の言葉を待った。

「あの……、『カンコ』って言うんですよ、土屋は」

中村は、思わず口をぽかんと開けた。

「カンコ？」

「はあ……」

久松はしきりに頭をなでた。

「その、しかし『カンコ』とはね……、聞き間違いではないですか？」

「いえ、間違いありません。何度も聞いたんですから」

「『カンコ』、『カンコ』と」

「そうなんです」

「ふーん」

中村は苦笑した。不可解だが、よく考えてみるとこれは理にかなっている。アルバムに貼られていたと思われる紙きれの「寒子」、あれは確かに「カンコ」とも読めるのだ。「さむこ」ではなく、「カンコ」と訓《よ》むべきものであったらしい。しかしそんな妙ちきりんな名前など、聞いたこともない。

　中村はしばらく放心していたが、気をとり直して訊いた。

「具体的には、土屋さんは彼女のことを、どんな時そう呼んでいたんです？」

「今憶えているのは、店内のクーラーの話になった時、彼女がよく効《き》いている、寒いって言ったら、『おまえってカンコだからな』と確かそんなふうに言いましたね。なんでクーラーが効いていたら『カンコ』なのか、よく解りませんでしたけれどもね」

「ほう、土屋さんはその人のことを『おまえ』と言ったんですか？」

「ええ」

「確かですか？」

「確かです。ぼくもへえと思って、ちょっと驚いたのでよく憶えてます。間違いありません」

「彼女の出身地とか素性については、土屋さんは何か言いませんでしたか？」

「そういうことは、あいつはいっさい言いませんでした」

　刑事はふうと溜め息をついた。

「ただ話の内容から、土屋はごく最近、彼女の親に会ってきたようでした。そんな話を二人でしてましたから」

「親に会った!?　その場所は？　親はどこに住んでいると言ってました？」

「それが、場所は言いませんでした。聞かなかったですねえ。こんなことなら、もっとちゃんと聞いておくんだった……。ただ東北だとは思うんですね、というのは、確か上野駅の話も出ていたし」

ふむ、と中村は思う。これでひとつ、アパートの隣人の観察の正しさが裏づけられた。

「あ、そうそう！」

青年は突然大声を出した。

「今思い出しました。確か土屋はこんなことを言いましたね、『十一月になればもっと楽になるのにな』と」

「十一月!?」

「そうなんです、あの時はどういう意味か解らなかったけど、今は仕事柄ぼくにはよく解りますよ、上越新幹線ですね」

「そう、それが列車の話なら、確かに上越だね、東北じゃない。東北新幹線は確かもっと前に開通していただろう」

重大な新事実だった。すると「寒子」の実家は越後《えちご》、新潟《にいがた》方面ということになる。だがこれではまだ漠然としすぎている。

「越後とか、新潟とかの地名が、二人の会話に出てはきませんでしたか？」

中村が訊くと、久松はさかんに首をひねりながら言う。

「ええ……、いや、記憶にないですねえ……、ぼくも酔っていましたし、ただ……」

「ただ、彼女の実家が、海に近いとか、そんなようなことを、土屋がちょっと言っていたような気もしますが」

「うん、ただ？」

「ほう、海が近い」

「いや、これははっきりとは言えません、すいません」

もし事実なら、それもまた大いに重要である。海が近いというなら、「寒子」の実家は終点の新潟の海沿いか、それとも新潟より先の日本海沿いの国鉄沿線駅のどこかか、という話になってくる。その手前の、上越新幹線沿いの内陸部ではあるまい。

またこれは、十一月になって上越新幹線が開通すれば帰郷が楽になる、という先の土屋の発言とも呼応する。もし上野と新潟の中間部の内陸部の街なら、まだリレー列車で大宮から乗り継がなくてはならぬ新幹線で、それほど楽になるという印象にはなるまい。

「その話はどんな時に出たんです？　十一月になったら楽になるというのは」

「やはり、彼女の実家へ行ったことに関してだったでしょう、おそらく」

それならこの十一月を、新幹線と結びつけるのもあながち無理ではない。

「ふむ。ところで、それはいつでした？　そのクラス会が開かれたのは」

「八月十四日の土曜日でした」

八月十四日、すると、女のことに触れた土屋の最初の手紙から、一ヵ月と一週間ばかりのちになる。アパートの隣人の証言からも、二人はすでに千歳船橋で同棲を始めていた頃である。

そして二人の会話に、「寒子」の実家の話がすぐに口に出たということは、この八月十四日が、土屋が「寒子」の実家を訪ねてまだ間もない時期であるという事実を語らないだろうか——？

「二人は、越後のその女性の実家を訪ねて、まだ間がない様子でしたか？」

「さあ、それはちょっと、ぼくには解りかねます」

これはあとで、日伸警備保障に土屋の休暇の記録を当ればよい問題である。

だがこれで、女が土屋を両親に会わせていることがはっきりした。これもすこぶる重要な事実である。土屋との結婚を、この時点では女もはっきりと決意していたということであろう。それがあんなふうに姿を消した。どんな変化が彼女に起ったのか。

「そのほかに、この女性に関して何か印象に残っていることというと、いかがです？　何かありませんか？」

「別に、ないですね。ちょっと陰があるというか、淋しげな人だったですけど、話しだしたら明るい性格のようでもありました。そのほかにはこれといって……」

「土屋さんはこの女性のことを、『カンコ』、『カンコ』とさかんに呼んでいたんですね？」

「ええそうです。そう言っては笑ってました」

「ああ、そう」

久松と別れ、中村は日仲警備保障に電話を入れた。すると、はたして土屋昌利は八月に九、十、十一日と夏期休暇をとっている。八日が日曜日であるから、都合八、九、十、十一の四日間が彼の夏休みであったことになる。この四日を利用して、土屋は「寒子」と共に、越後の彼女の実家へ旅行したと思われる。そして彼女の両親に会ったのであろう。

彼のアルバムで、Tシャツを着て海をバックに撮った写真が、その旅行の時のものに相違あるまい。そして同じく海を背景にして彼女の写真も撮った。そうしてその下に、土屋は「寒子」と書き込んだ。

しかしこの旅行のことを、土屋は自分の両親には報告していない。おそらく友人のいない彼のことだから、そのほかの誰にも話さなかったに相違ない。したがって中村にとっても、はじめて知る事実であった。久松が思い出さなければ、この女と彼女の両親以外には、誰にも知られずに終った事実であったろう。

だが、何故この旅行のことを、土屋は両親に黙っていたのか——?

いずれにしても、この女の実家は越後方面で、日本海の近く、ということにならないか。写真にも海べりのものがあった。

「その夏の休暇で、土屋さんはどこかに旅をするとか、言ってませんでしたか?」

と中村は、一応日伸警備の社員に尋ねてみた。社員は、さあ、記憶にないですと答えた。

中村はそれから、三月十九日から七月八日までの土屋の勤務地をリストにしてくれないかと要求した。少々面倒がっている様子もあったが、承知しました、今日の夕方までには用意しておきますと言った。

桜田門に向かいながら、中村は「寒子《カンコ》」の意味を考えた。これは一種の愛称かもしれない。実際の名は「さむこ」だが、土屋がちょっとからかいの意味も込めて、「カンコ」と呼んでいたのかもしれない。しかし「さむこ」にしても、ずいぶんと珍しい名前である。そのほかに、こういうことも考えられるかもしれない。この女が東南アジアか、韓国などから来ている女、外国人であったという可能性、つまり「カンコ」というのは外国語の名前であって、それに「寒子」という日本文字をあてていただけ、という想像である。いや、と刑事はすぐに打ち消した。それでは東北や越後方面に実家があるという事実と食い違う。

中村は思いついて、公衆電話から土屋のアパートの隣人に電話をかけた。あの主婦なら、普段土屋がそう呼ぶのを一度くらい聞いているかもしれない。

中村が、お隣りの女性の名はカンコといったと思うがどうかと訊くと、主婦は、

「カンコ!?」

と頓狂な声を出し、しばらく沈黙してから、

「いいえ」

と言う。

「そんな名前ではなかったわね」

「そうではなかったという確信はありますか？」

「ええ、実はですね、あれからずうっと考えていたんだけど、昨日ようやく思い出したんです」

「思い出した？　名前を？」

「ええ」

それなら連絡をくれればよかったのに、と中村は思ったが、どうも一般人は警察には電話をしにくいものらしい。

「で、なんて名でした？」

「『ユッコ』と、言ってたと思います」

「『ユッコ』……？　確かですか？」

「確かです。いえ、と思うんだけど」

新しい名前が出てきた。

「何度も、そう呼ぶのを聞いたんですね？」

「ええ、聞いたように思いますね」

あの主婦ならなかなか信頼がおける、と中村は思う。しかし、では「寒子」はどうなるのか――？

「では『カンコ』というのは間違いですな」

中村はそう言って、土屋の友人が、土屋の女をそう呼ぶのを聞いた話をした。すると主婦はちょっと考えているふうだった。そして妙なことを言いはじめた。

「そういえば……、前に、そんなふうに呼んでいたのを聞いたような気もするわね……」

「ほう、あなたもやはりお聞きになった」

「いえ、ちゃんと聞いたわけじゃありません、だいぶ以前なんですけど、それにちゃんと聞きとれなかったんだけど、なんだか変な呼び方をしているなあと思ったことが何回かありました。あれ、今思い出してみると、そう呼んでたのかもしれないわね……」

「カンコと呼んでいたのかもしれない」

「ええ、そうねえ……」

「どんなふうな使い方、呼び方をしていたんです？」

「それは、ですから『おーい、なんとか』って感じよね」

「おーいカンコ、ってふうに」

「そう、カンコこっちへ来て手伝えっていう調子で」

「そうですか、でも最近は聞かなかったんですな？」

「最近は……、そう、聞かなかったわねえ、ユッコ、ユッコっていう調子でした」

「それは、いつ頃です？　何度かカンコって呼んでたのは？」

「そう呼んでたのかどうかは解りませんよ、でも変な呼び方をしてるなと思ったのは、夏頃のことです」

「夏、ということは、夏だけだったんですな？　そう呼んでたのは」

「そう……、ええ、そうでしたね」

中村は大変参考になったと言い、礼を言って電話を切った。

また妙なことになった。名前がふたつになり、一方の「寒子」は、夏の間だけの呼び名だったという。暑い夏の間だけ「寒子」というわけである。

しかしこれは、久松の話とも矛盾はしない。久松が土屋たちに会ったのは八月十四日、すなわち夏である。

中村は、もう一度さっきの久松との会話を思い出してみる。

「具体的には土屋さんは彼女のことを、どんな時そう呼んでいたんです？」

「今憶えているのは、店内のクーラーの話になった時、彼女がよく効いている、寒いって言ったら、『おまえってカンコだからな』と確かそんなふうに言いましたね。なんでクーラーが効いていたら『カンコ』なのか、よく解りませんでしたけれどもね」

久松は「寒子」の字づらを知らないからそう思ったのも当然である。この話からも、「カンコ」は「寒子」であることが確かめられる。しかし中村は、別のことが気になってこんなふうに訊いた。

「ほう、土屋さんはその人のことを『おまえ』と言ったのですか？」

「ええ」

「確かですか？」

「確かです。ぼくもへえと思って、ちょっと驚いたのでよく憶えているんです。間違いありません」

「おまえ」というぞんざいな呼び方も気にかかった。八月十四日というと、中村の考えでは少なくとも三月十九日には、二人はまだ知り合っていなかったはずなので、どんなに早く見積ってもこの時二人はまだ知り合って四、五ヵ月の仲であったと思われる。最近の若い恋人同士が、知り合ってそのくらいでもうそんなふうに呼び合うものだろうか。もしかすると二人は、まだ一、二ヵ月の仲であった可能性もあるのだ。

まあそれはよい、いずれにしても「寒子」と「ユッコ」だ、中村は考える。「カンコ」よりは「ユッコ」の方がずっと名前らしい。どうやらこっちが本名と思われる。しかしこれでもまだ略称である。ユウコかユキコかユリコかユミコかもしれない。そして「カンコ」は、愛称に違いないと思った。それもほんのいっ時のものであったらしい。だがどこからこんな妙な名を思いついたものか――？

土屋は夏の間だけ、「ユッコ」を何故か「カンコ」と呼んでいた。そして八月八日から十一日までの旅の写真の下にもそう書いている。ということは、もしかすると土屋は、この旅の前はそう呼んでいなかったのではないか？　中村はふいにそう思いついた。この旅をきっかけに、そう呼ぶようになった。旅行を境にこのアダ名が生まれた？　そして、旅の印象が薄れるにつれ、この呼び名も土屋の口から消滅した――。

うん、こいつは大いにあり得ることだ、と中村は考える。もしもこの推測が正しいなら、この名は旅に由来する。そしてその旅は越後方面である。この旅の何が、無口な土屋をして「ユッコ」を「カンコ」と呼ばしめたのか――。

中村は日伸警備保障に廻り、三月から七月にかけての土屋昌利の勤務地のリストを受け取った。リストといっても、ボールペンで派遣地の住所やビル名を書き連ねただけのものである。ざっと目を通してみると、ビルの名がなく、住所を表示しただけのものも多い。そういうものには、「交通整理」などと書いてある。中村は、リストを渡してくれた若い男にこの点を尋ねてみた。

「この交通整理というのは？　まさか交叉点で交通整理をやるわけじゃないだろう？」

長内《おさない》と名乗った若い男は、少し笑って答える。

「もちろん違います。これは、道が水道管の埋設工事などで片側一方通行になったような時に、車を交互に通したりして交通を整理する仕事です」

「するとこっちの『工事現場車両整理』というのは？」

「これは都心の工事現場などは、工事関係車両の駐車スペースが充分とはいえませんので、ガードマンが行って車の整理をするわけです」

「車を移動して、スペースを作ってやったりするわけだね？」

「いえ、自分で車を運転することは、原則として禁じています。ま、その辺は臨機応変ですけれども」

それで中村にもだいたい解った。残りはビルの夜警がほとんどである。新築マンションを、業者に引き渡すまでの巡回警備などというものもあるが、これもビルの夜警と業務内容は同じであろう。

派遣地は、一日で変っているものもあれば、一ヵ月近く続いているものもある。派遣地は数えてみると全部で十三あった。ひとつひとつ洗うのはなかなか骨が折れそうである。

「こうして見ると、中には同じ勤務地がずいぶんと長く続いているものがあるね、こういう場合も、勤務地へ行く前にいちいちこの本社へ顔を出すのかね？」

「いいえ、出しません。自宅から現場へ直行するケースがほとんどですね」

「ああ、そう。しかし亡くなった日は、いったんここへ寄ってるね」

「ええ、あの時は、道が通り道だったのと、ここで夕食をとろうとしたためでしょう」

「ああ、そう。しかしガードマンの制服は？」

「それは当人に預けっ放しですから」

「制服を着て、電車に乗っていくの？」

「いえ、バッグに入れていって、現場で着替えます」

「なるほど。靴も？」

「靴もです」

「ガードマンの靴は特製という話だったね？」

「ええ、爪先に鉛が入っています」

「それは、武器としてかい？」

「いえ、さあ……、ぼくは、車に轢《ひ》かれても大丈夫なようにって聞いてますけど。交通整理などで、爪先を車に轢かれるケースはよくありますので」

「なるほどね」

中村は、長内のくれた名刺に目を落した。それには、右肩に「司令室長」と麗々《れいれい》しく印刷されている。しかし刑事の目の前の男はまだ若く、せいぜい三十くらいに見える。

「君の名刺、肩書きは司令室長となっていますね？　ずいぶん立派な肩書きのようだけれど」

長内は、苦笑いのような笑い方をした。

「それは、呼び名ってだけです。一応、ほかに呼びようがないからで」

「司令室っていうのは？」

「それは、つまりここです。ここをそう称してるんです」

「つまり君はここの長なんだね」

「いや、電話番の、まとめ役ってだけです。うちでは、東京を三つの地区に分けてましてね、その三つにそれぞれ隊長というのがおりまして、その彼らへの伝達係という、ま、それだけのことなんです。別に彼らより偉いということもないですし……」

「ああそう」

中村はそれからもしばらく若い司令室長と雑談をして、日伸警備保障を出た。

5.

人間とは不思議なもので、歳末のあわただしい時期になると決って馬鹿なことをやり、警官を走らせる。窃盗《せっとう》、引ったくり、抱きつきスリ、深夜スーパー強盗、酔っ払い同士の喧嘩《けんか》による傷害、そして都内のあちこちから、タクシー強盗にいっせいに不審火があがる。気味が悪いほどである。

しかしこれはみながみな放火というわけではない。たいていはホームレスが暖をとるための焚《た》き火が、付近の枯れ木などに燃え移る火である。

これで有名なのは浅草《あさくさ》地区である。ここでの毎年末の不審火の発生件数は、都内で最も多い。浅草寺《せんそうじ》境内にはホームレスが百人以上住みついているが、年末になるとそれが二百人近くに膨《ふく》れあがる。そして彼らがめいめい、境内のあちこちで火を焚くからだ。

しかし、これに警邏《けいら》の警官が片端から水をかけて廻るわけにもいかない。そんなことをすれば、彼らの何割かは間違いなく朝までに凍死する。

これら歳末の大騒ぎの諸悪の根元は、日雇い労働者の大半が、年末になると職を失なうためである。山谷《さんや》のドヤ街の連中などは、年末にかかると仕事が完全になくなってしまう。するとその日暮しの連中は、たちまち一日数百円の塒《ねぐら》を追い出されるはめになる。そういう者たちが寺などに集まり、火を焚いてアオカン（野宿）を決め込むのである。

しかし彼らはむしろ優等生といってもいい。おとなしく眠らない者も大勢いる。そういう者のうち、体力がありあまり、道徳観にとぼしい者が、深夜、学生アルバイト一人の二十四時間営業のスーパー・マーケットや、タクシー、歳末一時金を懐《ふところ》にしたサラリーマンなどを襲う。中には一人暮しの女子大生のアパートに侵入しようとする者まで出る。

彼らのうちにはアルコール依存症が多い。懐に簡易ベッドを確保する程度の金しかない時は、その金を迷わず安酒につぎ込んでしまう。そのあげくが喧嘩か、トラ箱（泥酔《でいすい》者保護所）行きとなる。都内に四箇所あるトラ箱は、毎年末になるとてんてこまいである。浅草地区の日本堤《にほんづつみ》泥酔者保護所は最も規模が大きいが、それでも毎年この時期にはお客を収容しきれない。

こういう連中がことを起すたび、警視庁の通信指令センターの電話が鳴る。したがって年末のセンターは戦場である。広い部屋のあちこちで、電話がまるで都民の悲鳴のような声をひっきりなしにたてる。

この影響をもろに受けるのは機捜（機動捜査隊）だ。一課の下のフロアにいる第一機動捜査隊の隊員たちは、年末に入ると警視庁から姿を消すような印象になる。文字通り食事をとるひまもない。

その次に交番の警官が忙しい。その次が刑事連中である。中村も当然このあわただしさとは無縁でいられない。師走《しわす》という言葉はまるで警察官のためにあるようだ。

一課の連中は、四谷の雑居ビル火災を、年末になると決って起る不審火のひとつと考えているふしがあった。したがって中村がこういう時期、忙しい同僚を横目に、海のものとも山のものともつかぬ消えた女一人を追いかけるのは、少々気のひける仕事だった。

中村は一人、歳末の喧騒《けんそう》を縫《ぬ》うようにして、土屋の十三の勤務地をあたって歩いた。するとガードマン土屋が、勤務中に遭遇した事件は少なくなかった。

まず四月五日、神田神保町《かんだじんぼうちょう》のビル工事現場で工事車両の整理をしていた時、隣りのビルの一階にある銀行の人間が、得意先まわりから車で駐車場に帰り着いた時、工員ふうの若い男に刃物で脇腹を刺され、証書や現金約六十万円の入ったカバンを奪われるという事件があった。この時、土屋は通りがかりの者や、工事現場の者たちと協力して、現場から百メートルほど離れた路上でこの者を捕えている。

土屋が犯人に最初に追いついたわけではないので別段表彰などされてはいないが、この時重傷を負った田村《たむら》という二十九歳の銀行員を、後日土屋は一度だけ病院に見舞っている。田村は傷が癒《い》え、職場に復帰しているので、中村は直接会って話を聞いた。田村は土屋のことを感じのよい青年と評した。死んだと聞くと、うっすらと目に涙を浮かべた。しかし、土屋と田村との後日談は、それ以外にはないようだった。

もうひとつは、池袋のビル夜警に入っていた五月十一日、そのビルの二階にあるサラリーマン金融の窓ガラスが、ことごとく割られるという事件があった。このやり口は執念深いもので、一度やり、何時間か経つと戻ってきてまた割るという調子だったらしい。犯人が複数であったか単独であったかも不明。この時の土屋は、犯人を取り逃がしている。いずれにしてもサラ金に怨みを持つ者の仕業《しわざ》であることは間違いがない。

もう一件、六月十日には、土屋が夜警に入るビルでサラ金強盗が発生している。ただしこれは、彼が勤務につく一時間ばかり前の出来事であるから、関係はなかろう。

それからもうひとつ、注目すべき事件がある。七月一日、土屋は中目黒で交通事故を目撃している。これは当て逃げであったらしいから、かなり悪質である。ただし、当てられた側は重傷ではあったが死んではいない。

土屋が夜勤に入っていたビルの前の交叉点で、夜の十時頃、白塗りの乗用車とオートバイが接触、オートバイの青年は路上に投げ出され、乗用車はそのまま逃走した。土屋が救急車を呼び、青年はそのまま入院、土屋はこの青年も病院へ一度見舞っている。

中村は病院へ行き、この青年の住所と氏名を一応控えた。年齢は十九歳である。そして、この点が注目に値すると思われるのだが、目撃者の証言によると乗用車を運転していた者は髪が長く、女性のようにも見えたという。

すでに夜も更《ふ》けた時刻の事故であったため、目撃者は少なく、土屋を含め乗用車のナンバーを見た者はない。したがって現在にいたるまで、この運転手は捕まっていない。

中村は直感的に、ここに何かありそうだと考える。この当て逃げの運転手が「ユッコ」であり、土屋はこの事実を何らかの方法によって知り、彼女に会い、そしてこの事実を伏せることと引き換えに、彼女を自分のものにした――。

実に下世話《げせわ》な想像である。現在までに知れるところ、土屋はなかなか立派な男だ。あまり考えたくもない推測だが、こういった下らぬ事柄が世間には往々《おうおう》にしてある。現実はさして上品とはいえない。刑事《デカ》としてはこの可能性を放っておくわけにはいかない。

青年は下枝邦晴《しもえだくにはる》といった。目黒救済会病院に三ヵ月入院した後、現在は整備士の仕事に復帰している。住所は神奈川県川崎《かわさき》市多摩《たま》区登戸《のぼりと》、すると電車は小田急線の登戸駅を利用する。なんと土屋の千歳船橋と、同じ沿線ではないか。

中村が下枝のアパートに電話すると、下枝君はお勤めですよと大家が答え、勤務先を教えてくれた。アパートから歩いて行けるくらいの距離にある、世田谷通り沿いの小さな整備工場だった。中村はここを一人で訪ねた。

小さいが、ガラス張りのショウルームもあるなかなか小綺麗な店だった。裏が修理工場になっている。上下がつながったブルーの作業着を着た青年に、下枝さんはと尋ねると、呼びに奥へ引っ込んでいった。青年は髪にパーマをかけ、派手なリーゼントに盛りあげていた。一見してオートバイに乗りそうなあんちゃんだった。

寒風にあおられながら待っていると、今の青年よりさらに髪を盛りあげた青年が奥から現われた。彼は黄色いツナギを着ている。頬の色が白い。遠目には暴走族ふうに見えたが、近寄ってきたのをよく見ると、まだ幼なさの残る十代の青年だった。眉は剃《そ》っていない。

中村が手帳を見せると、下枝の表情がさっと堅くなった。「族」の捜査か何かかと思ったのだろう。中村が事情を話し、君が七月に中目黒であった事故について訊きたいんだと言った時、奥から社長らしい人物が出てきて、寒いですから応接の方へどうぞと言った。

中村は、ショウルームの隅のソファに通された。大きなガラスを通して陽が背に当り、なかなか暖かかった。ショウスペースにはオートバイが一台あるきりだった。たぶん普段はここに四輪の新車が置かれているのだろう。中村が下枝にそう尋ねると、彼はうなずき、昨日急ぎのお客さんに渡したんですと言って、新車の名前を言ったが、中村は知らなかった。

女の子がお茶を運んできた。中村がなお世間話を続けると、下枝はようやく打ち解けるようになった。打ち解けて話してみると、下枝は外見に似ず、なかなか礼儀正しい青年だった。

しかし下枝は、自分を当てた乗用車の、運転手はおろか車種さえも見ていないという。いきなりうしろから当てられ、すぐに何も解らなくなった。気づいたら人だかりの中心にいて、救急車に乗せられるところだったと語った。

運転手が男か女か、車の色が白だったか黒だったか、それも解らないかねと中村は食い下ったが、無駄だった。あとから人に聞いて白いセダンだったらしいことや、女のようだったなどと一応知ってはいるが、これは自分の記憶ではない。

中村は失望した。この糸も、あえなくここで途切れそうであった。そういうことなら、土屋も彼からこの運転手のことなど知りようがないだろう。事実、土屋は翌々日自分の病室を見舞ってくれたが、そんなことは訊きもしなかったという。むしろ下枝の方がいろいろと質問して、さっきのような知識を得たらしい。その時土屋は、ひょっとしたらあれは無免許だったのではないか、というようなことを言ったという。

中村も、これには同感であった。普通こういうケースでは、相手は停まるだろう。当て逃げの罪は重い。人里離れた田舎道とでもいうならともかく、街中である、信号もあれば渋滞もある、逃げきるのはむずかしかろう。それをあえてやったということは、免許を持っていなかったのか、それとも保険に入っていなかったのか——。

いずれにしても、この線はこれまでのようであった。もし事実が中村の睨《にら》んだ通りであったにせよ、土屋はこのドライヴァーの素性を、少なくとも下枝からは知りようがなかったはずである。もしもこの推測が正しいなら、土屋は自らの見たものか、それともこの時の目撃者たちの証言からでも推理を組み立てたかだが、そうなると今からではもう知りようもない。

下枝邦晴と土屋昌利のアパートは、小田急線で一本につながってはいるが、その後の二人の交際はなかった。中村が土屋は死んだと言うと、下枝は一瞬目を丸くしたが、それほど衝撃を受けたふうでもなかった。ぼくは、友達が二人も事故って死んでますので、と青年は言った。

中村は礼を言って立ちあがろうとしたが、ふと思いついて、

「君は『寒子《カンコ》』という言葉を聞いたことがないかね？」

と尋ねた。

「『カンコ』、ですか？」

「そう、『カンコ』だ」

下枝はしばらく考えてから、

「ないですね」

と答えた。

中村は名刺を渡し、何か思い出したらここへ電話をくれと言い置いて、寒風のしみる表へ出た。


師走の時間は早い。ふと気づくともうクリスマス・イヴだった。ということは昭和五十七年もあと数日を残すばかりになったということである。誰に言われるわけでもないのだが、中村は人知れず焦りを感じた。

嫌な事件だと思った。おそろしく地味な事件である。はっきりしたところが何ひとつない。おまけに、へたをすればこちらの見込み違いであって、事件ではないかもしれないときている。しかし、妙に気になって放り出すことができないのだ。

格別魅力があるというのでもない。彼の捜査官としての信条に強く訴える要素があるというわけでもない。ぬるま湯になじんで、あがり機《しお》を失ってしまったような気分だった。

だがもう今となっては引き返せない。

　刑事部屋に帰ってくると、主任が中村の名を呼んだ。

「四谷雑居ビルの焼死体を、まだ追っかけてるんだってな」

　いきなりそんなふうに、主任は言った。中村はうなずく。

「殺しの可能性を信じているのか？」

「そうです。信じてますね」

　言葉だけは強く、中村は答える。

「あんたも解っている通り、年末は忙しい。手が足りないんだ。小谷君もふうふう言ってる」

　中村もそれは知っている。自分がこんな半分道楽みたいな仕事をしているから、小谷はひとりで中村との二人分をこなしているという印象である。

「だがありゃあ違うだろう」

「違いますか？」

「火事があれば、焼死体のひとつくらいは出る。そういうもんだろう？　それが当然だ」

「そうでしょうかね」

　中村は答える。だがうまい反論を、なかなか思いつけない。確かにそれはそうなのだ。

しかし、なにかひとつ承服しきれない。

「睡眠薬を呑み、睡眠薬の瓶を所持していても、ですか？」

「自殺だってのかい？」

「いや、殺しです」

「ガードマン詰め所に火をつけてるのか？」

「いや、地下なんですが……」

そうだ、これも腑に落ちない。弱い点である。何故土屋を殺そうというのに、一階の詰め所でなく、遥かに離れた地下へ放火したのか。

「しかし死んだ土屋は、日頃睡眠薬なんか呑むタイプじゃなかったってんですがねえ」

「中村君、そんなことをいちいち気にしてたら大変だろ。そうじゃないかね？　日頃呑んでなかったといっても、死んだ当日呑まなかったという証明になるかね？　日頃考えられないくらいの突発的な悪条件が重なるから、事故というものは起るんだ。違うかね？　交通事故だって何だってみんなそうだ」

そうだ、解っている。しかしこのケースに限り、なにかひとつ納得しきれない。

「とにかく、いい加減で切りあげてくれ。あんまり道楽仕事を一人でやられてちゃ困る。それでなくても忙しい時期なんだからな」

解りました、と中村は答える。しかし今となっては、どうしても放り出す気になれないのだ。

ところが、今や道は完全に絶たれていた。もう「ユッコ」を追うすべはないと思われた。土屋昌利は、知人が極端に少なく、事実上いないといってもよい。勤務先関係から近所、高校時代の同窓生にまで手を拡げたが、女について得られた情報はごく少なかった。女に会ったことのある人間というと、アパートの住人を除けば、久松と今野というたった二人の人物だけである。そして彼らからも、「ユッコ」の正確な姓名も、正確な出身地も、まして素性や現在の居所を突きとめられそうな材料は、得られなかった。

考えてみればそれは当然かもしれぬ、と中村は思う。だからこそ女は消えたのであろう。土屋の人となりや、土屋の関係でそれまでに自分が会った人物のことなどをすべて考えあわせた上、これなら行方をくらますことが可能だと踏んで、女は消えたのである。そうでなければ失踪などはすまい。

現在までに得られた手がかりといえば、言葉に若干の東北訛りがあるらしいこと、越後方面に実家があると思われること、若いこと、小柄で人目をひく容姿をしているらしいこと、名前の略称は「ユッコ」で、夏の間だけ何故か土屋に「寒子《カンコ》」と呼ばれていたこと——、せいぜいこのくらいである。

苗字は解らない。むろん写真もない。たったこれだけの材料で東京都民一千万の内から、いや日本中から、この消えた一人の女を捜し出せるものだろうか——？　答えはまず

「否」である。

ほかに補足的な材料として、二人が知り合ったのは三月十九日から七月八日までの間であると思われること、そして八月十四日には土屋は、すでに女にぞんざいな口のきき方をしている点などがあるが、これらは女の居場所を突きとめるという目的には、なにもプラスしない。先の当て逃げ事件も同様である。これなどもう進展の余地がまったくない。

そして日を経ても、材料が増える気配はなかった。同種の放火事件は二度と起らず、中村は引き退るか、さもなくばこれだけの手がかりで女を追うほかはなかった。

中では何といっても「寒子」である。これが中村の頭の中で強く引っかかっている。その他の事実は、ごくありふれたものである。小柄である、人目をひく可愛い顔だちである。名前の略称はユッコである、北から来ているらしい――、こんな条件を充たす娘は東京中にいくらでもいる。

しかし「カンコ」はいないだろう。これだけがただひとつ、毛色が違っている要素なのだ。したがってたったひとつの、有効な手がかりに思えている。追及してみる価値がある、そう中村は考える。

この愛称は――もし愛称とすればだが――ずいぶん風変りだ。自然に思いつくとも思われない。どこからか引っぱってきたものであろう。そしてそれは、夏の旅で二人が出会った何ものかからではないか。

最初この名を見た時、中村は「さむこ」と訓んで、東北は寒いからという単純な発想を考えた。しかし「カンコ」であると解ってこの考えは棄《す》てた。そういう理由なら、カンコとは読まないであろう。

旅先で二人が出会ったもの、普通に考えればそれは地名だろう。あるいは人名かもしれないが、カンコなどという人名はあるまい。

中村は壁の大日本地図の前に行った。新潟県の日本海側を指で押さえ、滑らせながら、「寒子」を連想させる土地名を探した。しかし見当らない。

では土地の名物とか、民謡の文句とか、そういったものからの連想だろうか。東京育ちの中村は、そういうことに知識がないから、このあたり出身の同僚を呼んで、尋ねてもみた。しかし、彼も心当りはないと言った。

もし地名とすれば、それはなんといってもこの「ユッコ」の出身地から採《と》ったものと考えるのが自然である。「カンコ」の音からすぐに思いつく地名というと、北海道の阿寒湖《あかんこ》などというものがあるが、それでは越後方面らしいという久松の話と繋《つな》がらない。そして彼の話では、女の実家は海の近くのようだったという。つまり日本海側という話になる。

中村は時刻表を持ってきた。そして最初の鉄道地図のページを開いた。新潟の付近を出し、ここから日本海に沿って越後線を南下してみる。白山《はくさん》、関屋《せきや》、小針《こばり》、寺尾《てらお》、内野《うちの》——。この地図なら、国鉄の駅はどんな小さなものでも載っている。しかし、「寒子」を連想させる地名には行き当らない。

こんどは逆に白新線《はくしん》を北上してみる。新崎《にいざき》、早通《はやどおり》、豊栄《とよさか》、黒山《くろやま》、佐々木《ささき》――、中村は指を滑らせ、延々と北上していった。男鹿《おが》半島までも行ってみるつもりだった。

羽越《うえつ》本線に入り、さらに北上し、村上《むらかみ》をすぎると小さな駅らしい名が並ぶ。その中のひとつで中村の指が停まった。越後寒川――！

越後寒川《さむかわ》？　ここに一字「寒」の字が出てくる。中村は眉根にしわを寄せ、首をかしげる。はたして――？

「ユッコ」はここの出身だった、だから土屋は彼女をからかって寒子と呼んだ――、あり得るだろうか？

はたしてどの程度の可能性があるだろう。日本海に面したこの小さな街まで、わざわざ出張してみるだけの価値があるだろうか。

いざ出張となると――、と中村は一応上越新幹線の時刻を調べた。それから次に羽越本線のページも開いてみた。縦に並んだ駅名を指でなぞり下り、越後寒川を見つけた時、思わず低く声を洩らした。

越後寒川の右隣りに、「えちごかんがわ」と小さくルビが打ってあるではないか。「さむかわ」ではない、この街は「かんがわ」と読ませるのだ！

中村の脳裏に、即座にごく具体的な映像が見えた。アルバムにあった、寒そうに肩をすぼめた土屋の写真からの連想である。

土屋の顔を、まだ見たことのない、消えた女の顔に置き換えてみる。

二人でこの小さな街に着き、夏だというのに「ユッコ」は、肩をすくめて寒がった。それを見て土屋が、寒がりだなとからかう。そしてふと、その様子をこの土地の駅名と結びつけることを思いつく。

「そうか、『寒川《かんがわ》』の出身だから、おまえ『寒子《かんこ》』なんだな」

あるいはユッコの方で言ったかもしれない。

「私『寒川』の出身だから寒がりなのよ。『寒子』なのよ」

そして二人の間で、いっ時この呼び名が定着する。二人の間で、この旅が印象を持っている間は、である。

ありそうなことに思われた。中村は即座に出張を決意した。許可が下りなければ、自費でもよいと考えた。

翌十二月二十五日クリスマスの日の朝、中村は開通して間もない上越新幹線に乗った。意外にも主任は、あっさり出張を認めてくれた。主任はあれで、案外しゃれの解る男である。彼としては、クリスマス・プレゼントのつもりだったのかもしれない。

第三章　凍る風土

1.

開通したばかりの上越新幹線は、すこぶる乗り心地がよい。揺れも少ない。東海道の新幹線とは、今のところだいぶ差がある。もっともあと十年も経てば、これもやはり揺れるようになるのかもしれない。

越後湯沢《ゆざわ》のあたりはさすがに雪景色だが、予想したほど雪が深くない。暖冬のせいであろう。

新潟駅から羽越本線の特急に乗り継ぐ。そして村上から各駅停車に乗り換えて、越後寒川に向かうのである。朝八時すぎに家を出たが、こうして越後寒川に着くのは午後の二時すぎとなる。

時刻表を見て少し驚いた。寒川に比較的早い時間に着ける列車は、たった三便しかない。ほかは急行で、すべて寒川を素通りしてしまう。

村上駅の待合室で乗り換え列車を待っていると、ガラス戸の外に小雪が舞いはじめた。中村にとっては、今年はじめての雪である。

村上を出ると、列車は日本海に沿って北上を始める。中村が席を占めた左側の窓に、陰《いん》鬱《うつ》な冬の日本海がひらけた。土屋のアルバムの写真と、よく似た風景である。

奇怪な岩肌をさらした崖や、海中まで進出したような大岩が目だつ。前方にそんなものが見えはじめると、列車はたいていトンネルをくぐる。そうでない時は、荒涼とした海岸線が続く。砂の色は見えない。薄く雪が覆っている。そして海べりには人家の影もない。

海べりは、日本海側の方が美しい。工業地帯や、ひらけすぎた街並が、まだ旅人の目から海を隠していないからだ。

厚く暗い雲が空を覆い、晴れていれば沖に粟島《あわしま》が見えるはずだが、ぼんやりとした影さえ知れない。その向こうには大陸、シベリアが横たわるはずである。そこから渡ってくる強い風に、雪はさかんにあおられて舞い、空しく海に降った。

そういう景観は、越後寒川に着くまで続いた。このあたりの海岸線は、「笹川流《ささがわなが》れ」と称する名所なのだそうである。海なのに「流れ」とは面白い。晴れていれば、夕陽が美しい土地柄だという。しかし、こうして雪の舞う風《ふ》情《ぜい》も、充分に心を打つものがあった。

中村は、以前何かの旅の雑誌で、このあたりのことを読んだ記憶がある。シベリアからの冷たい風をついて走る、冬の「日本海縦貫線」の列車の旅ほど、詩心を起させるものはない――。実際にやってきて、なるほどと思う。

越後寒川に着く。がらんとした吹きさらしのホームにおり立った。中村のほかにはおりる客はない。

駅を出て驚いた。小さな街であろうとは思ったが、これほどとは思わなかった。商店街はおろか、駅前の通りもない。すぐ目の前に山肌が立ちふさがる。山は雪の載った枯れ木が覆っていた。

右にも左にも人家の集落とおぼしきものはない。駅の正面に、民宿と書いた看板をあげた木造の二階家が一軒あるきりである。それもガラス戸がぴたりと閉じられ、中に人の気配は感じられなかった。

振り返る駅舎は、この民宿よりも小さい。屋根は瓦葺《かわらぶ》きである。その上を薄く雪が覆っている。背後はすぐに海であった。いったいどこに街があるのか。中村は駅舎の内に引き返し、駐在所の場所を訊いた。

海岸線のすぐ手前まで山が迫っている。そのわずかな隙間を、道路と鉄道が並んで走っている。国道らしいその道路を駐在所に向かって歩きながら、中村はほんの二、三台の車とすれ違っただけだった。

ひどく暗い天候だと思った。思わず腕時計を確かめた。まるで夕方のようである。雪は相変らず舞っていた。

駐在所はすぐに解った。赤い看板が出ていたからだ。村上警察署、寒川駐在所とある。しかし、曇ったガラス窓の内に人影はない。

しかも風変りな駐在所で、一軒の家の半分に看板があがっているのだが、残りは民家で表札が出ていた。というより、民家の一部屋を駐在所が借りているというふうだ。

ガラス戸を開け、入り込んでしばらく大声をあげていたら、ようやく隣家から中年の警官が戻ってきた。肩の雪をちょっとはたきながら、「何です?」と訛りの強い言葉で問う。

中村が身分と名を明かし、来意を告げると、彼は中央の捜査一課の刑事を、敬意とものの珍しさの入り混じった目でしばらく眺め、

「渡辺《わたなべ》です」

と名を言った。

天気の話が始まる。なかなか本題が切り出せない。辛抱強く頃合いを待ち、中村はようやくひと通り東京の事件の顚末《てんまつ》を話した。

「したば東京の殺人事件で……。ほう、ほう、そんでわざわざこんだ田舎さまで、そいだばどうもご苦労さんなこんですな」

そして、こっちの方が暖かいですと、奥の座敷の火鉢のあたりを手で示した。

二人は靴を脱いであがりこんだ。渡辺巡査は、座布団を中村の方に押して勧めた。

「若つげおなごの名前が『ユッコ』……、ほう、でそのおなごはこの岩船《いわふね》郡の山北《さんぽく》の出だなの？」

「いや、それは解らないんです。ただこの、越後寒川駅を利用する街の出じゃないかと、そう思わせるに足る状況があるものですからね。

どうです？　名は『ユッコ』、現在東京へ働きに出ていて歳の頃は二十二、三。今年の夏、婚約者を連れて一度帰郷している……、こういった程度の事実しか解っていないんですがね、解りますかね」

「ええ、そだばこのへんの人だとはっきりしてんなであれば、住民名簿をあたれば解っど思います、このへんさだば、いくらも人は住んでおりませんさげ。ちょっと待っててください」

渡辺巡査は立ちあがった。それで中村はつと目を移し、窓の外を見た。

雪が激しくなっているようだった。風も強くなりはじめている。風の唸《うな》る音が聞こえるようになった。その音に混じり、かすかに波の音もしている。

警官はデスクの上の袋戸棚を開け、住民名簿を出すと、もう一度座敷の方へあがってきた。表紙の埃を払いながら、それを黒ずんだすわり机に載せ、

「名は『ユッコ』、歳は二十歳すぎ、現在東京へ出ておる娘、ですな」と念を押してきた。

中村は無言でうなずき、一度身を乗り出して名簿を覗きこんだが、じきにやめ、風の音

を聞きながら待っていた。

「おお、そうか」

と突然警官の大声が沈黙を破った。

「乾物屋のユキちゃんか」

警官は言った。

「ありましたか!?」

中村も思わず大声になった。

「ありましたんども、しかし……」

渡辺巡査は言い淀んでいた。見つけたことを後悔しているというふうにも見える。

「殺し、と言われましたの」

「そうです」

中村は率直に答えた。そして、

「姓名は？　どんな家庭の娘です？」

と無遠慮にたたみ込んだ。

「そう、姓名は渡辺由紀子《ゆきこ》、この先の食料品店の娘にそういう者がおりますんども……」

「家族構成や、生年月日はいかがです？」

中村はメモをとりながら尋ねる。

「家族構成はですの、母一人、子一人です」

「ほう、父親はなしですか」

「ありません。これは死にました。もうずいぶん昔のことになりますの」

「ずいぶんお詳しいですな。この家とは、特に親しくされているんですか？」

「いや、そういうわけではないですんども、狭い街ですからの。住民の一人一人については、まあたいていよく知っております。

　先ほど殺しと言われたように思いますが、この娘はそんだことに関係するような娘ではないですよ。ちゃんと村上の高校も卒業しておりますし」

「高校を卒業して、東京へ働きに出たわけですな？」

「そうです」

「父親は死んだとおっしゃいましたな？　死因は何です」

「確かエーさんとこは……」

「エーさん？」

「ええ、栄《さかえ》さんというんですが、ここらへんではみんなエーさん、エーさんと呼んどります」

「母親ですな？」

「そうです。エーさんのご亭主は、昔船で事故に遭ったはずです」

「ほう、沈んだんですか？」

「いや、そうじゃなく、船同士が接触して、そのはずみにどこかから甲板《かんぱん》に落ちて、打ちどころが悪くて半身不随になって。何年か寝たきりだったが、とうとう死んでしまいましたの」

「いつ頃のことです？」

「確か、昭和三十五、六年のことだと思いますの……、だいぶ昔のことになりますの」

「死んだのが？」

「そう、死んだのが。事故はそれより二、三年前になると思います……」

「するとこの渡辺由紀子という娘は、母親が女手ひとつで育てたわけですな？」

「そうです」

「この娘の生年月日はいつです？」

「えー、昭和三十五年、十一月二十七日ですの」

「すると現在、二十三、いや二ですか」

「そうなりますかの」

「東京の現住所も解りますか？」

「えーと、昭和五十四年に村上高校を卒業して上京、北千住《きたせんじゅ》、赤札堂《あかふだどう》デパートに勤務。住所は足立区千住曙《あけぼの》町、牛田《うしだ》荘となっておりますの。もっともこれは昭和五十四年当時の報告によるものですんで、現在は変っておるかもしれません」

　中村は忙しくメモのペンを走らせながら、それはこれから母親に直接確かめればよかろうと考えた。

「すると娘の由紀子の生まれたのが昭和三十五年、父親の死んだのが……、うん？」

　中村はおやと思った。娘の生まれたのが昭和三十五年、父親が死んだのも三十五、六年という。しかも事故で半身不随だったというではないか。妙なこともあるものである。

「父親は事故後、入院していたのですか？」

「ええ、そのはずです」

「この街の病院ですか？」

「いや、ここには病院はありません。おそらく府屋《ふや》の病院のはずです。二年ばかし入っておったはずですの」

「そう、しかし子供は生まれたわけですな？」

「まあ、事実生まれておるんですからのう……。その頃私はここの駐在さはまだ帰ってませんでしたから、事情はよく知らないのです」

「父親の名は、何というのです？」

「エーさんのご亭主は……、さあ……、何だけんでろ、もうずいぶん昔のことさなっさげの」

「この土地の人ですか？　ご亭主の方は」

「そうです。この街に住んでいる者は、みんなこの土地の者です」

「奥さんの栄さんも、この土地の人なんですか？」

「いや、エーさんは、村上か新発田《しばた》の方から、確か嫁に来た人のはずです」

「すると代々食料品屋をやっている家へ、嫁《とつ》いでこられたわけですな？」

「いや、食料品屋は、ご亭主が倒れてから始めたんです。それまでは、漁師ですの」

「つまり、収入の道が絶たれたので、店を始めたわけですな？」

「そういうことです」

だが中村は、千歳船橋のアパートから消えた『ユッコ』が、事実この渡辺由紀子であるという確証はまだ得られていないと思った。自分には『ユッコ』の写真はない。またこちらでユッコの写真を見せられても、自分には確かめることができない。自分の胸ポケットに入っているものは、ただ土屋昌利の写真だけである。

「この渡辺由紀子さんは、東京で土屋昌利さんという方と、婚約をされたらしい。この点ご存知ありませんか？」

「さあ……、私は存じませんの」

「今年の夏、この土屋さんと一緒にこの越後寒川へ帰ってきて、母親に会わせておるはずなんですがね、そんな話は聞いてらっしゃいませんか？」

「ああそうですか、ユキちゃんが……、ほう、いや、そんな話は今はじめて聞きました」

警官はそう言った。その表情は完全に善良そうである。

2.

中村は、強い風と小雪にまかれながら、教えられた集落に向かって歩いた。集落は、ただこの海と鉄道に沿った道をずんずん歩いていけばよいのだという。問題の渡辺食料品店は、ほかにそんな店はないのですぐに解ると巡査は言った。

岬を巡り、トンネルをくぐった。たちまち頬は冷えて痛み、靴の中で爪先の感覚がなくなった。右手には常に海があった。陽が傾くにつれ、波が荒くなるように感じられた。すれ違う人間はただの一人もなかった。

そんなふうにして十五分も歩くと、やがて集落が見えてきた。軒の低い家々が、身を寄せ合って暖をとっているように見える。その頃になると、頬かむりをした土地の者らしい人物と、二、三、行き合うようになった。

国道は急に幅を狭くして、集落の中央を抜けはじめた。どの家も堅く窓や戸を閉ざしている。往来に人の姿はない。街並に入ると、さらに空が暗くなった。

中村は、狭く、細長い箱の中を連想した。さらには、天井の低い、長い廊下を連想した。暗い。外の光は届かない。しかしその中を縦横に小雪が乱れ、舞っている。そして、海が吠える音も混じる。

中村が身をこごめながら、その書き割りの舞台のような通路を歩いていくと、あちこちの窓で蛍光灯がまたたき、明りがともった。

屋根の雪は意外に薄い。集落のうちには、屋根の上に石をたくさん載せた昔ながらの家もあるが、その石に載った雪も少ない。中村にはじきにその理由が解った。シベリアから日本海を抜けて吹きつける風が強いせいだ。中村は行く手に、積った雪が再び渦を巻いて舞いあがるのを見た。

それから風は、集落のすぐ左手まで迫っている山肌を、すごい勢いで駈けあがる。そんな時は必ず、人を威嚇《いかく》するような唸り声を残していく。

家々の隙間から海の側を見ると、雪をかぶった漁船が、陸《おか》に引き揚げられているのが見える。ここは漁村であるということらしい。

中村はいつもの癖でつい表札に目がいく。そして驚いた。道の両脇に並ぶ表札の名はどれも、ほとんどすべてが「渡辺」なのであった。それ以外の名はごくわずかだ。中村は食料品店の名だけでなく、さっきの巡査の名も渡辺であったことを思い出した。

行く手に食堂と書いた木の板が下っているのが見えた。黒ずんだ木の板に、素人らしい筆で書かれただけの看板である。しかし店が営業しているようにはみえない。

それから墓地があった。道の左右に、雪を載せた墓石や卒塔婆《そとば》が並んでいる。そこを抜けるとまた海に山が迫り、その隙間を細々と国道と鉄道が続くだけの荒地が始まる。集落を抜けてしまった。どうやら見すごしたようだ。中村は墓地の前でひき返した。

竹の細枝を束ねて作った塀の陰から、二、三人の主婦の一団が出てくるのに行き合った。みな頬かむりをし、中の一人が手にプラスチックの箱を持っている。その中には整然と、ラジオの部品らしい機械が並べられている。どうやら主婦たちの内職らしい。中村は彼女らに、渡辺食料品店の所在を尋ねた。

めざす店は、国道から海へ向かって入る露地に、表のガラス戸を向けていた。しかし建物の横壁は国道に接している。

看板も表札も出てはいない。ガラス戸は曇り、中に並べられた商品も外からは定かでない。東京ではこんなことでは商売にならないだろうが、この土地ではこれでよいのであろう。

ガラス戸を開けて中に入ると、粗末なモールがあちこちに下っている。中村は今日がクリスマスであったことを思い出した。ガラス戸を背後で閉めると、アルミサッシのせいで、風の音や海鳴りが遠のく。そして冷えきった体が救われる気がした。

店内にはあらゆる食料品がある。味噌、しょう油から、アメ玉、チョコレートまである。中村が黙って立って店内を眺め廻していたら、奥からのろのろと五十歳くらいの婦人が出てきた。いらっしゃいませもない。ひどく陰気そうな様子である。この女が渡辺由紀子の母親、渡辺栄らしい。

刑事は女を観察した。顔は細面である。化粧っ気はない。髪は白髪《しらが》混じりのざんばらで、まるでたった今、表の強風にあおられて帰ってきたばかりといった風情である。

顔の皺《しわ》は深く、茶色っぽい肌をして、お世辞にも清潔な印象とは言いがたかったが、意外に鼻梁《びりょう》が通り、高かった。駐在所の話では、彼女は昭和八年十一月四日の生まれというから、現在四十九歳のはずである。若い頃は、案外化粧ばえのする顔だちだったかもしれぬと刑事は考えた。

「何か？」

と女は無愛想に言った。その声に、土地の訛りは淡いように、中村は感じた。

中村は黙って警察手帳を見せた。女の堅い表情に、さらに敵意が加わったようだった。女の薄い唇がより一層結ばれた。

「東京からやってきましてね」

刑事は言った。女は無言だった。

「実はある事件を調査してるんですが……」

風の音。

「おたくの娘さん、渡辺由紀子さん、現在東京の方へ出てらっしゃいますな？」

相手のかたくなそうな様子に、中村の語調は知らず強くなった。

「私はなんにも悪いことはしてませんよ」

突然女が激しく言いたてた。

「ええそうだよ、刑事さんがやってこなくちゃなんねえようなことは、何もしてないですよ、私は」

女は語調鋭どく、中村の機先を制した。中村は少し鼻白んだ。

「ただの調査ですよ。別にあなた方をどうこうしようというんじゃない、お話をうかがいたいんです。ご協力下さい」

女は無言で立っていた。それからしばらくして、こんどは小さな声で、

「今、仕事中なんですがね」

とつぶやいた。刑事の頭に、さっきの主婦たちが持っていたラジオの部品らしい小さな機械が浮かんだ。

「渡辺栄さんですな?」

女は小さくうなずいた。

「娘さんは渡辺由紀子さん、お子さんはこの方一人、そうですな?」

女が再び小さく、しかし警戒するようにうなずく。

「昭和三十五年十一月二十七日生まれ、現在東京の方へ出ていらっしゃる、間違いありま

せんな？」

女の表情がまた険悪になった。

「刑事さん、早く用件を言って下さい。娘がどうかしたんですか？」

それから燃えるような目になった。

「まさか……、由紀子がどうかした!?」

「いやいや、そうではありません」

中村は即座に、柔らかく否定した。

「そう深刻なものと取らんで下さい。用件はじきに言います。とにかく答えて下さい。でないと先を申しあげにくい」

この母親なら、娘に殺人の容疑がかかっているとなったら、ひと言だってしゃべらなくなるであろうと中村は思った。

「いかがです？　渡辺由紀子さんは現在東京にいらっしゃる、間違いありませんな？」

母親は、激しい不安と警戒心を内に渦巻かせながらうなずく。

「現住所は足立区千住曙町、牛田荘……」

そう言ってから中村は、メモから目をあげた。母親はこんどはうなずかなかった。しかし、自ら訂正しようとはしない。ただじっと刑事の顔を見つめて立っている。

だが、千歳船橋の土屋のアパートから消えた女が、事実この由紀子なら、当然この牛田荘は引き払っている。

「しかしこの後、千歳船橋の方へ移られた……」

中村は続けた。目は女から離さなかった。女の動揺は、表情からたやすく読み取れた。

「そして、小田原出身の土屋昌利さん、新宿の日伸警備保障勤務、二十六歳の男性と婚約なさった。

それから今年の八月、八、九、十、十一日とこちらに土屋さんを伴なって帰郷され、あなたに婚約者を紹介なすった。そうですな？」

女はじっと無言で立ちつくしていた。

しかし中村は、強い手応えを感じていた。自分の言ったことがまったくの見当違いであれば、この母親なら即座に、もっと違った反応を示すであろう。

「いかがです？　これらはすでにわれわれの方で判明しておる事実なんです。隠されても無駄ですし、心証を害することにもなりかねませんよ」

それでも母親は黙っていた。

「八月八日から十一日まで、娘さんは土屋さんを伴なって帰郷されましたな？」

言いながら中村は、胸のポケットから土屋昌利のカラー写真を出して母親に示した。千歳船橋の土屋のアパートにあった、アルバムから抜いたものである。

「娘さんの連れ帰った男性はこの方でしたな？」

中村はこの時、やはり胸の動悸《どうき》を押さえることができなかった。かすかな痕跡を丹念にたどり、はるばるここまでやってきたのだ。

「十日まででしたがね」

女が小さく言った。

「え？」

中村は、風の音で聞きとれなかった。

「十日にゃ帰りましたよ、十一日まではいなかった」

聞いた時、刑事の胸に、ついにやったぞという快哉《かいさい》が起った。ついに今、消えた女にたどり着いたのである。

「相手はこの、土屋さんに間違いありませんでしたね？」

中村はそれでも一応写真を示し、念を押した。

母親は、あきらめたように今度ははっきりとうなずいた。

「それで、娘がどうかしたんですか？」

ふてくされたような声で母親は言う。今度はこっちの番と言いたげだった。

中村は、瞬間の女の表情を観察した。そしてこれは何も知らぬ、娘から何も聞かされてはいないなと判断した。

「いや、実はですな……」

中村は土屋の写真をポケットに戻しながら言う。

「この土屋さんが事故で亡くなられたんですよ。由紀子さんから何も聞いてらっしゃいませんか？」

母親は首を横に振った。中村は事故という言葉に力を込めた。

「それでですな、土屋さんの周りにいたいろいろな方々に、お話をうかがっているんですが、おたくのお嬢さんだけが、婚約されていたというにもかかわらず、杳《よう》として行方が知れませんでしてね、こうして、本籍地までたどるしかなかったわけなんですよ」

中村は、本籍地は解っていたような言い方をした。

事実、母親が娘から何も聞かされていないなら、母親は土屋側の人間の証言から、こうしてここまでたどってきたと判断するであろう。ただ中村は、母親が娘の婚約者が死んだと聞いて、驚きも悲しみもしないのがいくぶん気になった。

「いつです？　土屋さんが死んだのは？」

母親が訊いた。

「今月のはじめですな、十二月の一日です」

「それで娘は何と？」

「それはこれから帰って訊きます。ところで、由紀子さんの東京の現在の住所は、どちらでしたかね」

　母親はまた無言で唇を結んだ。

「それはお隠しになっても無駄ですよ。ここまで来たら、もう調べればすぐに解ることです」

「娘が……、娘が何か関係していると、言われるんですか？」

「いや、そうは申しません。事情を聴取したいだけです。形式を踏まなくては、書類上の処理が終りませんのでね」

「娘はそんな、悪いことが、大それたことができる子じゃないです。そんな……」

「ですから早く会ってそれを確かめたいのです」

　母親はまた無言になって立ちつくした。激しく迷っているのがよく解った。

「私は、今あの子が東京のどこに住んでいるのか、聞かされていないんです。いえ本当です。世田谷区船橋二丁目のアパートにいたことは知っていました。でもそこを出て、今友達のアパートにいるのだけれど、まだ部屋が見つからないので、見つかったらすぐに報せると、そういう電話を一度もらったきりで、まだ手紙も来ませんで……」

「それは今月のはじめですな？」

「はあ……」

「そのお友達のアパートの住所はご存知でしょう？　お教え下さい」

　母親は下を向いて唇をかみしめたが、やがて背中を見せて奥へ向かった。

だいぶ時間がかかった。出てきた時は、何かから書き写したらしいメモ用紙を持っていた。中村は、娘の手紙が現われるかと期待したが、それは無理だった。

「刑事さん、土屋さんのことに、娘が関係しているとお考えなんですか？」

まだメモ用紙をしっかりと握ったまま、母親はそう訊いてきた。中村は、母親の親としての直感が、彼女の胸を騒がせているのではあるまいかと疑がった。

「まだ何とも申しあげられません」

刑事は答えた。

「関係はされていないと思います」と答えるのは簡単だった。だが、嘘はつけなかった。以前、やはり肉親にそういった類いの嘘をついて、苦い思いをした経験が中村にはあった。

「ちょっと拝見」

中村は無遠慮にメモ用紙を奪った。

荒川区西日暮里《にしにっぽり》四丁目、丸谷荘、井比《いび》敦子《あつこ》、とあった。

「この方は？」

「同じ高校の出身で、一緒に赤札堂に就職した同級生の子です」

「やはりこの寒川の……」

「いや、府屋の子です」

「まだそのデパートに勤務しているふうですか？」

「知りません。そうじゃないですか」

「由紀子さんは辞められてましたな？」

これは当て推量だった。彼女は勤め人のようだったというアパートの隣人の証言はあるのだが、千歳船橋から北千住では距離がありすぎると思った。

はたして母親はうなずいた。

「五十四年の卒業でしたな？　五十四年の春に就職されて、どのくらいで辞められたんです？」

「私は、それはよく知りません。辞めたのがいつかは。辞めたと聞いたのは今年ですから。急に男を連れて戻ってきて、勤めを辞めたんだと言ったんです」

「世田谷区船橋二丁目のアパートの前は、もうすぐに千住曙町の牛田荘ですか？」

母親はまた無言になった。

「何度か変られておるはずです」

中村はまた当て推量を言った。すると母親はうなずいた。

「すべてお教えいただきたいんですがね、ご面倒でも」

母親はまたのろのろと奥へ向かって行動を起した。

万事がこの調子だった。強要されてはじめて、最小限の範囲での協力をするというふうである。

母親を何度か奥と往復させ、中村が得た情報は以下のようなものだった。

由紀子が上京して最初に入ったアパートは、例の千住曙町の牛田荘、この時赤札堂には女子寮もあったのだが、由紀子はこれを嫌い、民間の牛田荘に一人で入っている。同じ村上高校から赤札堂に就職した同期生は井比敦子だけで、この友人の方は女子寮に入っている。

そして翌昭和五十五年のはじめ頃、台東区浅草六丁目に転居している。母親は、この時点で赤札堂を辞めたのではないかと想像している節《ふし》があった。

それから昭和五十六年になって、新宿区市谷富久町《いちがやとみひさちょう》に再び転居、さらに同年の秋頃、こんどは渋谷区千駄ヶ谷《せんだがや》に転居。

年が明けて昭和五十七年になると、こんどは渋谷区代々木《よよぎ》四丁目に転居している。それからようやく例の土屋の、世田谷区船橋二丁目のアパートとなる。

そして現在は西日暮里の同郷の友人のアパートに居候《いそうろう》しているか、もしここをすでに出ているなら、現住所は依然不明ということになる。この点に関する母親の言葉には、嘘はなさそうであった。

母親の話や、口調から想像すると、彼女たちは決して仲のよい親子ではないらしく、娘は母親の干渉を嫌って、ほとんど絶縁状態といった方が事実に近いようである。これらの転居の様子も、娘の口から逐一聞いているわけではなく、娘からの手紙の裏書きで、転居や、転居の時期を母親は推察しているにすぎないらしい。

では何故これほど頻繁に便りをよこすかといえば、それは母親への送金のためであるらしい。添えてある手紙は、たいていあっさりしたものであるという。

しかしそれにしても、これはまた、ずいぶん転々としたものだ。四年の間に六度もアパートを変っている。現在もしアパートを借りていたら、七軒目ということになる。

中村は東京の地図を脳裏に浮かべた。職業柄、これは容易である。そして面白いことに気づいた。むろん事件の本質とは何の関係もないことかもしれないが、この娘は、東京を西へ西へと少しずつ移動しているという事実である。正確には北東から南西へと動いている。

もうひとつ興味深い事実がある。最後の渋谷区代々木四丁目という住所だ。この住所なら、電車は小田急線の参宮橋《さんぐうばし》駅を利用することになるはずだ。すると土屋のアパートのあった千歳船橋とは、小田急線で一本につながる。

中村は以前、この二人が知り合ったきっかけが想像がつかず、考え込んだことがあった。あるいはこのへんにヒントがあるのかもしれない。

中村はそれから、由紀子の友人井比敦子の府屋の実家の住所と電話番号も、一応訊いて手帳に控えた。彼女の東京のアパートには、電話はないという。

次に中村は、渡辺由紀子の写真を一枚でよいから預かりたいと言った。ここまでやってきたのだ、どうしてもこの女の顔を見てやりたいという気になった。それも、一刻も早く見たい。

しかし母親は、由紀子の写真はこの家には一枚もないと言った。卒業アルバムからスナップ写真まで、あの子は全部東京へ持っていってしまったと言う。

嘘かもしれない。二人は無言でしばらく睨《にら》み合ったが、中村は折れるしかなかった。令状があるわけではないのだ。

やむを得ずこれで切りあげようとして、中村が手帳を閉じた時、女がはじめてひとつだけ、積極的に質問を口にした。土屋昌利はどんな事故で、どういう死に方をしたのか、と問うのである。

「焼死ですよ、焼け死んだのです」

と答えて女の顔を見た時、思わず中村の目が停まった。そしてしばらく見つめざるを得なかった。

渡辺栄のやや落ち窪んだ目が、おそらくは恐怖のために、大きく見開かれ、垢《あか》じみた綿入れに埋まり加減の顎《あご》が、小刻みに震えた。

「どうかしましたか？」

と思わず中村が訊いた。

するとと女は焦点の定まらぬ目をのろのろと刑事の方に戻し、

「え？」

と小さく言った。その様子は何かの精神症か、ヒステリーの前兆のように感じられた。

「どうしたんです？」

中村はもう一度尋ねた。

しかしわれに返ったらしい女は、もうどう尋ねても「何でもないです」としか言おうとしなかった。

中村はあきらめてそこを出た。そして厳しい風土の内に、再び歩みだした。まだかろうじて陽は落ちてはいなかった。

中村は店の前の露地を、国道でなく海の方へ向いて歩いていった。海の音は以前より遥かに大きくなっている。荒れはじめたのだろう。

その音に向かって歩きながら、中村の脳裏に、渡辺栄の目をむいた表情が、いつまでも残像になって消えない。

3.

じきに海べりに出た。渡辺食料品店の裏は砂浜ではなく、コンクリートの低い堤防だった。

すぐ近くには、海に向かってやはりコンクリートの斜面が作られ、そこに何隻もの漁船が引き揚げられて並んでいる。

黒々とした海は、ほとんど吠え狂っているように、都会から来た者には感じられた。雪の舞う白々とした彼方の沖から、荒々しい波が果てしなく繰り出され、陸に向かって攻撃をしかけてくる。風が強く舞うと、その波頭《なみがしら》のほんのてっぺんの部分が、さっと白く砕けた。

風は絶えず中村の周りで、あらゆる音をたてた。歓迎しているようでもあり、威嚇するようでもあった。

北の日本海側の冬は、激しい音に充《み》ちているものだな、と中村は思った。並んだ漁船の陰で、黒い人影が二、三人見え隠れした。ここでは人間は、ささやくような弱々しい声をかわすばかりだ。

中村は堤防に身を乗り出し、もう一度海を見た。地の底から盛りあがり、また沈み込むような堤防ぎわの海を見ていると、巨大な生き物の胸の動悸のようにも思えてくる。

中村は体を戻し、陸伝いの彼方に目を転じた。そこには奇怪なかたちの大岩が、いくつか海の中まで進出した、独特の海岸風景があった。

刑事は、胸ポケットからもう一度土屋の写真を出した。Tシャツを着て寒そうに身をすぼめた土屋昌利の写真が、幾度か風にはためく。彼の背後に写った風景は、現在中村が見ているものと寸分の違いもなかった。

中村は国道に戻った。まだ陽はある。これだけでこの地を引き揚げるつもりはなかった。何だかいわくのありげな渡辺栄母娘について、もう少しこの土地で聞き込んでおきたい。

わずかにあれだけの会見だったが、中村の内にはいくつかの疑念が湧いている。

渡辺栄の、最後のあの驚いた表情は何なのか。

あの母娘は、妙に白々しい親子のように感じられる。何故なのか。しかし東京へ出た娘は、乏《とぼ》しい給料のうちから、ずっと送金を続けていたらしい。こんな田舎で女一人、あんな小さな店をやっている母親が心配なのであろう。

そしてほとんど絶縁状態だというのに、婚約者ができるとわざわざ連れ帰って母親に見せている。それが女同士の親子というものか。

体が芯まで冷えた。体のあちこちが痛みを発しはじめ、都会の者にはすでに限界だった。どこかで熱いコーヒーが飲みたい。なければ酒でもよい。

ところがこの街には喫茶店もスナックの類いも、一軒も見当らなかった。中村は仕事柄これまで多くの街へ行ったが、飲み屋が一軒もない街というのは、おそらくはじめてだなと思う。

来る時見かけた食堂の前まで戻ってきた。相変らず営業中の札は出ていない。しかし曇りガラスの嵌《はま》った引き戸は開いた。中へ入り、ガラス戸をもと通り閉めると、足もとで雪片がひらひら踊った。

客用にいくつか並んだテーブルに、一人かけていた老人が振り返り、五十を少しすぎたくらいに見えるおかみさんが厨房《ちゅうぼう》から顔をのぞかせた。客らしい者の姿はなかった。隅に石油ストーヴがオレンジ色の炎を見せて燃えている。中村はほとんど本能的にそっちへ歩きながら、

「何か食べさせてもらえるかね？」

と尋ねた。顔が冷えすぎて、うまく呂律《ろれつ》が廻らない。

「あいにくだどもの……」

とおかみが言った。あとの言葉はいくら待っても出てこなかった。よそ者に対する警戒心らしい光が目にあった。

「うちは釣り客相手の商売ださげの、冬の間はやってないです」

老人の方が後を引き受けて言った。どうやら夫婦者のようである。二人の言葉に、土地の訛りは強かった。

「それじゃあお茶かコーヒーでもないですか。酒でもいい。何か暖まるものを飲ませてもらえませんかね」

中村は食い下った。もう当分雪の中へ出るのは嫌だと思った。ここはこの集落でただ一軒の食堂である。ここで断わられたら、もう駐在所まで食堂はない。

「紅茶だば、できますんども」

おかみが奥から言った。

「それでいい、それでいい。紅茶を下さい」

中村は急いで言った。それから老人と向かい合わせのテーブルに腰をおろした。煙草を出す。老人にも一本すすめてみる。老人は受け取った。

「いや、まったく寒くてね」

中村は快活に言った。

「ところでこの街は渡辺姓が多いですな」

世間話のつもりでそう訊いた。

老人は何とも答えなかった。

「何ででしょうな」

「ここらへんはそうなんです……」

老人はぽつりと言った。

「やはり先祖をたどっていくと、みんなひとつの家から出ておると、そういったことなんでしょうなあ」

老人は曖昧《あいまい》にうなずいた。まあそんなところだと言いたそうである。

「おたくも、渡辺さんですか？」

「そうです」

とおかみが言った。紅茶茶碗を、アルミニウムの盆に載せて持ってきていた。カップの中にティーバッグが入っている。

「そちらさんは、東京からの人ですか？」

老人が訊いた。

「そうなんですよ。今日はじめてね、この土地へね」

「またどうしてこんなところまで？」

おかみが問う。

「そう、まあ仕事で……」

中村は曖昧に言った。そして紅茶を飲んだ。

「いったい、どんな仕事でこんな時に？」と二人とも喉まで出かかっているのがよく解った。

こんな時期、旅館もないこんな寒村に、観光でもあるまいと思い、中村はとっさにそう言ったが、考えてみればこの街にある仕事といえば、漁業とラジオの内職くらいのものであろう。

「そちらさんの仕事、絵描きさんですか」

亭主の方が訊いてきた。中村は、そう言われるのに馴れていた。ついいつもの癖で曖昧な笑いを戻した。

たいていはそれですます。「いや、実は刑事でしてね」と告白したところでろくなことはない。

しかしこの場合、慎重にかまえる必要があった。こんな狭い街で渡辺栄のことを聞き込めば、遅くても今夜中には、東京から刑事が来た噂は街中に広まるだろう。渡辺食料品店の商売にもさしつかえが出るかもしれない。そう思い、最初は好奇心の強い旅の客を装うことも考えたが、土地のよそ者に対するガードは予想以上に固そうである。

では娘の由紀子の調査を依頼された者と匂わすのはどうか。しかしそれでは由紀子の縁談のための調査と受け取られるから、よいこと以外は聞き出せまい。

中村はあきらめて警察手帳を二人に示した。二人の顔色が変った。黒革の手帳の効果は田舎の方が著しい。二人の態度に非礼を詫びるような様子が現われた。中村の言葉を待ち受ける緊張が、二人の表情を支配した。

「この先のね、渡辺食料品店、そこの娘さんの渡辺由紀子さん、ご存知ですな?」

二人は揃ってうなずく。

「どんな娘さんです?」

「どんなって、そりゃあなあ、いい娘です。明るいし、働き者だし、よく気もつくし、なあ……」

　主人の方が言って、妻の方を向く。

「うん、そうだ。あんないい娘っ子はいねえの、可愛いしの」

「可愛い子ですか？」

「そりゃあもう、なあ。このへんの若い者はみんな熱あげてるさげ」

「ほう。婚約されたという噂は聞いてませんか？」

「婚約？　いいやぁ……、聞いてませんの」

「ああ、そうですか」

「由紀ちゃん、婚約したんですか？」

「ああいや、そういうことではありません」

「由紀子さんの身に何か？　東京でどうかしたんですか？」

「いや、由紀子さん自身がどうこうということはないんです。ただ由紀子さんの友達が事故に遭われましてね、亡くなったんですよ。それで渡辺由紀子さんに事情を訊こうと思ったんですが、会えませんでね」

「…………」

「お母さんの渡辺栄さん、みなさんはエーさんと呼んでらっしゃるようだけれども、あの方には会いましたよ。エーさんは、この土地に嫁に来られたんでしたな」

「そうです」

主人の方が言った。

「どちらから来られたんです？　村上の方から、でしたかな」

「うんと、村上だったたな……」

「新発田の方からと、いう話です」

おかみの方が言う。

「そりゃ、見合いか何かで？」

「さあ……」

主人の方がそう言って、言葉を停めた。

「さあ、何です？　ここだけの話にしますのでね、どうぞおっしゃって下さい」

「いや、ありゃあ新造《しんぞう》さんが、エーさんの死んだ亭主だ、新造さんが新発田の飲み屋に出ておった娘っ子を連れて帰って女房にしたと、そういう話だった……、ですの」

「そりゃあいつ頃のことです？」

「いやあそりゃあもう、えらい前のことだなあ……、もう二十年以上も前のことだなあ」

「昭和三十年頃ですか？」

「昭和……、そうだなあ……、もうちょっと後かなあ……、三十二、三年頃かなあ……」

昭和三十二、三年とすると、彼女は昭和八年の生まれであるから、二十四、五歳であったということになる。

「新発田出身の方なんですな？」

「いやそれが……、前は横浜だか、横須賀《よこすか》だかにいた人だという話だったです」

横浜。横須賀。刑事の第六感を刺激する言葉である。もし二十歳前後、昭和二十七、八年、彼女が横浜、横須賀あたりにいたとすると、そして昭和三十年頃、越後の飲み屋に単身流れてきていたとするなら、渡辺栄は、かつて米兵相手の女であった可能性もあるかもしれない。

中村は、渡辺栄の言葉に、土地訛りが淡かったことを思い出した。

「エーさんは、身寄りはどうなんです？　親類縁者はどこかにいるふうですか？」

「身寄りは、なあ……、あんまりそんな話は、ここらへんでは聞いたことないの」

主人はまた女房に相槌《あいづち》を求めた。おかみも無言でうなずいた。

さすがに、栄が米兵相手の女であったと思うか、とは訊けない。

「渡辺栄さんと娘の由紀子さんとは、あまり仲がよくないという話ですなあ？」

これは半分想像である。

「由紀子さんはそんなによく気のきく、働き者のいい娘さんだというなら、どうして親子仲がうまくいかないんです？」

中村がそう問うと、夫婦は顔を見合わせた。中村は、そんなことはないと否定されることを覚悟した。しかし主人の答えは、そうではなかった。

「そりゃ、やっぱりいろいろとあったさげ……」

「ほう……、いろいろというと」

「うん、いやいろいろあったですよ、あの家は、昔から。由紀ちゃんが子供の頃から」

「どんなことです？」

「うん、いやすぐには思い出せないだけれども……、なんというかな、エーさんはちょっとこの、ヒステリーでなあ、子供の頃由紀ちゃんが泣いて家《うち》に来たようなことが、よくあったさげのう」

「たとえば、どんなことがありました？」

中村は、おかみの方を向いて訊いた。

「そうだなあ、うん、もう昔だけんども、ある晩、もうずいぶん遅かったけんども、由紀ちゃんが泣いて家へ来たことがあって、訊いてみたところ、家を出されて錠をおろされたって言うもんだから、わけを訊いたら、由紀ちゃんが漢字をなかなか憶えんというて、えろう叱ったらしかった。手のひらを見ると、鉛筆でぐるぐると蚊取り線香みたいな渦巻きを書かれておって、血も出ておった。

足を見たら、膝小僧の上のあたりにもぐるぐるを書かれておって、鉛筆が入れ墨みたいになってたんです。普段のエーさんからすれば、信じられんことでしたの」

「ふうん……、なるほど……」

中村はそう言いながら、宙に渡辺栄の顔を思い浮かべた。

「エーさんという人は、ご亭主は……、新造さんですか？　ご亭主は亡くなったんでしたな？」

「そうです」

「それからは女手ひとつで由紀子さんを育てあげたわけですな？」

「そうです」

「あの店をやりながらですな」

「そうです」

「いろいろ苦労もあったでしょうなあ」

「そりゃ、あったです」

中村は少し言葉を停めて待ったが、具体的な話は何も出てはこない。

「ご亭主は、由紀子さんが生まれると前後して亡くなったんでしたな？」

「そう、由紀ちゃんが生まれたのが、確か……」

「昭和三十五年」

「ああそうですか、いや、新造さん死んだのは由紀ちゃん生まれるよりちょっと前だったと思います……、どうだ？」

「前だった、と思ったの、私も」

おかみの方が補足した。

「ずっと寝たきりだったわけですな？」

「そうですの」

「娘が生まれるまでもたないほど体が弱っていたというのに、よく子供が作れたものだね」

「…………」

二人はうなずきもせず、沈黙した。中村は、二人の様子にかすかな異常を感じた。

「何か、いわれがありそうですな？」

中村が言った。

「どうです、話してもらえませんか。私はこの土地に知り合いはいないし、どうせ今夜か明日の朝にはここを去る気でいますのでね。ここだけの話ですよ」

それでも二人はしばらく黙り込んでいた。ずいぶんして、中村が何かうまい誘いの言葉はないものかと模索を始めた時、女房の方がやや激しい口調でこう言った。

「由紀ちゃんは、新造さんの子ではないんですよ！」

亭主の方があわてて女房の方を向き、制した。

「お前、何言うか、それはただの噂でねが」

「んだども、みんな言ってるこんだ。顔どご見ればはっきりしとる。あんたもいつも言ってんでねが」

「ほう、由紀子さんは、新造さんの子ではないのですか？」

「違う、違う。もう寝たきりで、ほとんど意識もないような男に、女を妊《はら》ませることなんざできねえ相談だ」

「ほう、では誰です？　エーさんを妊娠させたのは」

「そりゃ、元太《げんた》のやつです」

「元太というと？」

「昔この裏に日高《ひだか》の元太郎《げんたろう》という若い衆が住んでおったです。この男が、エーさんの旦那が寝たきりで入院しておるのをよいことに、エーさんに夜這《よば》いをかけただよ」

「ははあ、夜這いをね」

「うんだ、みな知ってることだの」

「それで今成長した由紀子さんの顔は、この元太郎に似ておるんですな？」

「もう、そっくりだな、生き写しですよ。目が二重《ふたえ》で大きいとこなんぞな。新造さんの目は一重《ひとえ》で小さかっただよ」

「なるほどね。この元太郎というのは、何をしていた男だったんです？」

「何も。ぶらぶらしてたよ」

「何も？　しかし、漁師の仕事だってあったろうに」

「以前はね。でも白内障《そこひ》というのかな、目がつぶれかかってたさげ。それで働らがんねて言ってで、周りはアンマさんの学校さ行けって勧めたんけんども、本人が嫌がったもんださげ、それでぶらぶらと……」

「いくつくらいの男だったんです？」

「さあ、当時まだ、二十五、六でながったがな」

「独り者？」

「いや、女房も子もありましたよ」

「ほう、じゃ奥さんもやっぱり二十歳をちょっと出たくらいの歳だったですかな？」

「うんだの。二十二、三だったけがもの」

「ふうん、目のこともあって、この男は自暴自棄《じぼうじき》になっておったわけですな？」

「そうです」

「それは一度きりのことですか？」

「いーやあ、しばらく続いただけだもの」

「しばらく？」

中村は言葉に詰まった。

「しばらくって、しかし、誰もとめなかったんですか？」

「さあねえ……」

おかみはそう言って、不思議な笑い方をした。

隣家が夜ごと夜這いをかけるのを解っていて、隣り近所は誰もとめようとしなかったのだろうか。

栄が人目をひく女だったからか。それともよそ者だからか。あるいは、彼女の過去というものに、みな見当をつけていたということか。それとも、自暴自棄になっていた日高元太郎に、みな同情していたのか。

「その男はどうしました？」

「死にましたの」

「死んだ？　どうして？」

「自殺したんです。この先の山の中で。ガソリンをかぶってね」

「遺書はありましたか？」

「さあ……、そんな話は聞いてませんの……。でも前から死にたいと言ってたっていう話です」

「ふむ、で、残った妻子はどうなりました？」

「出ていきました。日高の家は、流れ者の家だからなあ。エーさんとこは渡辺だから、みながカ貸してな、店持たせてやったけど、元太のとこはなあ……」

「ここを出て、どこへ行ったんです？」

「さあねえ……、知りませんの。新潟あたりさでも行ったもんだが……」

「子供は何人くらいいたんです？」

「一人だったな、確か。男の子だったな。当時まだ、四つか五つだったと思いました……。そうそう！　名前が源一《げんいち》って言ったと思いました。この源一が、最近ひょっこり戻ってきておったと、誰かが噂してました」

「戻った？　それで、住みついたんですか？」

「いやあ、ぶらぶら歩いてただけです。すぐいなくなったようだけどな。おおかた懐かしかったんだろうなあ……。立派な若い衆になってたという話でした」

「そりゃ、いつ頃の話です？」

「さあ、おととしか、その前の年か……。二、三年前だったと思います……」

「そりゃ息子が一人で？　それとも母親も一緒でしたか？」

「源一一人だったという話だなあ……」

「ふむ。ところで、おたくには由紀子さんの写真なんぞは、ないでしょうなあ」

そう言いながら、むろん中村は期待してはいなかった。

しかしおかみは、しばらく考えているふうだったが、やがて手を打って、「ああ、あります。ちょっと待っての」と言ったのである。

おかみが奥から持ってきたのは、一冊の厚手のアルバムだった。これを、「確か一枚だけあたけがも」と言いながら、中村の目の前で繰った。

白黒の写真が並んでいるページに忙しく目を走らせていたが、やがて、ああこれだと言い、中村の方に向けてアルバムをぐるりと逆さにした。

「家を改装した時の記念の写真だ。由紀ちゃんも手伝ってくれての、その時みなで撮ったもんだ。由紀ちゃん、まだ高校生だったけどの」

それはやはり白黒の写真で、十人くらいの人物が、椅子にすわったり、立ったりして写っている。店の夫婦の顔もあった。

おかみはそのすぐ下を指で示した。セーラー服を着た少女が椅子にすわっている。膝の上で両手のひらを組み合わせ、少し笑っていた。

髪は直毛で短かく、体つきは小柄のようだった。色が白そうである。顔はどちらかといえば丸顔で、確かに愛くるしかった。

今野や久松の証言を、中村は頭の中で思い返した。この少女が、千歳船橋のアパートから消えた女か、中村は思う。ようやく顔を拝《おが》めた。

「もうだいぶん前だからな、今はちょっと感じが違ってると思うけどの」

「これはいつ頃の写真です？」

「この店改装したのが昭和五十三年の春だから。これはそん時のものです」

四年ばかり前の写真である。

「今年の夏、彼女が帰ってきた時、会いましたか？」

「ああ、会いました」

「だいぶ変ってましたか？」

「そりゃもう、綺麗になっとったの」

「髪型とかは変ってましたか？」

「うん、そりゃ前とは違いましたけんども……、長くなってました」

「パーマがかかっていた？」

「いや、かかってなかったと思います」

「この写真の男と一緒でしたか？」

中村は懐から再び土屋の写真を出した。

「ああ、そうです。これ、やっぱり由紀ちゃんの婚約者ですか？」

「そう、まあそういう話です」

「そうでしたか」

「彼女が東京から婚約者を連れて帰ったと聞いたら、腹をたてる若い者は土地におりますか？」

「いや、そりゃがっくりくる人はいっだけがもしんねんども、そう真剣に腹をたてるような人はいないと思います」

　これは亭主の方が答える。

「そう深刻に考える者はない」

「はい」

　中村は、渡辺由紀子の写真をしばらく預かりたいところであったが、アルバムにべったりと糊《のり》づけされているので遠慮した。

　立ちあがり、紅茶の代金を払おうとしたが、夫婦はどうしても受け取らなかった。礼を言って中村が店を出ようとすると、おかみの方が「刑事さん」と言って呼びとめた。中村が振り返ると、

「死んだのは、さっきのその由紀ちゃんの婚約者の人と違うだか？」

　と言った。

　中村がうなずくと、

「やっぱり、あの家はたたらっでんなんがの」

　とぽつりと言った。

　表はさすがに陽が落ちていた。海の吠える音はますます大きく、雪も大降りになってい

た。相変らず風も強い。

集落をはるかに抜け、トンネルの手前で中村が振り返ると、家々は山と海のわずかなはざまにひしめき、降りしきる雪の中で、行列のように、横一列に明りをともした。

海面は黒々として、すでにその存在も定かでなく、ただ底鳴りのするような音だけで人間たちを威嚇した。集落はひっそりとして声もなく、これからの長い夜を堪え忍ぼうと、ささやかに身を寄せ合っているようだった。

中村はふいに、気の毒だなと感じた。

駐在所に向かいながら考えた。渡辺栄は若い頃、横浜か横須賀あたりにいた。それから日本海側の新発田に流れてきた。そこで越後寒川の渡辺新造と知り合い、この地に落ちついた。

最も華やかな場所から、暗い方へ、暗い方へと流れてきた感がある。まるで逃亡者のようだ。何から逃れようとしたのか。

ところが間もなく新造は事故で寝たきりになった。するとそれをよいことに、近所の日高元太郎という若い男が夜這いをかけてきた。二十数年前、渡辺栄はおそらく男の目を引く容貌だったのであろう。

この時の土地の隣人たちの仕打ちも冷酷である。誰も栄を助けようとはせず、傍観している。そして亭主は死に、栄は元太郎の子である由紀子を身ごもり、生んだ。

そうなると隣人たちは栄に手を貸し、親切に食料品店を持たせてやったりしている。日高元太郎は、間もなくガソリンをかぶり、焼身自殺をした。

おお、と中村は小さく声をあげた。これであの渡辺栄の放心の理由が解るというものではないか。母娘二代にわたり、体の関係を結んだ男が焼け死んだのである。因縁というものか。中村の耳もとに、たった今の食堂のおかみの言葉が蘇《よみが》えった。

「あの家はたたらってでんなんがの」

そうなのか、あの家の問題なのだろうか、中村は思う。

駐在所に帰り着き、旅館のありかを尋ねた。しかし宿屋は村上まで出なければないという。おまけにずいぶん空腹というのに、付近には食堂もない。それでやむなく中村は、駐在所に泊っていけという渡辺巡査のすすめに甘えることにした。

夕食をご馳走になった後、茶を飲みながら中村は、昭和三十五年頃焼身自殺した日高元太郎のことを渡辺に尋ねた。

巡査は、そんな噂を聞いたことはあるが、当時自分はこの土地にいなかったし、よくは知らないと答えた。あるいは嘘かもしれない。

「行政解剖の所見はいかがでした？」

中村は尋ねた。

「解剖などはしてないんじゃないですか」

渡辺は答える。

「遺書の有無といわれても解りません。当時巡査をしていた者はもう死んでおりますさげ」

「日高が自殺したのは、渡辺由紀子が生まれるより、前ですかな、あとですかね」

「さあてね、それは前だったという話だと思うんですが……。よくは憶えてないが、なんでもエーさんが身ごもってすぐのことだったように聞いております」

その夜、駐在所の座敷の布団の中で、中村はひと晩中波と風の音を聞いたような気がする。すぐ背後に迫った山の樹々も、絶えず枝同士を擦り合わせ、山中がうねるような音をあげ続けた。

まるで前とうしろで、その気になればお前たち人間などいつでも滅ぼすことができるのだぞと、自然がささやくようだった。

この土地の人間たちの精神が、少しずつ理解できる気がした。彼らは表面は穏《おだ》やかで、明るくさえあるが、その精神は凍っている。

風土のせいだ。土地の自然が、人間たちをいつの間にかそう手なずけているのだ。彼らは一生を雪と風にさらされて生き、裏の山に立つ樹々のように、生きながら凍りついている。

やってきてよかった、と中村は思った。一日雪にさらされていたので、今でも手足の先が痺《しび》れたようになっている。この土地の者たちの気持ちは、この土地を経験しなければ解らない。

渡辺栄の目をむいた顔と、由紀子の笑った顔の写真が、幾度か闇の中に浮かんだ。

第四章　袋小路

1.

東京に帰ってくると、大宮から西日暮里の井比敦子のアパートに直行した。暖冬の東京の街並に、むろん雪はなかった。

井比は勤めに出ていて留守だった。大家に尋ねると、彼女はまだ北千住の赤札堂デパートに勤務しているという。そして大家に聞く限りでは、彼女の部屋に現在友人が同居している様子はないという話だった。中村は、夜彼女が帰宅する時刻に出直すことにした。

いったん桜田門に引き返し、小谷や主任と落ち合って越後寒川での自分の首尾を詳しく報告した。小谷などは気が早く、あと少しですねと言った。

中村も、まずそれで間違いはあるまいと思う。現時点では動機が不明だが、まるで理解が及ばぬとも思わない。逮捕状は獲れまいが、井比敦子の線から渡辺由紀子を探りあて、任意で同行を求め、この女を落せばよい。それでカタがつく。

渡辺由紀子は、同棲していた婚約者のアパートから失踪し、神経質に自分の痕跡を消し去ってまでいる。犯人でなければやる必要がないと思われる工作を、この女はしている。女を落す材料は、充分とはいえないが、まずまず揃っていると中村は考える。

しかし早めの夕食をすませ、十一時近くにいたるまで何度か訪問したが、井比敦子は帰宅しなかった。

不審に思い、翌朝中村は赤札堂に電話を入れた。どの課にいるか少しも解っていなかったのだが、珍しい名前なので比較的容易に部署が解った。四階のベビー用品売り場の担当だという。

これから訪ねればすぐに会えるかと訊くと、この課の者はちょうど今社員旅行中であると言った。旅行は昨夜までで、ゆうべはずいぶん遅くに帰宅したはずである。本日は午後一時から出勤する予定になっていると人事課の人間は説明した。

中村は、デパートに井比敦子を訪ねることにした。仕事中会ったのではゆっくり話ができないだろうが、必要ならまたあらためて会えばよい。とりあえずこちらが今、井比に尋ねたい事柄というものは、渡辺由紀子の所在、ただこの一点のみである。

早めに昼食をとって北千住に行き、赤札堂の四階へ行った。ベビー用品売り場はすぐに解った。

井比敦子もすぐに解った。大きな眼鏡をかけた、痩せた女だった。胸に「井比」と書いた名札をつけている。その部署に、ほかに店員はいなかった。

客の姿がないので中村が寄っていき、警察手帳を見せたら、井比は「ああ」と小さく、低い声を洩らした。上からすでに報告が行っていたのであろう。

互いに一応の名乗りをかわし、中村が、府屋出身で、村上高校を卒業された井比敦子さんですなと訊くと、彼女は警戒するような様子でうなずいた。

「渡辺由紀子さんを捜してるんですがね」

中村はいきなり言った。

「お友達なんでしょう?」

井比はうなずいた。それから、

「どうして、捜してらっしゃるんです?」

と逆に訊き返してきた。

「ある事故の調査でね、渡辺さんの話を聞きたいんだ」

そう言うと、

「どんな事故でしょう」

と訊く。

「ふむ……」

中村は、ちょっと愉快でない気分になった。ずけずけと訊き返されるからである。

「あなた方は、ずいぶん親しいお友達だったんでしょう？」

「ええ」

「渡辺由紀子さんは友達は多い方でしたか？」

「いいえ」

井比は低い、無愛想な声で答える。

「私以外に、友達はいないんじゃないかしら」

「それじゃ見当がつくでしょう。私がこうしてやってきた理由ってものが」

「土屋さんのことかしら……」

「そう。その問題で早急に渡辺さんにお会いしたい。現在は、あなたのところにはもういないのですかな？」

「ええ、部屋が見つかったと言って、出ていきました」

「どこなんです？」

「いらっしゃいませ」

突然井比が言った。中村の隣りに、主婦らしい太った婦人が立っていた。

中村は、井比がこの婦人の相手を終えるのを、いらいらしながら待たなければならなかった。

「どこなんです？」

婦人が去ると、中村はすかさず訊いた。

「神楽坂《かぐらざか》の方だって、言ってました。地下鉄東西線の神楽坂駅の近くなんだって。勤め先のお店の人が探してくれたんで、勤めまで歩いていけるんだって、そう言ってました」

長い台詞《セリフ》をしゃべると、井比の言葉に北の訛りが浮いた。中村は、この女がぶっきらぼうな理由に思い当ったような気がした。

「神楽坂のどこというふうに、正確な住所は聞いてませんか？」

「それは聞いてません。そのうちちゃんと教えるって言ってました」

「電話番号とかは？」

「さあ……、電話はないんじゃないかしら」

「アパートの名前などは？」

「聞いてません」

では、由紀子がこの友人のところに連絡をしてくるまで待つほかはないか——。中村は知らず渋い顔になった。

「それはいつ頃です？　あなたの部屋から出ていったのは」

「ええと……、もう一週間も前になるかしら」

ではそろそろ連絡がある頃かもしれない。

「あのう……、でもこっちから連絡する方法はありますよ」

中村がむずかしい顔をしたためか、井比の方からそう言ってきた。

「ほう、というと？」

「彼女の勤め先を聞いてますから。電話番号なども」

頭上にさっと光明がさしたように感じた。

「どこです!?」

「飯田橋《いいだばし》の、神楽坂の、『布袋屋《ほていや》』という呉服問屋です。そこで事務とか、店番とかをやってるんです。電話番号は……」

井比は、制服の胸ポケットから小さなアドレス・ブックを出した。何か動物の絵が表紙に描かれていた。中村は、井比が読みあげる番号を自分の手帳に書き取った。

「ここには、いつ頃から勤めてるんです？　彼女は」

「今年の、夏くらいからだと思います。確かそう言ってました」

では千歳船橋から、ずっとこの飯田橋の呉服問屋に通っていたことになる。

「友人のあなたには、土屋さんとのことはどう言ってました？　彼女は。千歳船橋でずっと土屋さんと暮していたということは、ご存知でしたか？」

「知っていました」

「千歳船橋のアパートを訪ねたことは？」

「私ですか？　それはありません」

「ではあなたは土屋さんに会ったことは？」

「ありません」

「十一月三十日の夜、渡辺さんはあなたの部屋に転がり込んできたんでしたね？」

「そうです」

「何と言って？」

「土屋さんと、別れたんだって、言ってました」

やはりそうか、と刑事は思った。

「ほう、別れたと、その理由は何だと言ってました」

「理由は、はっきりとは言いません。ただやっていけなくなったんだと、自分とは合わないんだと、そんなようなことを言っていました」

「ふむ。喧嘩したんだと」

「さあ、どうなんでしょう」

「土屋さんのことは、ほかには何と？」

「以前は、それはいい人だって言ってました。でも自分とはタイプが違うんだけど、みたいなことは言ってました」

「ほう、それなのになんで一緒に暮してたんです？　結婚するつもりでいたんでしょう？　彼女は」

「でしょうね。それは……、ほかにいい人がいなかったからじゃないですか」

「というと、今度はいい人が見つかったのかな？」

「さあ……、きっとそうでしょう」

「あなた方は、あんまりそういう話はしないの？」

「私に彼がいないから……、あんまりしないですね」

その時また客があったので、中村は再び待たなくてはならなかった。まだ訊きたいことはたくさん残っている。由紀子と土屋の出会いの話や、それまで彼女が住居を転々としている理由も知りたかった。

「まだ訊きたいことが残っているんでね、今夜にでもアパートにお邪魔してもいいですかな？」

客の姿が消えると、中村は言った。

「ええ、はあ……」

井比は返事を渋った。近所の目もあるから、刑事の訪問というものは、誰しも警戒する。中村は名刺を出した。

「では勤めがひけたらここへ電話をくれませんか。外で落ち合ってもいいし、桜田門へ廻ってもらうのもいい」

するると井比敦子の顔色が変ったようだった。中村は少し笑った。

「なに、気にすることはないですよ、新しい警視庁はね、明るいイメージで売っておるんだ。来てもらえれば解るがね、このデパートよりも、ずっと明るいですよ」

中村はそう言い置いて、ベビー・カーやよだれかけがいっぱい並んだ売り場を離れた。

2.

国電の飯田橋駅で降り、中村は一人で毘沙門天《びしゃもんてん》の方に向かって、神楽坂をあがっていった。左右には古くからこの地に住む者たちの商店が並ぶ。

明治の頃、ここは毘沙門様の縁日で、東京で最初の夜店や露店が出た場所である。その賑《にぎ》わいぶりは、明治、大正の時代を通じて山の手銀座と呼ばれた。しかし、今その面影は、ほとんど感じられない。

途中の店の一軒で布袋屋を尋ねると、すぐに解った。土地では知られた大店《おおだな》らしい。坂を登りきる手前で露地を右に入る。そこに布袋屋はあった。

ガラス戸の前に立った。上には大きな昔ふうの看板があがっており、布袋屋という金文字が浮き出している。

ガラス戸の奥で、忙しそうに客と応対している娘の姿があった。客は一人ではなかった。土間の隅で立って待っているふうの客が二人いた。そうしているうち、電話も入った。店の者らしい人間の姿は、娘のほかには一人もなかった。

中村はしばらく店の前に立ちつくし、ガラス越しにじっと娘の顔を見た。

色白で、どちらかといえば小柄でぽっちゃり型だった。和服を着ている。しかしきびきびと立ち働いている様子は、若さを感じさせた。何度か顔を正面から見る機会があった。職業的な笑みをたたえているその表情は、越後寒川の食堂で見た写真の娘に間違いなかった。

ついにたどり着いたか――。中村はやはりそう感じずにはいられなかった。

しかしあまりに忙しそうな様子に、中村は踏み込むのをためらった。これほどに繁盛《はんじょう》している店の世間体も、思いやった。

中村がガラス戸の前を離れた時、入れ替わりに、いかにも店の若旦那といった風情の目の大きな男が、不審気に中村を二度三度と振り返りながら店に入っていった。

若旦那という言葉はあたらないかもしれない。若いようでもあるし、もう四十前後のようにも見えた。髭剃り跡が濃かった。

布袋屋の隣りは小粋な造りの料亭だった。その間は狭い露地になっており、左右の黒塀がずっと奥まで続いている。道は石畳みで、水が打たれていた。その上を、和服の老婦人がゆっくりとこちらへ向かって歩いてきていた。

商店街へ戻り、中村は近所で煙草を求めながら、それとなく布袋屋のことを訊いた。それによると、渡辺由紀子はいつもおよそ六時頃帰宅していくらしい。布袋屋は、名を永井《ながい》といい、元禄の頃から続く由緒《ゆいしょ》ある暖簾《のれん》だという。あの店ばかりでなく、隣りの料亭も、商店街との角にあった寿司屋も、すべて永井の持ち家であるらしい。しかも布袋屋の奥には、庭付きの、なかなか立派な住み家まで別にあるという。


中村は北千住に出た。東武伊勢崎《いせさき》線に乗り換え、一駅目の牛田でおりる。千住曙町の牛田荘はすぐに解った。昭和五十四年、上京した由紀子が最初に入ったアパートである。中村は、千歳船橋にいたる五つのアパートを、一応すべて聞き込んで歩くつもりだった。

牛田荘の管理人からは、何も変った話は聞けなかった。ここから由紀子は、転居するまで真面目に赤札堂に通っていたというだけで、訪ねてくる男友達もなかったという。

そして翌五十五年、由紀子は台東区の浅草六丁目に移った。これは弥生《やよい》荘という。中村は地下鉄を乗り継ぎ、浅草へ出た。地上に出てみると雷門《かみなりもん》の前だった。大通りの正面に仁丹塔《じんたん》が見える。

雷門派出所で浅草六丁目を訊き、少し距離があったが、仲見世を抜けて歩いた。

弥生荘は古い木造のアパートだった。板張りの壁は古びて黒ずみ、三和土で靴を脱いで廊下へあがると、暗いせいか妙に冷え冷えとした気分になる。突き当りの正面に、やはり陽の当らぬ共同の炊事場が見え、子供を背負った女がお湯を沸かしていた。

長くこの仕事をしていて、中村が面白いと思うことがある。それは、東北出身者はたいてい上京すると日暮里や赤羽《あかばね》、千住あたりに住みつくということである。何か特別な理由がない限り、中央線や京王線沿線に住みついたという話は聞かない。やはり東京の東北部に、ふるさとの訛りを聞くからであろう。

渡辺由紀子の場合も例外ではなかった。彼女はまず北千住に住み、次に浅草に住み、東京生活に馴れるにしたがって次第に西へ移動している。彼女を西へ動かしたものは何だろうと思う。

弥生荘の大家や、由紀子を憶えている住人の話は、なかなか興味深いものだった。中村が北千住の赤札堂に勤めていたはずだがと問うと、そんな様子は最初からなかったという。やはり母親の勘は当っていた。

彼ら数人の証言を総合すると、ここでの由紀子は、最初東京クラブという映画館に勤めていたふうである。それがやがて付近のレストラン勤めに替わり、その頃は夕方遅くには帰ってきていたが、それだけでは収入が乏しいので夜も喫茶店で働くようになった。つまり朝から深夜まで働くようになったらしい。

そのうちにその深夜喫茶がスナックに変り、バーに変っていった。すると当然朝起きるのが辛《つら》くなるので、夜の勤め専門ということになる。ここまでは、中村が職業柄千人も知る例のひとつのように思われた。

新宿区市谷富久町のアパートでは、大家は最初から水商売の女として由紀子を遇していた。男出入りもあったように思うし、そのうちの何人かは、あるいは一人かもしれないが、泊っていったように思うというような言い方をした。かつて日伸警備の今野や、旅行代理店の久松が言った言葉は、いささか怪しいものになってきた。

その、由紀子と特に親しい男の名や素性は解らないかと中村は尋ねたが、それは解らないと大家は言った。中村は一応土屋の写真を見せたが、こんな男ではなかったと彼は答えた。

千駄ヶ谷のアパートでは、大家の住まいが離れているので、大家の証言は得られなかったが、隣り組の話では、割合騒がしい住人だったという。しょっちゅう大きな音でラジオをかけていたし、時々友達から預かったんだと言って、赤ん坊を抱いていたりした。この赤ん坊の泣き声が時おり聞こえたという。男出入りがあったという証言は、ここでは聞けなかった。

このアパートからも、由紀子は夜の勤めに出ていたらしい。勤め先は新宿のようだったと隣人は言った。

時計を見るとすでに五時を廻っている。もう一軒参宮橋を廻る時間はなかった。

神楽坂へ戻りながら中村は考えた。渡辺由紀子が西、すなわち新宿方面へ向かって住居を替えていく足どりには、理由がつけられそうに思えた。それは中村の体験が教えるところである。

それはこうだ。どんな事情があったものかは知らぬが、北千住のデパートを辞めたあと、渡辺由紀子は浅草で次第に夜の勤めに導かれていく。

そして自らを水商売の女と割り切るなら、より収入のよい勤め口があるのは銀座か新宿であろう。だが由紀子は、銀座となると玄人《くろうと》が集まっているように思われて気おくれがした。だから彼女は新宿方面を選び、移動した。

しかし水商売に男関係はつきものである。まして彼女は越後から出てきて一人暮しであるし、なにより若い。だから男が寄ってくる。アパートの周りにも、次第に男がうろつきはじめる。これを振り払うため、彼女はさらに転居する。これを繰り返す——。

中村は神楽坂に戻ると、布袋屋の前をもう一度歩いた。内に相変らず客の姿があり、由紀子の顔が見えた。四時間前と同じである。露地は神楽坂と丁字路式にぶつかる。その正面に喫茶店があった。右手には毘沙門天の石の門が見える。中村はその喫茶店に入った。

時計を見るとちょうど六時である。中村は窓ぎわのテーブルに席を占め、露地に目を据えた。そこからなら、布袋屋に出入りする人物はすべて見えた。由紀子が店を出て、どちらの方向に歩きだしても解るだろう。中村は待った。

しかしそれから三十分経っても、由紀子の姿は道に現われなかった。中村は背もたれにそり返った。そしてひまつぶしに、神楽坂という名の由来についてぼんやり考えた。

中村は、神楽坂という名の響きを以前から気に入っていた。この名の興りについては不明だが、諸説ある。ここは「江戸名所図会《えどめいしょずえ》」にも載っている、かつての江戸名所のひとつだったらしいが、名所図会には坂の中腹右側に、高田穴八幡社の旅所《たびしょ》というものがあり、そこで神楽を奏上したからと、確か説明書きが記してあったと思う。

また別の説では、近所に若宮八幡宮があって、そこで奏《かな》でる神楽がいつもこの坂まで聞こえていたためともいう。

中村は、江戸切絵図という当時の古地図で、この若宮八幡宮なるものを探した憶えがある。やはり坂の中ほど、市谷よりの奥まった場所にこの若宮八幡宮はあった。ここで音楽を奏でたら、確かに坂道まで聞こえてくるだろうなという、ちょうど頃合いの距離であった。高田穴八幡社旅所の方は、切絵図では見つからなかった。

若宮八幡宮は今もある。しかしここでいくら神楽を演奏しても、今なら車の音で坂道までは聞こえてこないであろう。街並も味けなくなった。かつての江戸名所の面影はどこにもない。どの街にもある新興の商店街とまったく同じである。

中村は、刑事という職業にはいささか不似合だが、江戸趣味があって、休日など買い集めた古地図を終日眺め、古い地名を指で探しながら、当時の賑わいを脳裏に描いてみるのが好きである。髷《まげ》を結《ゆ》った侍や町人たちが、まだ舗装のない時代、通行人の足が踏み固めただけの道を、忙しげにすれ違う。商店の親爺《おやじ》が暖簾の陰から出てきて打ち水をする。その上を荷車が踏んでいく。

百何年か前まで、ここで実際にあったはずの光景である。なんだか信じられない心地がする。外国ではきっとそんなことはないのだろうが、江戸と東京とではまるで別の国だ。

この時、突然ガラス戸が開き、渡辺由紀子が露地に姿を現わした。こっちへ向かって歩いてくる。一人だった。中村は用意していた小銭と伝票を持って立ちあがり、レジに置いて店を出た。

由紀子は神楽坂を登っていく。毘沙門天の前をすぎ、地下鉄の神楽坂駅の方へ行く。すでに洋服に着替えている。その背中は小柄だ。刑事は大股で追いすがった。

肩を叩き、

「渡辺由紀子さんですな?」

と問う。

振り返った顔は、なかなか落ちついているように、この時は思えた。彼女は無言だった。

「そうですな？」

重ねて問う。女はうなずく。

「私はこういう者ですが」

手帳を示す。

「土屋昌利さんが亡くなられた事件について、あなたにうかがいたいことがあるんです。お手間はとらせません。ちょっとご同行願えませんか」

そう言うなり坂を下ってきたタクシーを停めた。

「さあどうぞ」

と刑事は眼下にドアが開くなり言った。

「警察へ行くんですか？」

由紀子は冷静な声で訊いた。中村は黙っていた。

「ずいぶん強引なんですね」

彼女は言った。

「さっきあなたが大勢のお客と応対しているところへ割り込んでいって、さんざん不愉快な質問をすることもできたんですよ。こちらの心配りも解っていただきたい」

中村はそう言って促《うなが》した。由紀子は少し睨むような目つきで見あげた。その表情はしかし、なかなか愛くるしいと表現してもよかった。

警視庁へ向かう間、渡辺由紀子は窓の外に目を据え、ひと言も声を発しなかった。運転手に事情を想像させせまいと考えているのか。

中村はふと、自分の肩の近くにある女の肩が、ほんのわずかにだが震えはじめているのに気づいた。とみる間に、激しく震えはじめた。しばらくして停まる。しかし少し経つとまた震えはじめるのだった。

娘は明らかにショックを受けていた。表面は冷静さを装っているが、内心では遂に来るべきものが来たと考えているようだった。女は両腕で自分の体を抱き、寒さに震えているふりをしようとした。しかし、うまくいかなかった。それから自分の靴の爪先を見つめた。そして桜田門に着くまでそのままの姿勢でいた。

渡辺由紀子を取調室に連れ込むと、中村は小谷を呼んだ。彼を女のかけた椅子の背後に立たせておき、中村は訊問を開始した。

まず彼女の姓名、出身地、最終学歴や経歴など、調べあげたひと通りを口にし、当人に質《ただ》した。彼女は悪びれず、うなずいた。それから彼女が転々とした住居を次々に読みあげた。由紀子はいちいちうなずいた。

次に中村は、一昨日自分が越後寒川へ行って母親に会ってきたことを話した。

途端に由紀子の口もとが厳しく結ばれた。急に首筋が硬直したようになり、以後決してうなずくことがなかった。

「ずいぶん苦労しましたよ、あんたに会うまでにね」

中村は手帳を置いて言った。女の肩の震えはおさまっている。

「あんたが千歳船橋から写真やら手紙やら、身もとを示すようなものを洗いざらい持っていっていたものでね。何故あんなことをしたんだね？」

中村は穏やかにそう訊いた。女は黙っていた。

「え？　何故だね？」

重ねて問う。

「それは、忘れて欲しかったからです」

「誰に？」

「土屋さんにです」

「だが死んでしまった」

「そんなことは……、私がアパートを出た時は、解らなかったことです」

「君はどうしても土屋さんと別れたいと思ったんだね？　え？　どうしてかね？　結婚するつもりでいたんだろう。そう思って、寒川のお母さんの家にも連れていったんじゃなかったのかね」

「それは、そうです」

「何故別れようと思ったのかね？　喧嘩でもした？」

「もう、合わなくなってたんです、私たち」

「だが土屋さんの方は、全然そう思ってはいなかったようだ。君たちが新宿の深夜喫茶で会った久松さんもそう言っていた」

「あれは、まだ夏の頃のことです！」

由紀子が顔をあげ、二重瞼《まぶた》の大きな目で、はじめて中村を見据えて言った。

「だがわれわれの調べは充分ついている。土屋さんの方は、決してそうじゃなかった。君と別れるつもりなどこれっぽっちもなかったのだ。あの日の夕方、十一月三十日、夜勤に出かけていった日だってそうだったのだ。彼は君と結婚できるものと信じて、少しも疑ってはいなかった。この点にわれわれは確信を持っている。違うかね？」

これはなかばハッタリであった。だが確信はあった。

「彼と別れたいと考えていたのは君の方だ。君の方だけが、一方的に彼と切れてしまいたいと考えたのだ。君にとって、彼は邪魔者になった。だから……」

女はぴくんと顔をあげた。そして怯《おび》えるように見開いた大きな目で中村を見つめ、次の言葉を待ち受けるようだった。

「だから？」

と、声にはならなかったが女の唇が動いた。中村はタクシーの中で震えていた女の肩を思い出しながらこう言いきった。

「殺したのだ」

「違います！」

即座に女が叫んだ。

「ほう、違うのかね。では何故土屋さんのアルバムから、写真まで抜き取ったのかね？」

「それは、だから忘れて欲しかったからです」

「誰を？」

「私をです」

「土屋さんにかね？」

「そうです」

「われわれにじゃないの？」

「そんな！　違います」

「じゃ何故二人で並んで写った写真まで抜き取ったんだ？」

「二人の写真は少なかったんです。三脚がなかったから、二人の写真は滅多に撮れなかったんです」

「少なかろうと多かろうと、数の問題じゃない。それは土屋さんのものでもあるわけだろう？　もし彼が返してくれと言ってきたら、どうするつもりだったんだい？」

「それは……、返すつもりでした」

「だが、それは当然言ってくるだろう。生きていたとしたらだがね。彼は君に熱をあげてた。君があんな消え方をしたら当然追ってくるだろう。先の面倒は目にみえていた。君は夏からあの神楽坂の布袋屋に勤めている。土屋さんも当然それは知っている。彼は君の実家だって知っている。なのに君は勤めを替ってもいない。ということは、君は土屋さんが自分を追ってこないと知っていたんじゃないのかね？　つまり君は、土屋さんが十一月の三十日の深夜に死ぬことを知っていた。何故なら君が殺すからだ」

「違います！　私は、ただ彼のもとから逃げただけです。自由になりたかっただけ。彼が焼け死ぬかどうかなんて、知りはしませんでした！」

「では訊くがね、土屋さんが小田原の両親に宛てた手紙だ。もっと正確に言おうかね、君が土屋さんからいったん預かり、十一月十二日に投函した手紙だ。この手紙の、君の姓名や素性を書いた部分を消したのは何故かね？　これはきわめて計画的な行為じゃないかね」

「知りません。私は消していません」

女は堂々と言った。しかし目はそらしている。

「君がやったんだ。解っているんだよ。それは君がいずれ土屋さんを亡きものにするつもりでいたからさ。そして君は十一月三十日の深夜、それを実行した。零時すぎ、四谷の例のビルに出かけていき、地下に灯油を撒いて放火したのだ。土屋さんがこの時、君に睡眠薬を呑まされていたことははっきりしている。睡眠薬は君が作って、土屋さんに持たせた弁当のおかずのスブタの中に大量に入っていたことも調べがついている。もう永久に別れるつもりでいた君が、彼に手弁当を作って持たせたというのかね？」

「でも、そうしたのですから仕方ありません。私はそれに、睡眠薬なんて入れはしませんでした。あれは彼が自分で呑んだんだと思います。自分で呑んでおいて、地下に火をつけて自殺したのだと思います」

「土屋さんは、常日頃睡眠薬なんか呑むタイプの人間じゃないと、日伸警備の全員が証言している。いい加減にしらを切るのはやめたらどうだ!?」

小谷が背後から厳しい口調で言った。

「それは自殺しようとする時なのですから、いつもとは違います。信じて下さい！」

女の体の震えがまた始まった。

中村はしばらく言葉を停め、考えた。土屋は自殺ではない。ああいう男が自殺するとしたら、もっと会社に迷惑がかからぬやり方で死ぬように思う。そして死ぬ十九日前にあんな手紙を両親に出しはしないだろう。また出すなら、遺言のひとつも書くはずである。そして持ち去られた写真、消された手紙の文面、弁当の睡眠薬、すべてがこの女を怪しいと指し示している。あれが殺しなら、犯人はこの女しかいない。

「刑事さん、私が殺したと疑っているんですね？　でも私には、自分が無実だって証拠がありますよ。アリバイっていうんですか？　私にはそれがありますよ。今思い出しました。私はあの日、十一月三十日、夜の七時頃からずっと次の日の朝まで、友達の井比さんのアパートにいたんですよ。井比さんに訊いてみて下さい。

あの時私、千歳船橋のアパートを夕方の五時すぎに出て、千歳船橋の駅前のナポリってケーキ屋さんでケーキを買って、それからすぐに日暮里の井比さんのアパートに直行したんです。着いたのが夜の七時頃で、それからは次の日のお昼頃まで、井比さんの部屋から出てません。三十日の夕食だって私が作ったんです。外へは出ませんでした。

それにあの日は、井比さんの友達の、駒田《こまだ》って人が遊びにきてました。あの人は私の友達じゃないから、私のために嘘つくはずはありません。訊いてみて下さい。彼女もあの晩、井比さんのアパートに泊ったんです」

中村は「何？」と口の中でつぶやいた。思いがけない発言だった。

不思議なことに中村は、その点をこれまでまったく考えずにいた。もしそれが本当なら、自分は見込み違いをしていたことになる。そしてもう一度、「馬鹿な」と口の中で言った。

「思い出した！」

追い討ちをかけるように、由紀子がまた言った。

「あの日の夜は、十一時頃近くのサフランっていうスナックへ、三人でハイサワーを飲みにいったんです。十二時近くまでいました。あんまり混んでなかったし、バーテンの人は私を憶えているかもしれません。調べてみて下さい」

中村は苦い気分になった。この時取調室の電話が鳴った。取ると同僚が、外部から中村さんに電話が入っていますよと言った。誰からかと訊くと、まるで示し合わせているように井比からだという。

中村は、自分が話している内容を由紀子に聞かれたくなかった。それで空いている隣室につないでくれと言って、隣室で受けた。

「電話するってお約束だったものですから」

と井比は言った。中村は十一月三十日の夜のことを井比に尋ねた。井比は思い出すまでにやや時間がかかったが、答えはすべて渡辺由紀子の言う通りだった。彼女は七時すぎに井比のアパートにやってきた。その時井比の友人、これは赤札堂に勤務する彼女の同僚だが、この駒田という友人はすでに来ていた。

それから由紀子の持参したケーキを三人で食べ、由紀子が三人分の夕食を作った。そして十一時近くになり、由紀子がお酒を飲みたいと言いだして、近くのサフランというスナックへ三人で出かけた。零時頃帰ってきて、三人枕を並べて眠った。

中村は駒田の電話番号を尋ねた。サフランの方は、住所も電話番号も井比は憶えていなかった。

中村は即座に駒田直美《なおみ》に電話を入れた。彼女の証言も、由紀子の申し立てを裏づけた。

中村は、由紀子と小谷が待つ隣室へ取って返した。やはり気分は愉快ではなかった。由紀子の現住所と、呼び出しの電話番号を訊き、手帳に控えると、言葉少なに由紀子を帰した。住所は新宿区矢来町《やらいちょう》だった。彼女は少し頭を下げ、そそくさと帰っていった。

中村は小谷と顔を見合わせた。何か言おうと思ったが、言葉が出てこなかった。

3.

ここまで、乏しい痕跡の糸を手繰るようにして、あるいは連鎖を手繰るようにして、このヤマをここまで登ってきた。が、どうやらこれまでだった。ここまでは、困難ではあったが順調でもあった。しかしここでぷっつりと鎖は途切れている。解決にいたるルートは、この先のどこかには存在すると思われる。しかしそれと、手もとの鎖とをつなぐひとつの環《わ》が、失なわれているのだった。

翌朝、登庁する途中で中村が布袋屋に電話をかけ、今から神楽坂に寄るので写真を一枚貸してもらえないかと由紀子に言うと、彼女は即座に自分の写真を持って、神楽坂まで走り出てきた。すでに用意していたものらしかった。

この用意周到ぶりもずいぶん気に入らなかったが、中村がそれから方々を聞き込んで廻ると、この渡辺由紀子という女の証言がすべて事実であることが裏づけられた。事実だったが、作為《さくい》がいささか鼻についた。

まず千歳船橋駅前のナポリへ行ってみると、四週間前にちょっとケーキを買いに寄った客など店の者が憶えているはずもないと思ったが、写真を見せると憶えていた。理由を尋ねると、買ったばかりのケーキを店の床に落した客だからだという。ふたつばかりすっかり潰してしまったので、新しく買い替えたようだ。

そういったこととは別に、彼女とは顔なじみだったし、と店の娘は言った。しかしこれは、自分を印象づけるための作為と取りたくなる。

由紀子はここでケーキを三人分買っている。つまり井比の部屋に駒田直美がいることを、彼女は知っていた。この点を不審に思い、井比に質すと、由紀子は前もって何度も井比に電話を入れ、十一月三十日夜の井比の在宅を確かめている。したがって駒田がいることを知っていたらしい。

井比がそれでは駒田は別の日にしようかと言うと、由紀子は是非呼んでおいて欲しいと言ったという。これも、もう一人第三者の証言が欲しかったからとも取れる。

さらにその夜、駒田が九時すぎに帰ろうとすると、由紀子は初対面であるにもかかわらず、執拗にとめたという。

また十一時頃、スナックへ行こうと言いだしたのも由紀子だし、このスナックを中村が訪ねると、由紀子はここで、ハイサワーとやらのグラスをうっかり床に落して割っている。それでバーテンは、由紀子の顔をはっきりと憶えていた。

すべてに作為が感じられる。十一月三十日夜の自分のアリバイを、はっきりさせたいがための作為である。すぎたるは及ばざるがごとしというが、これではかえって疑念を呼び起させるというものではないか。しかし、これで彼女が三十日の深夜、四谷の雑居ビルには行っていないということだけは、認めざるを得なくなった。

それからもうひとつ、中村は神楽坂、飯田橋駅付近から重要な事実を聞き込んだ。それは布袋屋の若旦那が、今年の夏頃から頻繁に開かれていた「飯田堀を守る会」の会合に、よく渡辺由紀子を伴なって出席していたということだ。布袋屋の若旦那は、店の使用人である由紀子を、秘書のような恰好で連れ歩いているらしい。

「飯田堀を守る会」については若干の説明を要する。現在外堀の、飯田橋駅の北東側の口付近から、南西側の口の牛込橋にいたるおよそ三百メートルの区間は、埋めたてが進んでいる。やがてはここに多目的の高層ビルが建つ予定である。

しかしこの埋めたてには、地元住民の反対も根強かった。立ち退《の》きを要求された住民はむろんだが、生まれ育ったこの地の、水の景観をそこなうまいとする地元の住民や、大局的な視点に立てばこういう埋めたては、地震時等に発生が予想される火事の、類焼の防波堤を放棄する犯罪行為だとする知識人などが結集して、強硬な反対闘争を展開した。この外堀三百メートルの区間は、通称「神楽河岸《かぐらがし》」と呼ばれるが、地元の住民は「飯田堀」とも呼んでいる。

「飯田堀を守る会」は、立ち退きを要求された住民のうち、牛込橋付近に住む材木商の大《おお》垣《がき》家が、一昨年立ち退きを拒否し、闘争を表明したことからこれを支援する目的で結成された。

会合は主として大垣家で定期的に行なわれた。今年の秋頃は、ほとんど毎日のように開かれたらしい。

布袋屋の若旦那永井富美《とみ》郎《お》は、この会の主要なメンバーの一人で、会合のたびに由紀子を連れて出席し、積極的な発言をしていたらしい。

しかし会の再三の抗議にもかかわらず、都再開発事業団は強引に工事を開始、今年秋には立ち退かない大垣宅のすぐ手前までブルドーザーは迫った。大垣家としては三年前、計画が発表された時点で意見書を提出しており、それが二年間棚ざらしになったあげく不採択になったといういきさつもあるので、自宅塀の内側にバリケードを積み、反対のスローガンを染め抜いた垂れ幕を外周に巡らせて、徹底抗戦のかまえを示した。付近に大学が多いため、左翼系の学生活動団体も共闘を申し出た。

そして十一月に入り、再開発事業団の建設局長ら幹部が、このまま立ち退かなければ都は強制代執行《だいしっこう》に踏み切ると、大垣家に最後通牒《つうちょう》を突きつけた。こうして飯田堀紛争は、大垣材木店を舞台にして一触即発の様相を呈し、シンボルのカカシが立てられ、大垣家の庭には火炎瓶《かえんびん》を用意したヘルメットの学生が集結した。

ところがこうなると、「飯田堀を守る会」のメンバーは二の足を踏んだ。大垣家に立て籠《こ》もろうとする者はメンバーからは一人も出ず、特に永井富美郎は積極的に大垣家をなだめる側に廻った。

大垣材木店としても、ことここにいたり、やむを得ず、都と飯田堀の景観維持などの要点を盛りこんだ「覚書《おぼえがき》」を交換し、折れた。かくして闘争は回避され、大垣材木店主は敗北記者会見で、「都は将来この事業を必ず後悔することになろう」という言葉を遺して、代々住み馴れたこの地を去った。

飯田堀紛争の経緯はおおよそこのようなものである。現在は何ごともなかったように工事は進んでいる。大垣材木店はすでに跡かたもない。「飯田堀を守る会」はむろん解散し、メンバーはそれぞれの仕事に戻った。永井富美郎も布袋屋の若旦那に戻った。

永井富美郎は昭和二十年九月四日生まれ、三十七歳である。姉一人弟一人の布袋屋の長男に生まれ、未だ独身。容貌を聞くと、身長一メートル六十八センチくらい、やや小肥りで眉が濃く、目が二重瞼で大きいというから、中村がはじめて布袋屋を訪れた時、店の前で出会った人物であろう。性格的には弁舌のたつしっかり者、ソロバン勘定にもたけているという評判であった。

だがこういった収穫も、何ほどのものでもない。肝心の渡辺由紀子が、こういった一連の出来事の部外者にすぎなかったからである。

年末も押し迫り、小田原の土屋の実家が、小田原名物の蒲鉾《かまぼこ》を送ってきた。どうか息子を殺した犯人を捕まえてくれという意味の、母親の手紙が添えられていた。母親はどうやら自分と同じ考えのようだ、中村はまた思った。

第五章　幻の都市

1.

むなしく年が暮れ、昭和五十八年が明けた。中村は正月三日間の休暇を、家で和服のままゆっくりとすごした。

三日の夜、晴海《はるみ》で開かれた消防ショウをテレビが中継していた。最新式の化学消火器のデモンストレーションにまじって、江戸火消保存会のメンバーが梯子《はしご》乗りを披露した。昔ながらの火事装束《しょうぞく》に身をかため、纏《まと》いを持っていた。番組が終ると、中村は近所の喫茶店へコーヒーを飲みに出かけた。

一時間ばかりして帰ってくると、妻が大声で名を呼んだ。

「何ごとだ？」

中村も大声を出し、玄関先に下駄を揃えるのももどかしく茶の間へ急いだ。

本物の火事が、ブラウン管に映っている。大きなビルのいくつかの窓から、激しく炎が噴き出している。望遠レンズらしく、画面が派手に揺れる。

どこだと訊こうとして中村は、妻の顔があまりに息を呑んでいるふうなので、もう一度画面を観た。窓の外の張り出しのところに、男が一人うずくまっていた。ホテルか。泊り客らしい。階は三階以上ありそうだった。男がうずくまった張り出しは、わずかに二、三十センチというところか。男の背後の室内にも炎が見え、彼がすがりついた窓からも、時おり激しく炎が噴き出して、男の前髪を焼きそうにみえる。テレビは今まさに、一人の男の死を中継しようとしていた。

「下にもう消防車が来てるのよ！」

と妻がテレビに目を据えたまま、叫ぶように言った。現場でも、下からさかんにみなが大声で励ましているらしい。

「どこだ？　これは」

中村は訊いた。

「赤坂よ。赤坂のホテル新東京よ」

「何故こんな大きな火事になったんだ？」

中村は訊いた。

「まだ宵《よい》の口だぞ」

「解らないわよ」

妻が相変らずこちらを見ないで答える。

ようやくいっせいに放水が始まった。地上から幾筋もの細い水の柱が立ちあがり、割れた窓から室内へ飛び込んでいく。

しかし、いかにもささやかな水という印象である。焚き火の上から、杯《さかずき》で水をかけているようだ。そのくらい火の勢いは圧倒的だ。火勢に影響は感じられない。ついさっきの消防ショウとは大変な違いである。現実の火は、あんなふうに具合よく小ぢんまりとはしていない。

大変な火事だった。見ているうちにもますます勢いは増す。炎を噴き出す窓の数が、みるみる増えていく。轟音《ごうおん》と共に、今にもビル全体が劫火《ごうか》に包まれそうだ。

中村は首をかしげずにはいられない。鉄筋で造られているはずのビルディングが、こんなにも勢いよく燃えるものなのだろうか。

やがて画面の下方から、梯子がするすると延びた。銀色の防火服を着た消防隊員が先端に乗っている。男がうずくまった窓に届き、彼は救助された。地上の野次馬から拍手が湧いた。

中村は即刻警視庁に電話を入れた。妙な予感があったからだ。するとはたして、放火の疑いがあるという。休暇中で悪いが、もしよければ相談したいことがあるので現場の方へ廻ってくれないかと、放火班の主任は言った。

中村はすぐに服を着換え、赤坂見附の現場に駆けつけた。中村が着いた頃はもうホテルに炎は見えず、一応火事はおさまっていたが、大通りの片側を何台もの大型の消防車がふさいでいるため、さかんに交通整理の警官の吹く笛の音が響いていた。

野次馬も、昨年末の四谷のビルの時の比ではなかった。今度は死傷者も多いと思われる大事件であるから、どてらを着こんだ野次馬連中に混じって、大勢の報道関係者がひしめいている。こういう連中をかき分けかき分け、中村がようやくホテルの正面玄関までたどり着くと、放火班の岡江の姿が見えた。中村が腕時計を見ると、この時点で十一時におよそ十分前だった。

「やはり火つけか？」

中村は大声で話しかけた。叫び声があちこちで聞こえ、騒音がすさまじい。

「どうやらそのようですね、ただ……」

岡江は悩むように空間を見た。髪が乱れている。彼も自宅から飛んできたのであろう。その白い頰を、回転する緊急車両の赤ランプが断続的に照らした。

岡江は何か迷っているふうだった。

「だいたいどうしてこんな大きな火事になったんだい？　こりゃ鉄筋のビルディングだろう？」

「いや、こりゃまるで木造の十階建てですよ。中にふんだんに木が使ってあるんです。壁紙なんぞで隠しちゃいますがね。中を見ると解りますよ。あれならあっという間に燃えるでしょう」

「安普請《やすぶしん》なわけか」

「まあそういうことです」

「それにしても火の廻りが早いな。どこに火をつけてるんだ？」

「地下の資材置き場ですね。たっぷり灯油を撒いておいて、それから火をつけたらしい。ところがですね、ちょっと不可解なことがありましてね」

「うん」

「資材置き場は、鍵がかかっていたというんですよ」

「なに？　一日中かね？」

「いえ、昼間は開いているそうです。ですから上の泊り客や、買い物の客でも入れないことはないらしいんだけれども、夕方六時半に閉めたというんですよ。それ以来関係者の誰も入ってない。しかし火が出たのは夜の九時前ですからね」

「ひそんでいて、八時半頃になって火をつけたんじゃないのか？」

「だとすれば犯人は死んでるはずというんですね。地下の資材置き場への鍵は、結局開けずじまいだったらしいんですよ。ようやく火のおさまったさっき、われわれがドアを壊して入ってみたわけです。地下のどこにも死体なんぞはなかったのでね」

「どういうことだ？」

「密室への放火ですかね。ぼくらもブン屋連中にどう言ったものかと迷っているところです」

「ふうん、鍵をかけたという従業員の証言は確かなのか」

「これは信頼できる人間のようですね。新東京に長い人物らしいし」

「ふーん、どういうことなのかな。おかしなことが起るもんだ。死者はどれくらいだい？」

「今のところ、四人が確認されてます。これは今後もっと増えるかもしれません。重傷が十二人、みんな眠る前の火事だったんでね、比較的軽くおさまったというわけです」

「まさかここにも日仲警備が入ってたなんてのじゃないだろうね」

「いや、それはないです。別の警備会社が入ってますね」

「ふむ。すなわち去年の四谷雑居ビル火災とは無関係ということだな」

「実はそれなんですがね、ちょっと気になることがあるんです。見た方が早いでしょう、このマスクをして、それからこの長靴を履いて、一緒に来て下さい」

岡江は先にたって、中村をホテルの地階へと連れていった。火事場独特の臭気が鼻をつく。入口を入ると、床はまるで黒く熱い泥濘《ぬかるみ》である。鍋の中のように煮たっている。そのぬめぬめした表面を、岡江の懐中電灯の光が、右に左にすっすっと撫でていく。廊下を進むにつれ、表の雑踏が次第に遠のき、みるみる汗ばんできた。

地下室へおりる階段は、まるで未開の地の洞窟《どうくつ》のようだった。文明都市の真っただ中に現われた洞窟である。

「足もとに気をつけて下さい」

岡江が言った。

床が平らになった。資材置き場へ着いたらしい。

やがて、

「こっちなんですがね」

言いながら岡江は、マスクの上からさらに上着の裾《すそ》のあたりで鼻をおさえた。

まだひどく煙がこもっている。温度も高い。懐中電灯の明りが白く長い筋になった。その光が壁の一点でとまる。岡江はゆっくりとその場所へ近づいていった。中村も続いた。

そこに、一枚の週刊誌大の紙が、粘着テープらしいものでとめられていた。下の三分の二程度の部分はすでに黒く焦《こ》げてしまっているが、残る上部三分の一が、茶色く変色しながらも残っていた。そこにふたつの文字が読めた。

「この紙は、今日の午後三時の時点では確かになかったというんですよ。ホテル側の人間の証言ですね」

中村は懐中電灯が作る輪に顔を近づけていき、燃え残った紙に書かれた文字を読みとろうとした。最初一瞥《いちべつ》だけで「東京」という文字だと思ったが、しかし次の瞬間、ちょっと目を疑った。

「京」の字がどうも違っている。四角の中に、横に一本線が加えられているのだ。つまり「京」と書かれているのである。「東京」、その下にも何か文字が続けられていたらしいが、焦げていて読めなかった。

焦げたせいか、それとも炭がこすれた跡なのではないかと中村は疑ってみたが、そうではなかった。明らかにこれを書いた人間が、最初から横一棒を書き加えているのだ。

「なんだいこれは。字を間違えてるじゃないか」

中村は言った。

「ええ、そうなんですよ。もしこれが放火犯の遺したものなら、やつは簡単な『京』の字を間違えるくらい教養がないか、それとも精神異常か、とにかくまともじゃないですね」

「ああ、しかしどういうんだろう。これは『東京』と書こうとしたんだろうな。それとも違うものなのか？　もし東京なら、こんな字は子供だって間違えねえだろう。そこいら中に氾濫《はんらん》している字だぜ。この街に住んでる限り、『日本』てえ字よりよくお目にかかっているくらいのものだ」

「そういえばこのホテルだって『新東京』ですね」

「だろう？　どういうことだろうな」

「外国人ですかね」

「ふうん……、それにしてもなぁ……」

中村はもう一度文字を見つめた。

しかしその文字は、達筆というほどのものではないまでも、特別稚拙《ちせつ》なものではなかった。くずしてはいない。一画一画しっかりと書かれている。若い男の書く字によく見かけるタイプのものだった。活字のように念入りに書かれている。「東京」。

「で、これが四谷の例の十二月の火事と、何か関係があるってのかい？」

「お、そうでした。実は例の四谷のビルの地下の壁にも、こんなふうに、これと同じくらいの紙が、やはりこんなようにガムテープでとめられていたんですよ。ただし、あの時はすっかり燃えてしまっていましたんでね、何が書かれていたのか解らなかった。それで問題にもしなかったんですが、こうなるとあれにもこれと同じ文字が書かれていた可能性が出てきた。今もう一度四谷の雑居ビルの利用者を聞き込んでもらってますがね、もしあれも放火魔のやつのしわざなら、同じやり口ですのでね、同一犯人という話にもなってくるわけです」

「なるほど」

そう言って中村は、床を見つめて考え込んだ。そこに、開いたまま燃えつきたコウモリ傘の残骸《ざんがい》が転がっていた。

翌日、中村は仕事始めとして、一応渡辺由紀子の昨夜のアリバイを確かめた。しかしこれは完全だった。渡辺由紀子は一月三日、午後から深夜まで布袋屋にいてほとんど外出はしていない。出たのは近所へ食事に行った時くらいだが、これは例の若旦那も、彼の姉も、両親も一緒だった。

こういう連中と由紀子は、深夜十一時近くまで布袋屋の店先や、裏の住居にいたのである。例のホテル新東京の火災も、由紀子は永井家の一族たちと一緒にテレビで観たらしい。渡辺由紀子は、正月、越後寒川の実家には帰らなかったようだ。

これにより中村は、土屋昌利の死亡に関する捜査の完全な打ち切りを命じられた。四谷のビル火災は、ガードマン土屋個人の殺害を意図したものではないと主任が結論したためである。中村は思い違いをしていたことになった。殺人犯でなく、放火犯を捜査せよということである。この放火犯に「連続」という形容詞をつけるか否かを、岡江は捜査していた。そしてその報告はじきに入った。

「四谷のビルの地階の貼り紙も、どうやら犯人が貼ったもののようですねえ。時間が経ってしまったし、ビル利用者の記憶がもう曖昧ですのでね、今ひとつ確証は取れないんですが、貼り紙の場所を質すと、どうも火事の前日までは貼り紙なんかなかったらしいんですよ」

「するとやっぱり放火犯の野郎がテープで貼ってったわけか」

中村は言った。

「そうでしょうな」

岡江は言う。

「それにも例の東京のできそこないみたいな文字が書いてあったんだろうか」

「解りませんね。何とも言えませんね」

「もしそうだとすると、やつはあの東京のでたらめ字を書いた紙を貼っておいて、床に灯油を撒いて、それから火をつけた、二度ともそんなふうにやってやがるわけだ。何でだ？　何でわざわざ紙なんか貼る必要があったんだろう？」

「さあ、何でですかね」

「どうせ燃えちまうんだぜ？　あの紙には『東京』の二字の下に、まだ文字が入るスペースが残ってたよな」

「ええ」

「少なくとも二文字は入る余裕があった。まだ字が続いてたのかな？　とすれば何て書いてあったんだろう」

「さあ」

てたのかい？」

「余計なマネするやつだ。ところで、やっぱり放火現場の地下室は、鎮火まで鍵がかかってたのかい？」

「そうですよ」

「で、放火犯の死体は、やっぱりそこからは出なかったのかい？」

「出ませんでしたね」

「頭が混乱するじゃないか、気に入らねえ野郎だ」

だが土屋昌利の死に関する捜査の打ち切りを命じられた今、捜査の主役は岡江たち放火班の手に移っていた。中村は今までのいきさつがあるから、この捜査に関わる権利のようなものがあったし、岡江たちとしても中村を頼りにしていたが、ほかの刑事事件が入ってくれば、中村としてもそちらへ移らざるを得ない。中村は事件の起らぬことを祈った。

ホテル新東京の火事は死者九名と発表され、火災警報装置の不備や、経費削減のため、安全基準不適合の内装材が使われていたこと、極端な人員整理が行なわれていたことなど、経営者の不都合な経営体制が次々と露見して、大きな社会問題に発展していった。

中村の方は、例の「東京」について考え続けていた。こういう誤字をうっかり書いてしまうのはいったいどういう人種なのか。外国人か、精神異常者か、よほどのあわて者か。

だがいずれも中村にはしっくりこない。これは犯人がうっかり現場に遺留していったメモといった類いのものではないのだ。わざわざ用意した紙に書き、おそらくは捜査陣にも見せることを意図して、堂々と現場の壁に貼っていったものである。そうなると、その場であわてて書いたはずはない。現場での作業はできるだけ短かく終りたい。すでにどこかで書いた紙を持ってきたと考えるべきであろう。

それなのにはたして誤字を犯すものだろうか——？　あわて者でも外国人でも、自分の書いた文字を確かめる時間は充分あったはずではないか。

だがこれが二度目だからということは、考えられるかもしれない。四谷の時は東京を正しく書いていたが、赤坂の時は二度目であるために気が抜けて、うっかり誤字を書いた——。

そもそもこの貼り紙にはどういう意味があるものなのだろう。下には何と続けられていたのか。

かつて企業爆破事件の時、犯行後「大地の牙」と名乗る連中が電話で犯行宣言をした。そういった種類のものかもしれない。とすればあれは犯人グループの名称かもしれない。

この放火は、同一犯人による連続犯行の可能性が濃くなった。最初が四谷、次が赤坂。すると犯人が選んだこの放火場所にも、何か理由があるのだろうか。

企業爆破グループと似た思想性を持つ者のしわざとしたなら、ホテル新東京というのは解らなくもないが、最初の雑居ビルが解らない。あそこにはあまり金のなさそうな飲み屋や事務所が入っているばかりで、別段労働者や発展途上国から搾取《さくしゅ》して肥え太った金持ちが住んでいたわけではない。

さらに密室に放火したやり方が解らない。これは岡江など放火班の連中もさかんに首をひねっている。四谷の時はなんということはなかった。ガードマンさえ眠っていれば誰でもおりていける地階だった。だが今度のは違う。完全に鍵がかかっていた。鍵を閉めた二時間半後に火が出ている。

それだけならともかく、まんべんなく灯油を撒いた形跡がある。これは四谷の時と同じである。これでは犯人がその場にやってきて、念入りなやり方で火をつけたとしか思えないではないか。しかしその部屋には外から鍵がかかっていたのである。不可解というほかない。

放火班によって、ホテルの従業員は全員厳重に調べられた。従業員の大半は組合に属し、彼らのうちには強引な経営姿勢の経営者に怨みを抱く者もあったが、地下室の錠をおろした者に関しては、完全に信頼がおけるという結論が出た。彼が犯人と共謀することはあり得ないというのだ。

2.

一月二十三日は日曜日だった。朝、中村は寝床の中から妻に命じて朝刊を持ってこさせ、腹ばいになって読んでいた。

一面二面と記事を読み進むうち、目が停まった。昨夜、すなわち一月二十二日土曜日の夜十時頃、虎ノ門のビルでボヤ騒ぎがあったという。放火未遂ということらしい。

場所は虎ノ門の交叉点にほど近い霞が関一丁目にあるニットー・ビル。この二階に灯油が撒かれ、放火が行なわれた。

ところがこのビルは新しいため、窓の気密が完全だった。その窓が閉めきられていたため、酸欠状態になって火がくすぶり、部屋全体に燃え広がらなかった。そこへもってきて最新型の火災警報装置が作動して、たちどころに異常に気づいたガードマンが、現場にあがってきて消しとめたというものである。

新聞に載るほどの記事ではない。たまたま紙面が空いていたから載ったのであろう。中村が取っているもうひとつの新聞には、その記事はなかった。

中村は寝床を跳ね起きた。現時点ではまだ何ともいえぬが、このボヤが四谷、赤坂と続いた連続放火犯の、三番目の犯行である可能性は大いにあった。

何といってもやり口が似ている。三つともビル、それも内部への放火である。通常放火に最も多い手口は、塀や家の壁にもたせかけた段ボールや木材に火をつけるというもの、それから駐車してある車のシートカバーを燃すというものである。ビルの、それも内部を燃すという例はあまり多くない。

中村が今何より知りたいのは例の貼り紙であった。もし同一犯人なら、今度のケースでも現場に貼り紙があるかもしれない。そして今回の場合ボヤであるから、紙がすっかり遺っているかもしれないのだ。すると文面がすべて読めるであろう。何と書かれているのか。そして「東京」は今度はどうなっているのか。あるいは全然別の文面か。猛烈に知りたい。

電話をかけようと思って急いで廊下へ出てきたら、電話が鳴った。出ると岡江だった。

「実は虎ノ門で放火によるボヤ騒ぎがありましてね、昨夜ですが」

中村が、知っている、今新聞で読んだところだと答えると、新聞に出てましたかと言い、岡江は新聞の名を訊いた。

「それよりどうなんだ？　今度も同じホシの仕事か？」

思わず気負いこんだ。

「どうやらそのようですね。しかし今度のは失敗ってとこですな。一部屋の床と机を燃した程度ですのでね。窓が閉めきってありましてね、酸欠状態で……」

「そんなことは知ってる。新聞で読んだ。それより今度は貼り紙はどうなんだ？　例の東京の貼り紙は。今度も貼ってやがるかい？」

「貼ってますよ。今回は燃えてないんで完全に遺ってます。今鑑識の方へ行ってますがね、指紋は出ないでしょうな」

「文面だよ！　文面はどうなんだ？　同じなのか？　東京は出てくるのか」

「出てきてますね、同じです。いや、同じと思われます」

「東京、何と書いてるんだ？　下には」

「『万歳』ですね、『東京万歳』と」

「東京万歳？　なんだいそりゃあ……。ずっとそう書いてやがったのか？　今まで。四谷も赤坂も」

「なんとも言えませんが、おそらくそうでしょう」

「京の字は？　こんどはまともに書いてるかい？」

岡江はすると不審気な声になった。

「それがですね、やっぱり間違えてるんですよ。赤坂の新東京の時と同じく、京の字の四角の中に、横一棒が入ってるんですなあ」

「そうなのか……、妙な野郎だなあ……」

中村の声も思わず低くなる。

「ええ……」

「今度のも、ガードマン会社は日仲警備保障ではないかい？」

「違いますね。ホテル新東京のとも違います」

「そうかい。どうしよう、俺、今からそっちへ出ていこうかな」

「いや、今回のはボヤですんでね、わざわざ来ることもないでしょう。中村さんはここんとこあんまり休んでないでしょう？　今日くらいゆっくり休んで下さい。明日にでもぼくが詳しく報告しますよ」

中村はそうかいと言って電話を切った。実際昼まででもゆっくりしたかった。

中村は日中をゆっくり休養してから、夕方ちょっと用事があって上野署へ出かけた。それから虎ノ門の派出所へ廻り、ニットーという会社に関する知識を得た。

ニットーという名称は昭和四十六年の改名で、それまでは漢字で日陶と書き、日本陶器株式会社の略称だった。皿やティー・カップなど瀬戸物一般の製造販売をしているが、一般には便器の製作で名を知られている会社である。そして最近ではあちこちで名を聞くようになった。セラミックの分野に手を広げ、業績をあげているからだ。

社長は現在四代目。まだ四十を少し出たばかりの若社長らしいが、なかなか目はしのきく優秀な男で、彼が就任後真っ先にやったことが社名のカタカナへの変更、それからセラミック分野への急速な投資拡大、そして得た技術を持って素早くM自動車およびMハウジングと提携を結んだことである。

中村は門外漢だからこのへんの事情をよくは心得ないが、それによってニットーは、一便器メーカーから、現在非常に注目される近代企業のひとつに成長しているらしい。

だがこういったニットーという会社の体質が、今度の放火事件の理由となっているとも思えなかった。どんなやつかは知らぬが、放火魔が、今度の火つけの対象としてニットーという会社を特に選ぶ理由を持っていたとは思われない。最初が雑居ビル、次がホテル、それから今度の便器のメーカー、何の脈絡《みゃくらく》もない。手当り次第、行き当りばったりに選んでいる印象だ。

だが解らぬ、と中村は思う。何故こんな大がかりな連続放火などやらなければならないのか。

放火という犯罪は、連続するケースが多い。たぶんみなが大騒ぎするのが面白いから、癖になるのであろう。いわゆる愉快犯というやつである。人間というものは、むしゃくしゃすると大きな火を見て安心する習癖があるらしい。日本各地の祭りなどで、クライマックスに火を焚くものは多い。

江戸時代に多かった火事も、こういう国民性と無関係ではあるまい。それはロンドンなどが大火ののち、都市の防火対策を徹底したのに較べ、江戸は相変らず捨て置かれ、せいぜい火避け地の設置と、土蔵の壁を厚くする程度の対策であったのを見ても解るというものだ。日本人の心理には、この悲劇を怖れながらも、どこかで待ち望んでいる。放火犯はたいてい火をつけておき、どこかの横丁に隠れて、火の手があがるのをわくわくしながら待っている。

ただしこういう連続放火は、せいぜい二、三の隣り町程度のスケールで発生するのが常である。まずどこかのアパートの壁を燃し、次にその近所の一軒家の板塀を燃し、それから月極駐車場の、シートのかかった車を燃す。しかもたいていそれらは、都心を遠く離れた住宅街で起る。オフィス街は、深夜になってもガードマンの目がある。また飲み屋などが開いていて、目撃者が出る危険もある。しかし住宅街なら、深夜になると住人はみな寝鎮まってしまい、人目がないからである。

しかし今度の場合はまったく違っていた。実に特殊で風変りであると言わなくてはならない。まずスケールが全然違っている。町内の連続放火といったレヴェルではない。ほとんど都市的なスケールである。

しかも対象は燃えにくい鉄筋のビルであり、ガードマンのいる都心のオフィス街を重点的に狙っている。

さらに動機が不明である。単なる愉快犯ではない。愉快犯が現場に貼り紙を遺したりはしない。

しかもその貼り紙の「東京万歳」という文面の主旨が解らない。おまけに東京の京の字が間違っているときている。

加えてもうひとつ大問題があった。翌月曜日の朝、中村が別の事件の捜査協力で人に会ってから登庁し、岡江に状況を訊くと、今度のケースにおいても、赤坂の場合ほどではないが、やはり密室への放火であった。というのも、今回火をかけられたニットー・ビルの二階の一部屋は、十畳程度の狭い部屋らしいのだが、ここは別に鍵がかかっていたわけではない。しかし、ビル全体としてみれば、鍵は完全にかかっていたというのである。

主《おも》だった出入口にはすべてシャッターが下り、これは電動式で、自動ロックされるから内側からでも開くものではない。そして一階の窓にはすべて鉄格子が塡まっていた。唯一出入りの可能な裏口のドアは、ガードマンのいた守衛室の前になる。そしてこれもロックされ、鍵はガードマンが持っていた。

この裏口ドアは、内側から簡易ロックする形式のものではないので、ガードマンが二階へ行ったすきに表へ出ていくことはできないはずである。ただガードマンは一名きりだった。この男が消火時もずっとキーを身につけていた。加えてこの男は信頼するに足る人物で、アルバイトではない。経験も豊富な、四十すぎの正社員であった。

さらに警官が来た時、二階、三階、四階の窓まで完全にチェックした。もし犯人がこれらの窓からロープでも伝い、脱出したとしたなら、窓内側の施錠をしていくことは不可能である。しかし二、三、四階のすべての窓は、内側から錠がおりていた。つまり、放火のあった二階の一室こそ密室ではなかったが、ニットー・ビル全体として見れば、一個の巨大な金庫のごとく密室であった。

さらに、ビル内のどこかにひそんでいて、翌日出社してきた社員にまぎれて逃げ出すということもむずかしい。翌日は日曜日であったため、警官たちが一日かけて念入りにビルの捜査をした。どこにも不審な人間がひそんではいなかった。

雑居ビル、ホテル、便器——、中村はそんなことを考え続けていた。これだけの情熱を犯人が費《ついや》すからには、この連なりに何らかの理由がなくてはなるまい。一見何の脈絡もないように見えても、底に一定した法則が隠されているかもしれない。

雑居ビル、ホテル、便器——。それとも場所に鍵があるのか。四谷、赤坂、虎ノ門——、しかし何も思いつけない。中村はいつか渡辺由紀子のことを忘れた。そんなふうにして、二日ばかりの時が経った。

3.

一月二十五日朝、朝食の時中村は、今日の夕刻、一緒に水天宮《すいてんぐう》へお参りしてくれないか、と突然妻に誘われた。

水天宮？　と中村は訊き返した。藪《やぶ》から棒に水天宮とはまたどうしたわけかと思った。するると妻は、姪《めい》の安産祈願に行きたいのだと言う。

水天宮は日本橋蛎殻町《かきがらちょう》にあり、古くから安産祈願の神社として知られている。中村夫婦には子供がない。特に作らないようにしたつもりもないのだが、仕事に追われ、齢《よわい》四十をすぎてふと気づけば、子供がなかった。

この点を中村は、常々妻にすまないと思っているのだが、妻の方は自分の体が弱いので、これでよいと考えているらしかった。たちまち罪ほろぼしという気分になり、中村は承知した。地下鉄日比谷線の人形町の駅で待ち合わせることにした。

夕方、仕事を早めに切りあげて人形町に向かいながら、自分の人生はなんとも贖罪《しょくざい》に充ちているものだなと思って、中村は苦笑した。特に自分がわがままだったとも思わないのだが、周囲に目が充分行き届かず、うっかりの連続で、あちこちから罪を背負い込んでしまった。

水天宮にお参りをすませ、二人外で会ったのも久し振りだから、少し街を歩いてみようということになった。茅場町《かやばちょう》の駅まで歩くことにした。茅場町は、日比谷線と東西線が交叉している。東西線に乗るなら、飯田橋で有楽町線に乗り換えが一回となって、帰宅の便がよいのである。日比谷線に乗って日本橋あたりでおり、どこかで食事をするのも悪くないと中村は考えた。

日本橋蛎殻町を抜けて、二人は歩いていった。もう正月気分も一段落して人出は少なかったが、ところどころに和服の娘が見えた。妻は言葉少なだったが、内心はしゃいでいるらしかった。中村も心安らぐ気分になった。妻への思いやりとか優しさといった感情を、久し振りに思い出した。

妻とはじめて会った頃のことを、知らず思い出していた。そして照れ臭いような気分と闘いながら、あの頃の自分たちに関して、何か妻に言葉をかけてやろうという気になった。そして、ほとんど言葉を口にしかけた時だった。言葉が喉もとで凍りついた。足も停まった。しばし放心し、何もできない気分になった。茫然と立ちつくし、やがて、おお、という呻《うめ》き声とも嘆息ともつかぬ声が、喉から出た。

目の前に、「東京陶磁器會館」という文字があった。ビルの一階の軒下に紺のタイルが塡め込まれ、このタイルに白いペンキで、そういう毛筆の文字があった。中村は目を疑い、立ちつくしていた。「東京」、確かにその白い毛筆の文字がそう書いていた。

「京」の文字が中村の視界でちらちらと揺れ、刑事の頭の中をさまざまな思いが駈け巡った。しかし思考が真空状態になり、理由が思いつけない。目の前に、放火犯が使ったと同じ文字が存在していることの理由に、少しも見当がつけられない。頭が働かないのだ。

妻が、中村の異常に気づき、横に立っていた。どうしたの？　と小声で訊いた。

「仕事だ。ここにヒントがあった」

ようやくの思いで、中村はそれだけ言った。

「じゃあ私、先に帰ってますから」

妻は言った。中村は茫然としていたが、ふとわれに返り、喫茶店ででも待っていてくれと言おうとした。しかし、妻のような年齢の女が一人待てる喫茶店もそうあるまいと思い直し、悪いな、と言った。妻は首を横に振り、茅場町の方角へ一人歩きだした。中村は即座に「東京陶磁器會館」のタイルの下をくぐった。

ガラスのドアを開けると、事務机の並んだ部屋があり、六十歳くらいの男が、一人ぽつねんと椅子にかけていた。中村は警察手帳を見せ、表の「東京」の文字について尋ねたいんだが、と言った。

「はあ」

と彼は驚いたように言った。

「表のあの文字を書いたのは誰です？」

「それは、神田の書道家だと聞いておりますが」

「その人が、あの京の字をわざわざ中に横一棒を入れて書いたのですか？」

「いや、あれはうちの理事長がつけた名ですから……」

「では理事長があの文字を使ったのですか？」

中村の声は、自然勢いこむ。

「はあ、そうです」

「あんな字はあるんですか？　実際に」

「はあ、そう聞いておりますが」

「理事長にはどうすれば会えます？　今、いらしてますか？」

「ええ、ちょうど今日いらしておったと思います。ちょっとお待ち下さい、訊いてみますから」

守衛らしい老人は、デスクの室内電話を取った。何ごとか話していたが、

「ちょうどいらしております。四階の理事長室の方へどうぞ」

と言った。

エレヴェーターであがり、「理事長室」と書かれたドアをノックすると、返事があり、銀髪のにこやかな老人が、刑事をドアのところまで迎えた。中村が室内に入るのを待ち、窓ぎわのソファを手ですすめた。

腰をおろし、中村が名乗ると、老人は「東京都陶磁器協同組合、八代目理事長、舘林《たてばやし》多久次《くじ》」と書かれた名刺を出した。それから不審気な顔になった。無理もない、いきなり刑事がやってきた理由が解らず、彼は戸惑っているのだ。名刺の京の字は、京ではなかった。

中村は手帳だけを示し、老人が来訪の説明を待っているふうなので、自分が抱えている事件の経過を簡単に話した。そうして、下のタイルの看板の「京」の字について、理由を質した。

「いや、特に深い理由はないんですよ」

と理事長は穏やかに話しはじめた。

「私は昔からあの字が好きなものですからね、看板を書くにあたって、あの文字を知り合いの書道家に書いてもらったんです」

「ということは、ああいう文字が実際に存在したんですか？」

「ええ、ありましたね」

老人はこともなげに言い、中村は二の句が継げなかった。理事長は続ける。

「私らが子供の頃は、時おり見かけました」

「ほう、そうなんですか。どういうところで……」

「今も憶えておるのは、『東京日日新聞』です。今の『毎日新聞』ですね。これが昔『東京日日新聞』といった。これは普通の『京』の字を使っておりましたが、これがだいぶ昔には、戦前のことになりますが、『東京日日新聞』と、あの『京』の字を使っていたことがあるんです」

「ほう……」

中村は打ちのめされる思いだった。この文字を調べることもせず、最初から間違いと決めてかかっていた自分に、赤面するような気分だった。ひとつ溜め息をついた。それから言った。

「それは、しかし、その『東京日日新聞』は、何故そんな字を使ったんでしょうな」

「うーん、それは解りません、私には。昔は『東京』の『京』の字はふた通りあったということでしょう」

「ふた通り……、どういうことで使い分けていたんでしょうか」

「それは、知りません。では、よろしかったら、私の親戚筋にあたる学者をご紹介いたしましょうか。この者なら、この問題にも詳しいかと思いますので」

「是非お願いします」

中村が言うと、老人は立ちあがり、デスクの上からスチール製の電話番号メモを持ってきた。レヴァーをスライドさせてから開き、メモ、よろしいですか？　と訊いた。中村はすでに手帳を広げ、待っていた。

「『東京都、教育庁、文化財調査研究室』と言います。電話番号は……」

中村は急がしくメモのペンを走らせる。

「ここの研究担当主査です。堂迫和夫《どうざこかずお》と言います。私、今名刺に紹介状を書いてさしあげます」

そう言って老人は、自分の名刺の裏に達筆で、宜しく頼むという意味の一文を書いて中村にくれた。中村は恐縮して頭を下げた。

翌二十六日、中村が堂迫に電話を入れると、舘林が親切に電話を入れてくれていたらしく、先方に話が通じていた。ただ、大学の講義がこれからあるので、夕方にならないと時間があかないと言う。中村は六時に、教育庁の堂迫を訪ねることを約した。

堂迫和夫は銀髪を波うたせ、五十を少し出た頃合いの人物であった。年齢のわりには長身と言うべきであろう。痩せぎすのせいでそう見えるのかもしれない。もの馴れた様子で、訪れた殺人課の刑事を庁内の自室に招き入れた。

二人は名乗りをかわし、堂迫は名刺を差し出したが、中村は出さなかった。中村は世間話などもせず、いきなり連続放火事件の推移の説明を始めたが、堂迫はおおよそのところは承知していた。それで「東京」についてうかがいたいのだがと中村が切りだすと、堂迫は向かい合ってかけていた椅子をつと立ちあがり、書棚へ行って二、三冊の本を抱えて戻った。その二冊ばかりはカラー・グラビアの多い図版誌だった。そしてその一ページ目を開き、これを見て下さいと言って、喉の部分を手のひらで押した。

見るとそれは文明開化時分の銀座の錦絵《にしきえ》で、タイトルは「東京銀座要路煉瓦石造真図(東京都立中央図書館蔵)」となっている。

「ほう、なるほど」

と中村は思わず言った。

「それから、こちらも見て下さい」

と重ねて言い、そちらはいわゆる天皇東幸の錦絵で、「東京江戸」と題されている。こういうものを眺めるのは、中村は以前より好きな方だったのだが、この「東京」という文字には今までお目にかかった記憶がない。見落したのかもしれない。

「確かに、京の字の中に横一棒が入ってますな。こりゃ、教養がないのはこっちの方だったらしい。われわれはてっきり犯人の誤字だと思っておったんです。実際にこの字は存在していたんですなあ」

「存在しておりました」

堂迫は冷静な口調で言った。

「東京《とうけい》は」

「トウケイ……？」

「はい」

「存在して、それでこれはトウケイと呼びならわしておったわけですな？」

「いえ、そうは言いがたいのです」

堂迫は言う。その口調も、私大の講師をしているというだけあって、もの馴れてなめらかである。

「確かにこういう錦絵の類いの方々に、この東京の文字は見受けられます。あるいは錦絵以外にも、現在東京都公文書館が持っているところの当時の公文書の類いにも、たとえば『東京府権知事』明治九年のものですが、また『東京府下暴風景況』これは明治十三年のものです。こういった公文書にもこの文字は見えます。

あるいは、これは現在も継続中なんですが、都の修史事業の成果を記録した『東京市史稿』という書類もあります。

このほかにも梅亭金鵞《ばいていきんが》の著わした『東京漫遊独案内』という、当時の一種の観光ガイドブックもありますしね、なかなか頻繁にこの文字が使われていたことは確かなんです。ところが当時これをどう読ませたかといいますとね、はっきりしないわけです。

当時『東京』の文字以外にも、現在われわれの一般に使用している『東京』ですね、こっちの字も相当数使われていた。むろんこちらが主流であったわけですが、こちらにも『とうけい』とも『とうきやう』ともルビがふられているわけです。絶対数としては、どうも『とうけい』の方が多いようですがね。

たとえば当時『団団珍聞《まるまるちんぶん》』と題する世相風刺の新聞があったのですが、これに『於東京絵《おとけえ》』という連載漫画があった。これは『おどけ』をひっかけたしゃれですが、当時東京が『とうきょう』と一般的に呼びならわされていたとしたら、このしゃれは意味をなしません。つまり一般的には『とうけい』と呼ぶ人の方が多かったということの現われと考えられますね。

あるいは日本の音楽教育のパイオニアといわれる伊沢修二《いざわしゅうじ》は、米国で自分の出身地をTOKEI JAPANと書いております。

辞書をひきますと、京の字は『原』の本字ということのようですので、『げん』または

『けい』と読ませて、『きょう』とは読ませないとされております。したがって、まあわれわれは、『東京』は『とうけい』と当時読ませたのであろうと推測しておるわけなのです。『東京』と書かれた場合、私の知る限りルビを付したものがひとつもないんです。ところが、では『けい』で決定かというと、そうもいかなくてですね、『京都』も『京都』と書く場合があった。そしてこの場合、『けいと』と読ませた形跡はいっさいないんです。すべて『きょうと』だった。この場合は、あくまで俗字という扱いですな。京都の人間は、自分の街がどう書かれようと、あくまで『きょうと』と読んだわけです」

「なるほど」

「ですから少々判断に苦しむところはありますがね、まあ『とうけい』でまず間違いはなかろうと考えますね、私は」

「なるほど、いや事情がよく解りました。ということは、今までうかがっておりまして、『東京《とうけい》』と『東京《とうきょう》』との間には、おのおの呼びならわす人間の間に、特別に思想的なへだたりがあったとか、そういうこともないのですな？　ただ自然に、なんとはなしに生じた呼び名の相違であって、別段『東京』と呼び、この字を使う人間に、『東京』の字を使いたくない理由などがあったわけではないのですね？」

「一般にはその通りです。錦絵の作者などは、たぶんその通りであったろうと思うんですがね、中にはそうでなく、一種の思想性故に、東京の文字の方を故意に使ったと思われる人たちもいるわけです」

「ほう、それはどういう人たちなんですか？」

「たとえば旧幕臣、旧水戸藩系の人です。大政奉還《たいせいほうかん》というのは、いわば革命ですので、その前後に、ヨーロッパの場合ほどではないにしても、世間的にはかなりの混乱があったわけです。そして中には薩長《さっちょう》系の新政府を快く思わない人たちも多かった。そういう人たちの間で、明治二十年頃、世の中が落ちついてくると、江戸文化を見なおそうという気運が起ってきたわけです。

　江戸というものは当時世界最大の人口を抱える大都市でありまして、それなりによいところもたくさんあったわけです。

　それで旧幕臣や旧水戸藩の連中が中心になって、『江戸会』というものを発足させたんです。彼らとしては、江戸文化の研究保存を考えなければ、というさし迫った思いがあった。そしてこの会と深く関わっているものに、『江戸新聞』というものがありまして、これに旧幕臣系、旧水戸藩系のジャーナリストが、ことさらに『東京』という呼称を用いて記事を書いていることが確かめられるわけなんです。

　そしてその理由というものには、明らかに反権力意識、あるいは新政府の強引な近代化政策、前時代を否定し、性急に伝統文化を捨て去ろうとするやり方への批判があったことは明らかです」

「なるほど、なるほど」

うなずきながら中村は言った。これで少し事件が見えてきた。この放火犯も、時代錯誤的にそういう考え方を持った人間であるかもしれない。一種の思想犯という可能性が出てきた。

しかし、それにしてもいかにも時代錯誤である。なんだか荒唐無稽《こうとうむけい》な感じさえする。まさか明治新政府に怨みを抱く、旧幕臣系の子孫の犯行というわけでもあるまい。

「しかしその、そもそも東京《とうきょう》と東京《とうけい》というふたつの呼び方や、文字遣いの違いが生まれたのは何故なんです？　誰が始めたことなんです？　そもそも、東京という命名をしたのは誰なんですか？」

「はい。この江戸という都市が、東京という呼び名に変った事件もなかなかのミステリーでしてね、はたして誰が命名したかとなると、誰もいないんですね。そんな人物は存在しないんです。

この場合は、ペテルブルグがレニングラードになったというような、そういう政治的色彩が濃いわけでもない。そういうことなら、おそらく薩長ゆかりの何かの名をつけたことでしょう。

江戸が東京と改称されたのは、一般には慶応四年、一八六八年七月十七日のことと考えられています。それはこの日に、天皇から江戸に対して下された詔書《しょうしょ》があるんです。その文面の解釈から、この名称が生まれてきているからなんですね。そういう意味では天皇が改称されたともいえるんですが、しかし当時天皇は数えでやっと十七歳であったわけですから、天皇にそのご意志があったと考えるのは、やはり一般的ではなかろうと思うんです。

それはともかく、その一文というのは、

『……江戸ハ東国第一ノ大鎮、四方輻輳《フクソウ》ノ地宜《ヨロ》シク親臨以テ其政《ソノマツリゴト》ヲ視ルベシ、因《ヨッ》テ自今《イマヨリ》江戸ヲ称シテ東京トセン。是朕《コレチン》ノ海内《カイダイ》一家、東西同視スル所以《ユエン》ナリ……』

とこういうんです。この詔書の、

『自今江戸ヲ称シテ東京トセン』

の部分を単純に解釈して、国民は東京とこの地を呼びならわすようになるわけです。

ところがこの改名の問題は、この詔書の直後から繰り返し繰り返し議論されてきましてね、たとえば明治九年にはもう西村茂樹《にしむらしげき》という学者が、東京は単なる普通名詞であって、地名ではない、と言いはじめているわけです。

というのは、天皇の東京行幸の際も、『遷都《せんと》』という発令は一度もないんです、単に『御東幸』と言っているにすぎない。ですから、西村と意見を同じくする人たちの主張というのは、これは江戸を東の京とし、京都を西の京とするというお考えの現れである。そしてこの二都を時々往ったり来たりされるおつもりだったのであろうと、そういう解釈です。ですから、名古屋を中京と称するがごとく、江戸を東京と称された。したがって江戸の地理上の名称は、やはりまだ江戸のままである、というわけです。

事実、明治の中頃までは、東京に対して京都は西京と公称しておったようです。たとえば東京医学校のお雇《やと》い外国人ベルツも、その明治十年の日記の中で『天皇が鉄道開通式のため、重臣と共に京都、別名西京に行っておられる』と書いていますしね。

まあ、あるいはこの考え方が正しく、東京は今でも江戸市と呼ぶべきなのかもしれませんがね、こういういきさつ、あるいは誤解があって、東京という呼び名は生まれたわけです。

今なら、天皇に直接ご意志をお質しするということにもなろうかと思うんですが、当時はとてもそんなおそれ多いことはできなかったわけです。

東京という呼び名に関してはそういったところですが、東京の文字に関しては、これももう今となっては誰がどういう理由でそう書きはじめたのか、はっきりしたところは解りません。しかし、やはり薩摩や長州の連中の支配下につくことを潔《いさぎよ》しとしなかった旧幕臣や、江戸庶民の反骨精神の現われと解釈して、大過はないんじゃないでしょうかね。私はそう考えています。

薩長の連中というのはやはり田舎侍ですので、花のお江戸の連中としては愉快でないところはあったんでしょう。それに革命前夜、西郷隆盛は三田の薩摩邸に浪人を五百人ばかり集めて、江戸攪乱策《かくらんさく》をやっています。彼らを江戸市中に放って、暴行、掠奪《りゃくだつ》をどうやら行なわせたらしい。庶民としては、こういう怨みもたまっておったでしょうしね」

「なるほど。すると『東京万歳』というのは——、例の放火犯は、今まで各現場にこういう貼り紙を遺しているわけなんですが——、これはやはりそういう考え方を抱く者と、そう解釈できるんでしょうかねえ。当時の江戸庶民のように、やはり現在の政治の状況に対し、不平を抱いていると」

「それは私には解りません。だからといってビルに放火して廻ってどうなるというのか。東京中を燃してしまって、また江戸でも作ろうというんですかね。われわれには理解が及びません。馬鹿者のしわざですよ」

「東京中を灰にしてしまうとなると大変ですよ。それに何故そのことに『東京』を持ちださなくてはならないのか。そういうことなら江戸万歳でしょう」

「そうですね……。ただその点に関してなら、私にも想像がつかないものでもないのですが」

「ほう、どういうことです？」

「つまり東京というのは、江戸でも東京でもない、その過渡期にほんのわずかな間だけ存在した、まあいってみれば幻の都だというような、ロマンチックな考え方ですね。学者の内にもそう考える人はあります」

「ふむ、興味がありますね。どういうことなんです？」

「つまり、江戸という封建都市から東京という近代都市へ変っていくはざまにあって、そのどちらにも属さないような、一種理想郷めいた街がこの地に現われた……」

「ほう、何故理想郷なんです？」

「いや、それはちょっと言葉が強すぎるかもしれませんが。そう、たとえば土地の問題です。昔の江戸の地図などを見ますと、町人が住む土地の面積は、江戸全体の一割五分しかありませんね、あとは武家地と寺です。武士が六割の土地を持って、それよりずっと人数の多い町人は、狭い場所で、長屋にひしめくようにして住んでいたわけです。
千代田区など典型的で、ほとんどが大名地、旗本《はたもと》地ですね。町人は神田の方にほんのちょっとだけ住む場所があったという感じです。

ただこれは、武士が圧倒的に裕福だったというよりも、いざ江戸城に緩急があれば、その広大な武家地は戦場になるという仕掛けであったらしい。ま、いずれにしても、これが封建都市のありようなわけです。ですから大火などがあると、死ぬのはほとんど百パーセント町人です。武士で死ぬ者があるとすれば、それはもう武士ではないような浪人者だけです。武士は緊急避難場所のグリーンベルトに、一人で住んでいるようなものですから。

というわけですが、明治維新というのは、やはりゆるやかな革命ですから、武士という特権階級、ブルジョワジーはいなくなったわけです。するとこの広大な武家地は、庶民に解放されたかたちになったわけなんですね。さながら江戸は広大な緑や清水の中に住宅地が散在する田園都市の様相を呈したわけです。

ですから政府としては、こういう土地を桑畑、茶畑にしようかと計画したり、いささか持てあました形跡があるんですが、庶民としては、都心の家から徒歩で日帰り可能な場所で野摘《のつ》みや滝浴びが楽しめるというような、それまではとても考えられない豊かな環境が得られた。

滝浴びで思い出しましたが、江戸というのは非常に水の綺麗な、水の都とでもいうようなところがあったんですね。江戸という字も、昔の地図には江都と書かれたものがたくさんあるんですが、これは入江にできた水の都という気分が、そう書かせたものでしょう。

たとえば本所深川などは、網の目のように水路が走っていて、さながらヴェニスのようだったと言いますね。家は川の方に向いて建っていて、川が道路だったわけですね。しかも水が非常に澄んで綺麗だった。だから佃島《つくだじま》では白魚が獲《と》れたり、本所あたりの海水と真水がぶつかり合うあたりにいる魚を食べたら、もう銚子のひらめなんざ食えねえ、なんてことを江戸っ子は言っていたようです。

この、水が綺麗というのは、実はすごいことと思うんですね。私は世界を歩くようになって、つくづくこの点を痛感しました。日本の川はよく川底が透けていたり、水藻のなびくのが見えたりしますが、こんな川はまず世界中のどこにもありませんね。ライン川もセーヌ川も、テームズ川も、みんな川岸や街並は美しくできてますが、水そのものは濁っていますね。揚子江も黄河も、ガンジス川などは聖なる川というわけで、国中から沐浴《もくよく》の人がやってきて、水を口に含んだりしますが、川の水そのものは濁っています、決して綺麗じゃない。

私は最近、中国とインドネシアを旅してきました。中国の蘇州《そしゅう》などやはり水の都と言われて、街を縦横にクリークが走っておりまして、それは美しいところですが、水自体はやはり泥で濁っています。茶色の泥水です。

インドネシアも同じです。飛行機がジャカルタに近づくと、青い海に、川から流れ込んだ泥水がいく筋もなびいているのが見えます。

むしろ川というものは、それが普通の姿なんですね、当り前なんです。日本の川だけが特別なんです。もうこれは奇跡のようなものだと思う。それなのに日本人は、川や川原を無茶苦茶に汚していますがね。

とにかく江戸の川は綺麗だった。だから庶民は舟遊びや魚釣遊びができて、精神的に豊かな生活ができたんです。

ところが明治後期以降、そういう掘割は片っ端から埋めていく、緑は次々に切り倒す、そういう道をわれわれは進んできているわけです。そういう近代化の道をやってきたのが東京、その前のガチガチの封建都市が江戸とするなら、確かにそのはざまに、そのどちらにも属さない田園都市とでもいうべき『東京』が、わずかに二十数年間という、歴史から見ればほんのまばたきみたいな一瞬ですが、現われているわけです。

そういう考え方にしたがうなら、この『東京』という都市は、緑多い理想の田園都市に発展する貴重な萌芽《ほうが》を擁《よう》していたというふうにも言えるかもしれません。現在の建築技術をもってすれば、あるいは住施設は高く空に延ばし、緑や水はそのまま残すといったやり方もできたでしょうが、明治の土木技術では到底不可能です。今振り返れば、『東京』が早く世に現われすぎたというふうに言えるかもしれませんが、われわれは理想の田園都市を持つ千載一遇《せんざいいちぐう》のチャンスを逃したと、そういうふうにも言えるのですね」

中村は、何度もうなずきながら聞いた。だがそれはやはり、同じことだろうなとも思った。もしたった今、その東京がこの地に現われたにしても、やはり掘割は埋められ、緑は切り倒されてマンションが建つだろう。現にわずかばかり残った外堀の一部が、ほんの二、三ヵ月前に埋めたてられたばかりである。

中村は、それからもしばらく東京の話を堂迫に聞いて、一課に戻った。

第六章　第二の殺人

1.

翌日の夕方、中村のデスクに外部から電話が入った。誰からかと尋ねると、女性の声だが名を言いたがらないと交換手は言う。切り換えてくれと中村は言った。

「はい、一課の中村です」

言ったが返答がない。

「もし、もし」

と語気を強くして中村は言った。これは渡辺由紀子だなと直感した。

「あの、もしもし」

とほとんど聞きとれないほどに低い女の声が言った。

「はい、どちらさん？」

「私、……です」

「え？」

よく聞こえなかった。ふた文字の苗字のようだった。

「井比です。井比敦子」

そう言われても、誰であったか中村は思い出せなかった。

「あの、井比です、赤札堂の。一度売り場でお会いしました」

「ああ！」

ようやく思い出した。

「解りました。失礼しました」

「私、あのう……、刑事さんに、お話ししたい大事なことがあるんです」

井比の声は、わずかだが震えているようだった。それを悟られまいとして、彼女はささやくような声で話しているのだった。

「解りました。今どちらです？」

「今、仕事終って、デパートを出たところなんですけど」

「では外で会いますか？　こっちで出向きましょうか？」

「いえ、あの……」

井比は言い淀む。

「こっちへ、桜田門の方へいらっしゃいますか？」

中村は言った。

「いえ、あの……、外では話したくないことですし、私のアパートの方へいらしていただけませんでしょうか。もしよろしければ」

「そうですな、よろしいですよ。重大な話なんですね？」

「はい」

「何時にします？　これからすぐでいいですか？」

「はい、あの……」

またそう言ったまま、彼女はなかなか返事をしない。よほど重大なことのようだ。

「あの……、やっぱり表で会っていただけません？　すいません」

中村は苦笑した。

「ははは、いいですよ。刑事と待ち合わせる場所となると、誰でも悩むものらしいですな」

気持をほぐすつもりで軽口を言ったが、井比の声の緊張は変らなかった。

「西日暮里の駅の北口に、ルノアールという喫茶店があります。そこなら、割りと落ちつけますので、そこで……」

「何時です？」

「今から二時間後くらいにならら……」

腕時計を見ると、五時を十五分ばかり廻っている。

「では七時半くらいですかな？」

「はいけっこうです。ではのちほど。ごめんなさい、変なこと言っちゃって」

そう言って、井比は電話を切った。

ルノアールに、中村は七時五分すぎに着いた。店内を見渡しても、まだ井比の姿はない。サンドウィッチとコーヒーを注文して、中村は待つことにした。

やがて七時半を廻った。サンドウィッチも食べ終った。しかし井比敦子は現われなかった。レジまで行き、カウンターの横にあるマガジンラックから夕刊と雑誌を持ってきて読んだ。そうするうち、八時になった。

店の時計が八時半に近づく頃になると、さすがに中村も落ちつかなくなった。目で追う活字が頭に届かなくなった。

八時五十分に、中村は立ちあがった。嫌な予感が胸に広がりはじめた。料金を払い、マッチをもらって表へ出る。井比敦子のアパートはそこから遠くない。道もはっきり憶えている。中村は早足になった。

むろん井比が、勤め先から約束の喫茶店へ来るまでに、いったん自分のアパートへ帰るとは限らない。どこか別の場所へ寄ったかもしれない。まさかデパートの制服のまま帰宅はしないだろう、デパートを出た時点ですでに私服に着替えているだろうから、別段着替えのために帰宅する必要はない。

しかし彼女は、私には彼がいないと言っていたように思う。一度アパートの自室に帰る可能性はあると刑事は考えた。というより、それ以外に中村にすぐ思いつける場所はない。

井比のアパートには九時十分に着いた。部屋の電気は消えていた。アパートはモルタルの二階建てで、井比敦子の部屋は一階の端《はし》だった。廊下はセメント張りで、見あげるとむき出しの鉄板が天井になっている。その上にもセメントが張られ、二階の廊下になっているのだ。中村はドアの脇の小窓の暗がりを見つめながら、何度もドアを叩いた。人の気配はなかった。名も呼んでみた。返事はない。

カンカンと音がしたのでその方を見ると、金属製の階段を誰かが昇っていく音だった。やがて音が変り、セメントの廊下に入ったふうである。大家ではあるまいかと思い、中村はさがって二階を見あげた。しかしそうではなく、二階の住人らしい若い女だった。髪が濡れているから、風呂へ行ってきたのだろう。

中村はドアのノブに触れてみた。鍵がかかっていた。ぐるりとひとわたり周りを見廻した。不思議といえば不思議なことに、アパートの一階はどこも明りがともっていなかった。

　三十メートルばかり離れた道端に、電話ボックスが見えた。コートのポケットのマッチ箱を確かめながら、中村はそっちへ歩いた。

　さっきまでいた喫茶店にかけ、井比敦子という客が来ていないかと訊いた。しかし、井比はいなかった。中村は続いて、二十歳すぎくらいの女性で、やってきてすぐ出ていったような客はいなかったかと一応尋ねた。店の女の子は、そんなお客はいなかったと言った。レジの娘らしく、彼女は中村の声を憶えているふうだった。したがっておおよその事情は呑みこんでいると思われ、彼女の返答は信頼できる気がした。

　もう一度ドアのところまで戻った。叩くが返事はない。そこに立ったまま、中村はしばらく迷った。そして、よほど帰ろうかと思った時、電気のメーターの円盤が、わずかに動くのを見た。

　中村は緊張した。娘は中にいるのかと疑った。しかし、冷蔵庫かもしれんなと思い直した。

　どうしてもこのまま去る気になれなかった。一種の職業的な勘が働きはじめている。しきりに悪い予感がする。

　しばらくその場に立ち、井比敦子の電話の声を思い出してみた。大事な話があるんです、と彼女は言った。一般人が、それも若い娘が、殺人課の刑事に電話をしようというのだ。お茶を飲んで世間話がしたかったはずもない。しかも彼女は「大事な話」と言ったのだ。それが断わりの電話ひとつかけるでなく、約束の場所に現われなかった。何かあったと疑ってかかるべきだ。中村は大家の家に向かうべく歩きだした。

中村は大家の顔を憶えていた。七十すぎくらいの老人だった。家はアパートのすぐ裏である。中村が家を訪ねると、彼は酒を飲んでいた。赤い顔をして玄関に出てきたが、中村を憶えていないようだった。

中村は身分と事情を話し、どうも気にかかるので井比敦子の部屋のドアを開けてくれないかと頼むと、大家は途端に中村を思い出し、緊張したらしかった。承知しましたと言って奥へ引っ込み、鍵の束を持って出てきたが、玄関の土間へおりる時、よろめいて壁に腰をぶつけた。すると玄関全体が震動した。

井比の部屋の前で、老人は鍵穴を探してずいぶんもたもたするから、中村が取りあげて自分で挿し込んだ。錠のはずれる手ごたえがあり、開いた。中村は一応ハンカチでノブを包み、ドアを開いた。

開けてから内側のノブを見た。ノブの中央に押しボタンがある、簡易ロック形式のドアだった。それから奥を見た。一DKだから食卓が見え、その向こうにはガラス戸があって、閉っていた。その曇りガラスの下部が、妙な具合に赤く染まって見えた。

まるで燃えているような感じだった。ストーヴか、と一瞬中村は思った。

「井比さん、中村ですが！」

中村は奥へ声をかけた。しんと鎮まり返っている。誰もいないようだった。

「どなたかいらっしゃいませんか？」

もう一度奥に向かって言った。

反応はなかった。上りぶちを見た。スリッパはなかった。そして奥を見ると、閉ったガラス戸の手前に、一足分のスリッパがあった。向こうむきに、きちんと脱ぎ揃えられている。中村は不吉なものを感じた。靴を脱ぎながら背後の老人に向かい、そこを動かないように、それからドアに手を触れないようにと命じた。

ずかずかとあがり込み、ハンカチを手に巻いて、ガラス戸のとってのところを持って、横向きに開いた。がらがらと、意外に大きな音がした。

そこは、赤いカーペットの敷かれた六畳ばかりの部屋だった。電気炬燵があった。ベッドはない。電気炬燵の布団の一方が大きく跳ねあがっている。ガラス戸が赤く見えたのは、そこから洩れる炬燵の光だった。

その脇に、長々と黒い物体が横たわっていた。うつ伏せだった。その顔のあたりが、ちょうど電気炬燵の光に照らされ、真赤に染まって見えた。目は薄く開いていた。苦悶《くもん》の表情はすでに消えていた。

一瞬、見も知らぬ女に見えた。それは、眼鏡がないせいだった。見廻すと、頭の先三十センチばかりのところに、それは転がっていた。

ひざまずき、中村は手首に触れた。すでに冷たく、脈は感じられなかった。部屋も冷えていた。その時、さらに冷たい風を背中に感じた。玄関のドアが開いているせいである。

中村はちらと背後を振り返った。玄関のドアの縦長の枠の中に、小柄な老人が立っている。表の蛍光灯に薄くなった頭の頂上と肩のあたりを白く光らせ、中村の命令を忠実に守って立っていた。微動もせぬその様子は、蠟《ろう》人形を思わせた。

手首に触れながら、中村は素早く室内を見廻した。誰も隠れている様子はない。

手首も、指の関節もまだ柔らかく、中村のものと同じだった。またひとつ、貴重なものが失なわれた。それもたった今。

死後二時間とは経っていまい。中村は手首を離し、うつぶせの遺骸の、腹部とカーペットのすき間に手を差し入れた。そこも、湿った布団のように冷えて、重かったが、冷えきった中村の指先には、ほんのわずかにぬくもりの名残《なご》りが感じられた。

中村は頭部に目を移した。絞殺と思われるはっきりした徴候を、中村は見て取った。頸部には何も凶器と思われるものは巻きついていなかったが、明らかに両の素手で絞《し》めたらしい、指圧によると思われるうっ血があった。

暴行の痕跡はないようだった。着衣の乱れはない。しかし、それを調べる気にはなれない。

明りもつけず、そのままにして立ちあがり、中村は玄関に戻った。老人はまだもとの姿勢のままでいる。そして、

「死んでるんで？」

と小声で訊いてきた。

酔いはもう醒めたようだった。中村は小刻みに二度、三度とうなずいて見せ、もう一度ハンカチをノブにかぶせ、ドアを閉めた。それから明りのついている公衆電話を指さし、

「あそこで本庁に電話をしてきますので、戻るまでここで見張っていてもらえませんか。絶対に誰も入れないで下さい」

と頼んだ。老人は放心した表情でうなずいている。

電話ボックスに急ぎながら、中村は考える。自分としてはこれを防ぎようはなかったと。自分としてはあれ以外に取る方法はなかった。約束した場所で待っているほかなかった。だがうかつだったことも確かである。そうだ、実際うかつだった。これを予測できないものでもなかったのである。

何故予想できなかったか。それは土屋昌利のことが、すっかり頭から去っていたからではあるまいか——？

すっかり忘れていた。井比から電話が入っても、誰だか解らなかったくらいである。

この殺しは何を語るのか、中村は思う。自分のうかつさか。それは確かにそうである。

そう言われれば一言もない。

だがそのことと別に、この事件の持つ意味が不明である。井比敦子は何故殺されたのか――？　どうして彼女は殺されなくてはならないのか――？

解らぬ。解らないから、彼女の危険に思いがいたらなかった。

井比敦子は、自分に何か話そうとしていた。だから自分に電話をした、そして自分と会う直前に殺された。

とすれば、考えられることはただひとつ、口封じだ。何の口封じか？　それはやはり、土屋昌利の死に関することではあるまいか。ほかに何があるというのか。とすれば、やはりあれは、土屋の死は、偶然の事故ではなかったのだ。

そうならやはりうかつだった。中村は思う。土屋の死には、納得できない点が多かったのだ。それらが中村の長年の勘に、ひしひしと訴えていた。あのまま仕事を続けるべきだった。しかし自分は、周囲の声に負け、愚かにも当初の考えを捨てた。この優柔さが井比を殺さなかったろうか――、中村は思う。

悔しさが、小さな爆発のように、中村の内で起った。自分の体が、ホテル新東京のビルのように、焼け落ちていく心地がした。

すると突然、井比敦子の最後の言葉が耳の内に甦えった。受話器を通し、娘の声はずっと震えていたが、電話を切る間ぎわにだけ、最近の娘らしい明るい声になって、こう言ったのである。

「ごめんなさい、変なこと言っちゃって」

その明るい調子が、いつまでも中村の耳の内で消えなかった。

2.

死亡推定時刻は午後の七時半頃だ、と鑑識の船田《ふなだ》は言った。中村が喫茶店で待っていた時刻である。

それも少し引っかかった。その時刻にまだアパートにいては、彼女は自分との待ち合わせに遅れることになる。何故それほどぐずぐずアパートにいたのか。

井比敦子が自分に電話をしてきたのは五時十五分だった。あの時、勤めを終えてデパートを出たばかりと言っていたから、おそらくまだ北千住にいたのであろう。あれからすぐ西日暮里のアパートへ帰ったとしたら、六時頃には着いたと思われる。もしそれからずっと七時半までアパートに留まり、殺されたとしたなら——、つまり、彼女は七時すぎにはアパートを出る予定にしていたはずだ。それなのに部屋を出なかったとするなら——、来訪者は顔見知りであった、それも相当親しい人間であったと考えられないか。すなわち犯人は、彼女と親しい人物であった。

部屋は荒された様子はなかった。現金も貴重品もそのままだった。そして七時半頃、一階には誰もいなかったが、二階の二部屋には住人がいた。そのいずれも叫び声などは聞いていない。この事実もそれを裏づけると思われる。親しい人物が相手だから、彼女は声をたてなかった。

それから鑑識の船田は、不完全ながら指紋が採れたと言った。どこからかと訊くと、被害者の首からだという。部屋中に大勢の指紋があり、ほかはとても絞りきれるものではない。近頃では、まれにだが人間の皮膚からでも指紋が採れる。現在照合しているが、前科者ではなさそうだということだった。

だが、もしこれが井比と親しい人間であるにしても、部屋には人をもてなしたような形跡はなかった。炬燵の上にも、台所の食卓にも、茶碗やコップの類いは出ていない。食器類はすべて洗われて、食器棚におさまっていた。

それから、暴行の類いはやはりなかった。現場には煙草の喫い殻なども残ってはいなかったので、犯人の血液型などは解らない。またそうなると、性別も解らないという話にもなるが、井比は相当強い力で首を絞められているので、相手は男、それも若い男だろうというのが、船田の見解である。

この犯行の目的が口封じなら、この人物は、土屋殺しにも関わっているのだろうか。もしこれが土屋殺しのホシと同一人物であるなら、この人間は、例の連続放火の犯人でもあるという話にもなってこないか。すなわち、「東京万歳」の貼り紙を放火現場に遺していく人間ということにもなってくる。中村の頭は混乱した。一方で連続放火をやり、もう一方で連続殺人をやる――？

これらは同一人物なのだろうか？　殺人というならホテル新東京の火災で九人が死んでいる。やつはそこで九人を殺しているが、これは結果的にそうなったということで、殺しが目的ではないと考えていた。土屋の場合も同じことだろうと思っていた。

だが今度の場合は違った。明らかに井比敦子を殺すことだけが目的の犯行である。ホテル新東京の火災で死んだ九人の身もとも、逐一洗って歩く必要があるのだろうか――？　最初から考え直さなければいけないかもしれない。自分は考え違いをしているのではないか？　今宵殺人のみが行なわれた。火をつけようとした形跡はない。もしこの一連の事件が、同一人物のしわざであるならだが、これは連続放火事件でなく、案外連続殺人なのではないか？　放火は手段なのである。

いや駄目だ、中村は思った。虎ノ門のニットー・ビルがある。ボヤで終ったが、これが成功したとしても、あの場合誰も死ぬ者は出なかった。それに例の貼り紙の問題もある。堂迫の話を総合すると、あれは殺人というよりも連続放火の方に関連がありそうだ。

いずれにしても厄介な事件だ。今までのどれひとつとして、動機が明瞭なものはない。一連の連続放火の動機も解らないし、今度の井比殺しの動機も、たぶん口封じであろうというだけで、正確なところはまだ不明である。

口封じ――？　しかし口封じとなると、井比はどんな秘密を知っていたのか。土屋殺しに関する秘密なのか、それとも、放火事件に関する方の秘密か。

そして渡辺由紀子だ。渡辺由紀子という存在は、この秘密にどう関わってくるのか。渡辺由紀子と無関係の場所で土屋昌利が死に、続いて次々と彼女と関係のないところで放火事件が起った。渡辺由紀子は、そんな事件のたび、少しずつ嫌疑の輪の外に押し出されていった。しかし今彼女の唯一の親友が死に、彼女は再び嫌疑のただ中に引き戻された。


中村は立ちあがり、井比の友人の駒田直美に会いにいった。主任ももうとめなかった。しかしとめられても、中村は、今度はやるつもりだった。

駒田に中村は、井比の交遊範囲の人物を、洩らさずすべて教えて欲しいと言った。ところがこれはうまくなかった。井比敦子という女は、友人を作るのが実に下手な人間で、友達というと自分と、それから同郷の渡辺由紀子の二人しかいなかったろうという。

それから、恋人は確かにいなかったと駒田は断言した。男友達というものもなかったろうという。

ほかに交遊範囲といえば、デパートの売り場主任とか、同僚とか、近所の例のサフランというスナックのマスターとか、せいぜいその程度であろう。それも会えば口をきくというだけのつき合いだったと思うと駒田は言った。

渡辺由紀子と共通の男の友人、それも由紀子と親しかった人間と、最近井比が親しくしていたということはないかと中村は尋ねた。自分は知らないと駒田は言った。

では井比敦子は、最近秘密を持って悩んでいるふうではなかったかと訊いた。悩んでいるようには見えなかったが、何か秘密は持っていたかもしれない、と駒田は言う。彼女自身に関する秘密かどうかは解らないけれど、とにかく彼女は性格的にちょっと暗いところがあって、人に何でも話すようなタイプではなかったと駒田は言う。

訊いてみれば彼女も、井比としょっちゅう部屋を訪ね合ったりするような、親しいつき合いをしていたわけではなかった。井比は駒田にも心を許してはいなかった。どうやら一人でいるのが好きだったらしい。

東京にはなんと孤独な人間が多いことか、と中村は思う。もし彼女に心を許す友人があったとすれば、それは渡辺由紀子がただ一人であったと思われる。しかしその由紀子とも、彼女が部屋を出ていって以来、電話で話しただけで一度も会ってはいない。そして結局会わずに死んだ。

中村はそれから井比の職場の売り場主任や同僚、さらにはサフランのマスターも訪ね、写真を見せたり、名刺を握らせたりして巧みに指紋を採り、絞殺犯のものと照合したが、すべて違っていた。駒田のものも違った。それだけの仕事をやっておいて、中村は再び渡辺由紀子の身辺を洗いにかかった。彼女の指紋はすでに採取しており、絞殺犯のものとは違っている。

神楽坂の商店街を聞き込んで歩いた。そして中村は興味深い事実を知った。というより、気に入らぬ事実を知ったというべきか。渡辺由紀子は、布袋屋の若旦那、永井富美郎と婚約していたのである。

渡辺由紀子への疑惑がますます刑事の胸の内に湧いた。疑惑というのは、むろん土屋の死に関してである。二人の婚約披露パーティが、一月二十二日に近くのホテルの広間を借りきって行なわれていた。中村がホテル新東京や、ニットー・ビルのボヤ騒ぎでやっきになっていた頃だ。

神楽坂の住人たちの反応は、遅かれ早かれそうなるものと思っていたという受けとめ方だった。永井富美郎は、以前の飯田堀騒動の時から由紀子を離さず連れ歩いていた。若主人が彼女を気に入っているのは誰の目にも明らかだった。

ということは、渡辺由紀子自身にも解っていたろう。はたの者が気づくのは、当事者よりもはるかにあとに決っている。由紀子は八月に店に勤めはじめ、ひと月くらいのうちに、若旦那のこの気持ちに気づいたかもしれない。いずれ彼は自分に求婚する、と確信を抱いた可能性もある。

するとこれは文句なく玉の輿《こし》だろう。日本海側の、鰻《うなぎ》の寝床のような貧しい寒村の小さな食料品屋から上京し、デパートの売り子を振り出しに、水商売の道を転落しつつあった彼女にとっては、夢のようないい話ではないか。江戸時代からの暖簾の、神楽坂の呉服問屋の、女主人におさまれるのである。越後寒川で貧しい暮しをしている母にも、楽をさせてやれるというものだ。

そうなると邪魔になるのは土屋だ。彼は、どういういきさつかは解らぬが、彼女を水商売の道から拾いあげた。由紀子としても感謝の気分があったものか、土屋と結婚するつもりでいた。しかし土屋は、一介のしがないガードマンにすぎない。将来といってもたかが知れている。布袋屋のおかみとは、それはまるで比較にならないであろう。

だから別れる決心を固めた。しかし土屋は自分に執念じみた惚れ方をしているから、とてもすんなり別れてくれそうではない。それで、殺す決心をした。

去年の時点では動機が今ひとつ弱かった。ただ土屋と別れたかったからというのでは説得力を欠く。しかしことここにいたって、ようやく話に筋が通ってきた。話がはっきり見えてきた。

だが今は井比敦子殺しの犯人である。今まで中村は、連続放火犯を捕えたいとは思ったが、それは憎いというのとは違った。それどころか、今ひとつ憎みきれないといった部分さえあった。堂迫に東京の話を聞いたせいかもしれない。

今は違う。この犯人が心底憎かった。なんとしても捕えてやると考えた。信念の犯罪というのなら、まだ解らないではない。むろん納得はできないが、解らないではない。だが口封じという凶行は断じて気に入らぬ。これは保身のための、身勝手で低級な犯罪である。非力な女が一人でいるところを襲うというのも気に入らない。なんとしても捕えてやる、中村はそう決心する。

井比の死によって、捜査上はいくらかありがたい要素も出てきた。そんな言い方は下らぬが、多少そういう面もある。放火犯を追える大義名分がたった。

井比の死により、中村は一種の情熱を得た。あれから考え続け、ひとつの考えに到達している。

井比は何かを知っていた。だから口を封じられた。何を知っていたのか――？　まず何といっても放火犯を見知っていたのではないか、ということだ。放火犯の顔形、姓名、出身地、職業などを、である。

井比はこの犯人と、何度か会ったこともあるはず、中村はそう考えている。理由は先に調べた通り、殺された夜、彼女がアパートで声をたてていないこと、大した抵抗もしないで殺され、中村を待たせていること、などなどからだ。

ではこの犯人、おそらく男だろうが、井比の親しい人物のうちにいるのか？　ところが駒田の証言では、彼女の身辺に、そんな親しい男友達の影はない。

では次に考えられる可能性として、井比の唯一の親友、渡辺由紀子を通じて知り合ったか。

土屋の死、渡辺由紀子の失踪、連続放火、井比敦子の死、これらはすべて、一本の鎖でつながった事件だ。この推察に、何か否定的な要素があるだろうか？　ありはしない、中村は断定する。この一連の事件は、同一犯人の仕業だ。

そして今、渡辺由紀子が土屋昌利を亡きものにしたいと考えるに足る理由を発見した。鎖は今一本につながった。この放火犯が、由紀子と親しい人間であったからこそ、由紀子は利用できたのだろう。放火犯を利用し、土屋昌利を消したのだ。そうして布袋屋の若夫人に今おさまろうとしている。

すべてが無理なくつながる。この連続放火犯は、渡辺由紀子とごく親しい、あるいはかつて親しかった人間である。男と思われるから、体の関係があったくらいの親しさではないか。

由紀子の親友である井比は、このことを知っていた。そして土屋の死に、また連続放火の事件に対し、ある推測を抱いていた。おそらく由紀子は、第一の放火の地点を四谷の、土屋が警備に入っているビルと、それとなく犯人に示唆《しさ》したのではないか。そうしておいて彼女は、土屋がうまく焼け死ぬよう、弁当の中に睡眠薬を仕込んだ。こういったことに、井比はだんだんに勘づいたのではないか。

しかし同郷の親友に対する友情と、おそらくは恐怖のために、口を閉ざし続けていた。だがとうとう我慢の限界が来て、話す決心を固めたのではないか。それで自分に電話をしてきた。

だが、何故こうタイミングよく、放火犯が井比の前に現われたのだろう。偶然だろうか？

いやそうは考えにくい。この事実にも、渡辺由紀子が関わっていないか——？

解らない。それはまだ解らない。だが、今はっきりと言えることがある。放火魔は、過去、渡辺由紀子とごく親しかった人間のうちにいる、ということだ。

3.

中村は念のため、婚約披露パーティが行なわれた後楽園第一ホテルにも行ってみた。一月二十二日にパーティの相手をしたホテル側の担当は、小泉《こいずみ》という若い男だった。神楽坂布袋屋の若旦那の婚約披露パーティと言うと、彼ははっきり憶えていた。当然であろう、まだ一週間も経っていない。当日のパーティの印象を尋ねると、

「大変盛大なものでした」

と小泉は言った。

「このへんの人は、よく婚約披露パーティなんてものをやるのかね？」

中村が訊くと、

「いえ、一般の方で前例はございません。はじめてであろうかと思います」

彼は言った。

すなわち、若旦那の由紀子への気持ちの傾き方が、これからも解るというものだ。町内の聞き込みでは、由紀子は布袋屋に、新聞広告の店員募集を見てやってきたという話だった。布袋屋の方ではこの点を隠しているが、これは信憑性《しんぴょう》のある噂である。

それが今やホテルで婚約披露パーティを開いてもらえるほどの身分になった。商売上のメリットを計算してのことかも知れぬが、婚約でこの調子では、いったいどんな結婚式をあげるつもりなのであろう。

しかしいずれにせよ渡辺由紀子が、現在生涯最良の時をすごしているのは間違いのないところだ。

「立食パーティの形式だった？」

「さようでございます」

「著名人の顔なんかも見えたかい？」

「私、名前は存じませんが、政治家の方のご挨拶もございました。それから、テレビ女優の方もいらしていたようでございます」

「ほう、女優も。またどうして」

「なんでもその方が仕事でお召しになる和服は、すべて布袋屋さんの方でお仕度していらっしゃるそうで」

「なるほど、そういう縁でね。じゃもちろん和服で列席かい？」

「さようでございました」

「主役の由紀子さんも？」

「主役のお二人とも和装でした」

「会の間、何か変ったことはなかったかね？」

「変ったことと申されましても、それはあのことがひとつだけで……」

「あのこと？」

中村は聞きとがめた。

「はあ……」

「あのこととは」

「あのう、そのことでいらしたんではないのですか？　私はてっきり……」

ホテルマンは少しうろたえた。

「聞いてないな、何だね？」

「いや私は、どうも私の方の口からは申しあげにくいんですが……」

小泉は蒼《あお》くなったようだった。失言をしたらしい。

「君から聞いたということは可能な限り伏せます。ですからひとつ、ここはざっくばらんに頼みますよ。何です？」

神楽坂の町内で、パーティの列席者に聞き込んでも何も異常な事実は出なかった。それで中村は、会の舞台裏でのことであろうと見当をつけた。が、そうではなかった。

「実は……、これは私が申しあげるべきことではなかろうと思います。当事者の方々に訊いていただいた方が正確であろうと思うんですが……、私はその時廊下に出ておりましたし……」

どうも歯切れが悪い。

「君に迷惑はかけません、厄介ごとというのは、どうせどこからか洩れるもんです。あなたの口からだとは誰も思やしませんよ」

「はあ……、では申しますが、パーティの最中に、暴漢が侵入しまして、これはまったく、私どもの方にも責任のあることでございまして……」

「暴漢!?」

中村は緊張した。

「どんな男だった!?」

「髪の長い、若い男でした。ちょっと学生ふうな」

「どんなことをしたんだね？」

「いえ、何も。われわれの方ですぐとり押さえまして、表へ連れ出しましたので」

「何をしようとしていたんだ？」

「解りません。何かわめきながら、正面にいる婚約者二人の方に寄っていったんです。掴みかかろうとしていたふうでもありましたが」

「何か、武器の類いを携行していたかね」

「いいえ、素手でした。何も持ってはいませんで……」

「どんな風采《ふうさい》をしていたね？」

「最近の若い人がよく着るような、ダウン・ジャケットというんですか？　あのモコッとしたジャンパーみたいな上着を着て……」

「色は？」

「青でした。下はジーンズだったと思います」

「靴は？」

「憶えていません」

「髪が長かったんだね？」

「はい」

「太っていたかね？　痩せていたかね？」

「痩せていました。かなりの痩せ型だったと思います」

「眼鏡は？」

「眼鏡？　そう、眼鏡をかけてました。鼈甲縁《べっこうぶち》のような、割りと枠の太いものです」

「君も、とり押さえる仲間に加わったんだね？」

「ええ、腕を持ちましたから」

「じゃあごく近くで人相を見たわけだ」

「そうです」

「歳《とし》の頃はいくつくらいだった？」

「さあ……、二十五、六じゃないでしょうかね」

「ほかに特徴は何かなかったかね？　人相上で。ホクロ、アザ、傷跡、ハゲ、何でもいい、そういった類いのもの」

「それはないですね。ただ眼鏡越しですが、目が二重瞼で大きかったですが、そのくらいかな、憶えているのは」

「髭剃り跡は濃い方だったかね？　その男は」

「いや、濃くはなかったです、普通ですね」

「それから、その男をどう処置したんだね？」

「警備員詰め所に連れていって、事情を訊いて、場合によっては警察にと考えましたが、途中でわれわれを振り切って、裏口から逃げました。われわれとしても、パーティのお客様方の安全を確保すればそれでこと足りましたものですから」

「惜しかったな。そいつはおそらく大物だったたぜ」

中村は思わず言った。

「え？　そうなんですか？」

小泉は驚き、言う。

「俺ならとことん追っかけたね、世界の果てまでだって追って行った。まだはっきりとは言えないが、そいつがたぶんホテル新東京に火をつけたやつなのさ」

「本当ですか!?」

「ああ、間違いないね」

ついに姿を現わしたのだ。まず間違いはあるまい、その二十五、六の、髪の長い、痩せた男が、四谷の雑居ビルに火をつけて土屋を殺し、赤坂のホテル新東京に火を放ち、虎ノ門でボヤ騒ぎを起し、西日暮里で井比敦子を殺したのだ。ついに姿をとらえた。

「背は高かったかね？」

「私と同じくらいでしたから、一メートル七十五くらいかな」

「ふむ、乱暴そうなやつだったかね？」

「ええ、最初はヤクザかと思いました。なんとなく学生運動をやっている人間のようでもありました」

「インテリふうのところもあった」

「はあ、まあ……、インテリふうといえばインテリふうですが」

「何か壊したかい？」

「いえ、テーブルの上のグラスが、二、三割れた程度です」

「何とわめいていたか、憶えてないかね？」

「うーん、憶えてないですね。何を考えてやがるんだとか、そんなことを言っていたかな。あとはぶっ殺すとか、そんなようなことです」

「誰に向かって言っていた？」

「さあ、私は布袋屋の若主人にだと思いましたが」

「若夫人の方にじゃないかね？」

「さあ、解りません」

「二人の様子はどうだった」

「それは、非常に驚いていらっしゃいました」

「ふむ、そりゃそうだろうが、何か変った様子はなかったかね？」

「別に……、気がつきませんでした」

それで中村は、その時の捕り物に加わったほかのホテルマンにも集まってもらい、この暴漢の人相について尋ねた。しかし、小泉の証言以上のものは得られなかった。

「むろんやつの名前や素性に関して、その時解らなかったでしょうなあ」

尋ねてもみな首を横に振る。これは仕方がない。当然だろう、期待はしていない。いずれにしても、もし自分の推理が正しいなら、渡辺由紀子はこの男を知っているはずである。むろん、簡単に吐きはしないだろうが。

「解りました。この男の似顔絵を作成したいので、のちほど係の者をこちらへ寄越します。本日勤務が終っても、ちょっと残っていて下さい。なに手間はとらせません。ご協力、お願いします。それからあとで何か思い出したことがありましたなら、遠慮なく私の方に連絡を下さい」

集まった数人のホテルマンたちは、みな柔順にうなずいた。中村は礼を言って彼らを持ち場に帰した。

ホテルを出ながら中村は、渡辺由紀子に会うのは明日にしようと考えた。この男の似顔絵ができあがってからの方がよい。

しかし、中村にとってはなんともありがたい展開になった。犯人が、潜伏していた場所からのこのこと、それも大勢の目が一堂に会している場所へ、やつは道化のように現われたのだ。大勢の人間がやつの姿を目撃した。これはやつにとって、致命的な失敗であるはずだ。思わぬところで尻尾を掴んだ。

だがまだ決定ではない。土屋殺しや井比殺しとは全然別の、ただ永井富美郎に怨みを抱く人物であるやもしれないからだ。

今のところ、単に中村の推理というだけである。もう少し聞き込んで、裏を取っておく必要がある。

しかし、公平に見てこの男が、土屋という邪魔者を消し去るため、由紀子が利用した放火魔である可能性はずいぶんと高い、そう中村は思う。

ここにいたるまでに、渡辺由紀子はおそらくずいぶんと男を知っている。この男もそういう一人ではないか。男は、これは想像であるが、由紀子を自分一人のものにするため、といったくらいの気持ちで土屋殺しに協力した。ところが由紀子は、自分のところに戻ってくるどころか、あっさり布袋屋の若主人と婚約してしまった。男にとっては詐欺に遭ったようなもので、寝耳に水だったに相違ない。それで人づてに聞いた婚約披露パーティの会場に押し入って、狼藉《ろうぜき》を働いた——。

もしこれが若旦那の側のトラブルなら、彼には、あるいは家族には、危ないという予想がつくのではないか。そうなれば婚約披露パーティなどという派手派手しいものはやめたのではないか。いたずらに相手を刺激するだけだからだ。

しかし由紀子の方ならそうはいかない。こういった事態の予測がついても、黙ってしたがうほかはない。彼女は受け身の立場である。布袋屋という大家族の内にあって、彼女はたった一人だ。周囲でお膳だてが進行してしまい、お神輿《みこし》のように担がれたら、もうどんな場所であろうと逃げ出すわけにはいかなかったろう。やはりこれは、由紀子の側に種があるトラブルと考える方が自然だ。

ただこの暴漢闖入《ちんにゅう》の事件を、町内会の連中が誰一人口にしなかったというのは無気味である。少し理解しがたいところがある。だがまあ、言ってみればこれは布袋屋の恥ともいえる事件だから、親切心から黙っていたものであろう。町内のつき合いもある。

しかし、と中村は思う。この暴漢の侵入事件を、布袋屋の家人たちはどう取ったであろう。とりわけ花婿の母や、姉はどう受けとめたか。もし布袋屋の側にまるで憶えのないことであるなら、やはり素性の確かでない女は、と考えたことは想像に難くない。

伝統の暖簾を守る大家族の内にあって、由紀子の立場に微妙な変化が生じてはいないか。外部の人間からは、いささか興味のあるところではある。

4.

似顔絵は翌日にはあがってきた。眼鏡をかけ、唇が薄く、頬の肉のこけた青年の鉛筆画だった。出張した連中は、なんとか当人の指紋まで採取できぬものかともくろんだようだったが、これは無理だった。もう日にちも経ちすぎていたし、当日この男は、ほとんど何にも手を触れなかったようだ。

中村は、これまでの聞き込みと、それによって組み立てた自分の推理を、小谷や主任に話した。つまりこの男こそが四谷、赤坂、虎ノ門と続いた連続放火の犯人であろうという考え方をである。主任は異はとなえなかった。小谷も賛成のようだった。

中村はこの似顔絵をポスターに印刷して、全国に指名手配をかける考えでいた。主任は賛成した。中村はしかし、印刷屋に廻すのは一日待ってもらい、絵を抱えて神楽坂へ出かけた。準備も整った。再度渡辺由紀子をアタックするためである。

似顔絵のスケッチブックを抱え、神楽坂中途の電話ボックスから布袋屋に電話した。そろそろ仕事が終る頃合いと思い、五時半頃電話したのだが、由紀子は仕事が忙しく、八時頃まで体があかないと言った。

では八時すぎに喫茶店で待ち合わせようと中村は提案した。近所の目もあるだろうと思い、神楽坂からは少し離れた外堀通り沿いの店にした。

由紀子にすぐ会えないかもしれないことは、当然予想していた。確かめずに神楽坂へ来たのは、時間が空けば、似顔絵を持ってこのあたりの商店街を聞き込んでおこうと思ったからである。

刑事の方で披露パーティの暴漢闖入《ちんにゅう》を知っているとなると、出席者の口はなめらかだった。似顔絵を見せると、そう、こんな男でした、などと言った。しかしすでにホテルで聴取した以上の情報は得られない。

　彼らの申したてるところはみな似たようなものだった。おざなりといってもよかった。暴漢の侵入は、時間的にもわずかなものだったろうし、仕方のない面もある。

　しかし中村はあきらめなかった。似たり寄ったりの言葉を繰り返し聞くために、神楽坂を端から端まで歩いた。彼は連続放火魔を追っているのでも、渡辺由紀子を追い詰めようとしているのでもなかった。ただ、井比敦子殺しのホシを追っているのだった。

　ところが何軒目かの店の主人が、思ってもみなかったことを言ったのである。出席者の内で、暴漢の写真を撮った者があるというのだ。中村は飛びあがった。考えてみればパーティなのであるから、カメラマンがいても不思議はない。今まで自分がそれを考えなかったことの方が不思議だ。

　それは誰かと尋ねると、すぐ裏の写真屋のおやじだという。布袋屋の若主人に頼まれてパーティの写真を撮っていたのだが、偶然ああいうハプニングがあったので、二、三枚捕り物のシーンにもシャッターを切ったらしい。ストロボを焚《た》いたので犯人も気づいたろうから、お礼参りをされないだろうかと、このところびくびくしているという。中村は即座にその店に向かった。

　写真屋は頭の薄くなった、六十くらいの小柄な男だった。二十二日の婚約披露パーティで、侵入してきた暴漢の写真を撮ったそうだがと言うと、露骨に苦い顔をした。

「後悔してんですよ、私ぁね」

　と写真屋は言った。

「私は報道のカメラマンでもなし、こんなしがない街のカメラ屋ですからねえ。妻子もありゃあ孫もある。自分自身歳取っちまったし、店に並んでる商品はみんな高価なものときてる」

　どうも愚痴っぽい性格らしい。そんなことはどうでもいいから早く写真を出せと、よほど言おうかと思った。

「何を心配してるんです？」

「いや、だからお礼参りされたらってね」

「写真を見せてくれませんか。おたくの撮った写真は、今後の捜査に非常に貴重な資料になると思うんでね」

「そりゃお見せしないもんでもありませんがね、そんなに大事なものなんですかい？」

「のんびり説明ができないほどにね、早く見せてくれませんか」

　おやじは薄くなったうしろ頭をこっちに見せて、のろのろと奥へ入っていった。そしてネガやたくさんの写真がひとまとめに入った、大きな袋を持って引き返してきた。それから、

「私が撮ったってこと、あんまり人に言わないで下さいよ」

と言いながら、袋の中身をカウンターの上にぶちまけた。一枚一枚選《よ》っていたが、ああこれだ、と言ってそのうちの二枚を取りあげた。

「ちょっと離れてましたんでね、アップとはいかないが、まあまあ顔や体つきは解るでしょ？　あと一枚……、ああこれだ。この三枚で全部です。三枚しか撮りませんでしたのでね」

カラー写真だった。三枚とも顔は小さかった。しかも正面を向いたものはない。二枚は横で、残る一枚がやや正面ぎみといった程度だ。

しかし、言いようもないほどに貴重なものであることは間違いない。よく撮ってくれたものだ、抱きつきたいほどありがたい。なるほど、似顔絵はよく特徴を摑んで描かれているといえた。

「これは貴重なものだ。この写真を少し預からせてもらえませんか？　ネガも一緒に」

中村は言った。

「それはいいですが、くれぐれも私の名前は出さないようにお願いしますよ」

「承知しました。ご心配なく」

それでも心配そうな様子のおやじをあとにして、中村は写真屋を出た。

約束の店で渡辺由紀子を待ちながら、中村は考えた。

ことここにいたり、彼女を追いこめる罪状はせいぜい教唆《きょうさ》にすぎないということが解ってきた。それも、はたして証明できるかどうか微妙である。

彼女は今勝利者だ。もう桜田門へ呼びつけることさえかなわない。蕎麦屋の出前持ちのように、刑事の方でこうして出張してくるほかないのである。

彼女は、うまうまと完全犯罪を成し遂げるかもしれないところまできていた。邪魔者は消え、婚約も勝ち取り、目的は今やほぼ達成されかかっている。

中村は越後寒川を思い出した。波の音が聞こえる吹きさらしのホームへおり、民家の集落に行き着くには、人一人すれ違わないような道を、小一時間近く歩かなければならなかった。

そして夜。あの海の音と、山全体が地鳴りの音をあげるような、あの激しい音に充ちた寝苦しい夜のことを、中村はまだ忘れていない。

あの街からここまでくるのに、彼女はどれほどのものを犠牲にしているのだろう。わずかなものにすぎないか、それとも取り返しのつかぬほどに多くのものか。現在手中にしかかっているものに較べれば、充分に採算がとれると彼女は考えているのだろうか。

彼女は今、めくるめくような成功者の世界にいる。わずかな間に彼女はここまでのし上がった。しかしここまで来るのに、男なら、自分の背中を痛めて働くのだということを、あの娘は解っているだろうか。

親友を、井比敦子を、由紀子は失なっている。これはひとつ、はっきりと言える事実だ。今は井比敦子だ。中村の頭を占めているのもこの事実である。由紀子はこの親友の死を、はたして知っているのだろうか。

中村はもう、渡辺由紀子にはそれほどの興味はない。放火魔に対してもそうである。放火魔というより、井比敦子殺しのこいつに興味がある。

最初は由紀子に対するゆるやかな興味だった。道楽仕事のようなつもりで中村は捜査を始めた。しかし今は違う。これまで担当したどんな事件よりも気が入っている。井比殺しの犯人に迫りたい。その一心で、今日もここまで、由紀子に会いに出てきたのだ。

井比殺しのホシは、由紀子の婚約披露パーティに押し込んできた男である。そしてこの男を、由紀子はよく知っているはずだ。由紀子の口から、この男の素性を、所在を、聞き出したい。

むろん由紀子は知らぬ存ぜぬで通すだろう。またそうしなければ、あの娘としても意味がなかろう。ここまで駈け昇ってきたのだ。それをどこから突き崩すか、そこに中村の刑事としての力量がかかっている。

この男を知る者は、今のところ由紀子がただ一人である。似顔絵のポスターを全国に配布し、一般からの情報を気長に待つというやり方に甘んじる気がないなら、今、由紀子を落す以外にないのだ。

渡辺由紀子は、八時半きっかりに約束の店にやってきた。

自動ドアが開き、小柄な和服姿がいったん入口で立ちつくす。中村の姿を探し、それから通路のカーペットを踏んでこちらへやってくるまで、その一部始終を中村は見ていた。目の前に立った時、やや化粧が濃いように、中村は感じた。少し痩せたようだった。目のあたりに疲労の色が濃い。髪を和服に合わせてかアップにしているため、少しおとなびた印象である。

「ごぶさたしています」

と由紀子は、刑事の目の前に腰をおろしながら言った。笑ってはいなかった。

「ご婚約おめでとう」

と刑事は精一杯の皮肉を言った。

「ありがとうございます」

と由紀子は、表情を変えず応えた。笑顔を浮かべるでもなく、心が動揺したふうでもなかった。和服の肩ももう震えてはいない。ひと月のうちに、彼女はひと廻り強くなって、刑事の前に現われた。

中村はいつものようにベレー帽をかぶり、ハーフコートを着て、おまけに今日はスケッチブックまで抱えていた。これでは完全な画家である。画家がモデルに会っているところのようだろう、中村は思った。

「あなたも毎日大変でしょう」

中村は言った。由紀子はこの時はじめて少し笑った。そうしたまま、何も答えなかった。

「なにかとね」

中村が言葉を続け、この時になって、自分の発する言葉がすべて、知らず皮肉になっていることに気づいた。

刑事はじっと由紀子に目を据えた。公平に見て、彼女は美しくなっていた。それは目を見張るほどだった。頰の肌は白く、匂うようだった。

「ご用件は何でしょう。おっしゃる通り、私少し忙しいものですから」

中村は二度三度うなずく。それから少し沈黙に堪えながら、どう切りだしてやろうかと考えた。しかしどう切りだしても、彼女の答えは決っているとも思った。中村は椅子の脇に置いていたスケッチブックの最初のページを開いた。そこに、例の暴漢の似顔絵が描かれている。

「私の用事というのは、あなたにもだいたいお解りだと思うんだが……」

絵はまだ見せず、中村はそう言って由紀子の表情を観察した。

彼女は否定しなかったが、何とも答えなかった。中村は仕方なく似顔絵をテーブル越しに見せた。

由紀子は絵を見たが、手を伸ばそうとはしなかった。刑事は絵をぐいと差し出し、手に取れと無言でうながした。

「あなたがよくご存知のはずの男だよ」

中村は無遠慮に言った。この点には確信があった。由紀子は左手を伸ばし、右手で袖をかばいながら絵を受け取ると、眺めた。

「よく見て下さい」

その声に由紀子は、刑事の顔にちらと神経質そうな視線を走らせた。神経がぴりぴりしているのが解る。

「誰ですか？」

と彼女は言った。

「私は、全然知らない人ですけど」

「そんなはずはないでしょう。あなたが会ったことのある人ですよ」

中村は一度とも、何度もとも言わなかった。

「知りませんが」

彼女はもう一度、はっきりと言った。

「そんなはずはない、パーティで会っているんですよ、二十二日の」

由紀子はああ、と言った。中村は彼女のわずかな表情の変化にも注目していた。

「思い出しましたかな？」

「パーティに、押し入ってきた人ですか？」

「そう」

「ああ、そうですか」

それだけでまた沈黙だった。

中村はこんな腹の探り合いに、いい加減いらいらしてきた。

「あの暴漢の若い男は、あんたもよく知っている人間のはずだ。そうだね？」

由紀子は怪訝《けげん》そうに、そして神経質そうに、両眉をひそめた。演技とすればなかなかのものだった。

「何のことです？」

中村は、思わず大きな溜め息をついた。

「何のことか、ふん！」

そう言ってベレー帽のてっぺんあたりを押さえた。

「まあそう言うだろうとは思ったがね、調べはついてるんだ。あんたとこの男とは相当親しい関係にあったはずだ。隠したらためにならんと威《おど》すつもりはないがね、そう一から十まで知らぬ存ぜぬで通されるとね、こちらも愉快じゃない」

「では何と答えればいいんです？　もう調べがついてらっしゃるのなら、なんで私を呼び出したんですか？」

「それはこの男の素性を知りたいからさ。あんたとこの男とが親しい関係だということはこっちにも見当がついているんだがね、だがこの男の名前も居場所もさっぱり解らないからさ。だからあんたに教えてもらわなくっちゃならないんだ」

「そうおっしゃられても、実際に見たこともない人なんですから仕方がありません」

「パーティで会ってる」

「パーティで会っただけなんですから。私が居場所なんて知ってるはずもないじゃないですか」

中村はテーブルに、さっき写真屋から預かってきた三枚のカラー写真を放り出した。

「じゃあついでにこれも見てもらおう。よく見てくれませんかね、写真の方が確実だ。これでも思い出さないかね？」

由紀子は白く小さな手を伸ばし、テーブルの上で三枚の写真の向きを、自分の方に変えた。そのうちの一枚で、男は妙な具合に腕をとられ、みじめな様子で俯《うつむ》かされていた。由紀子はその写真を特に注目した。

「どうかね？」

刑事は言った。由紀子は顔をあげ、大きく見開いた目で刑事を見た。

中村は一瞬気持ちがひるんだ。彼女の目は大きかった。それがさらに大きく、いっぱいに見開かれ、その目にみるみる涙が浮いた。唇が震えた。

「知らない人かね」

中村の声から知らず力が抜けた。由紀子は激しく首を横に振った。涙が一滴写真の上に散った。

言葉は発しなかった。それからもう一度彼女は、中村の顔を見た。哀願するようだった。唇がまた激しく震えていた。その様子には、一種の真実味が感じられた。中村がほとんど彼女を信じそうになったくらいにである。

「知らない人か……」

中村はもう一度つぶやくように言い、うしろの背もたれにもたれかかった。知らない人か——、こんどは胸の内で言った。

由紀子の唇は、見えないほどに薄くなっていた。強く結ばれているためだ。彼女は懸命に泣くのをこらえていた。しかし大粒の涙が今頰を流れた。それを見せまいとするように、由紀子は横を向いた。その時、下唇を嚙んでいる白い歯がちらと見えた。

疲れているんだな、と中村は思った。この娘は疲れている。たった一人で連日を闘い、疲れきっているのだ。

由紀子は俯いたままの姿勢でいた。ハンカチを取り出す気配がなかった。中村も、自分のハンカチを渡そうかと思いながら、結局そのままの姿勢ですわり続けた。

「あんたをいじめるつもりはない。私の態度が、もし紳士的でなかったのなら謝ります」

思わず刑事は言った。由紀子は顔を伏せたまま、もう一度激しく首を横に振った。

「話を変えよう。君はこのお正月、越後寒川には帰らなかったようだね？」

由紀子はうなずいた。

「どうだね、故郷《くに》のお母さんが心配かね？」

すると由紀子は顔をあげ、不思議そうに刑事を見た。

「お母さんを東京に呼ぶなりして、楽をさせてやりたいと考えるかね？」

中村は、自分でも何を言いだそうとしているのか解らなかった。由紀子は視線をそらし、何も答えなかった。

中村の心づもりに、もうひとつ、井比敦子の死を由紀子に伝え、その反応を見ようとする考えがあった。だが中村は、もうこのあたりで切りあげたいと願う気分にもなった。彼には自分の弱点が自分で解っている。徹底して冷酷にはなりきれない。

「君の友達の、井比敦子さんのことだがね」

中村は切りだした。

由紀子は伏せたままの目を見開いた。それからさっとうわ向けた。

「君がいっ時居候して、それから神楽坂へ移って、あれから会ってないだろう？」

「井比さんが、彼女がどうかしたんですか!?」

語気が強まる。

「聞いてないかね？　婚約おめでとうと言ってこないだろう？」

「彼女がどうかしたんですか？」

本当に知らないらしかった。だがこの緊張ぶりには、事態の予想がついているとも取れる感じがあった。

「死んだよ。気の毒にね、殺されたんだ。新聞にも出たんだがね、小さくだが。読まなかったの？」

由紀子は肩を落とした。

「私は……、私は、忙しくて、ずっと……、忙しかったですから……、それで」

彼女は、徐々に顔を俯けていった。

「それで連絡しなかったのかね？　婚約披露パーティにも呼ぼうとは思わなかったのかね？」

「私は、それは、呼びたかったです。でも、私は」

そう言って由紀子は、深い溜め息をついた。

「本当に彼女がそれで喜んでくれるなら……、本当にそれで、彼女が嬉しいなら、それは……」

「親友にそれは異常じゃないのかね？　私などには理解ができんね。君らは親友じゃなかったのかね？」

「私には、ほかに友達はありませんでした……。いつです？　いつなんです？」

「二十七日だよ。一月二十七日の、夜七時半頃だ」

「二十七日……」

「その時、二十七日の夜七時半頃、君はどこにいた？」

「その時刻はずっとお店です。毎日ずっとお店にいました。誰に……、どんなふうにして殺されたんです？　どこで？」

「はてな、私は殺されたって言ったっけな？」

「おっしゃいました！　もうやめて下さい！」

拳《こぶし》をテーブルに打ちつけ、目に再び涙が浮いた。唇が激しく震えている。

「そんなふうに、私をためすようなことばかりおっしゃるのはやめて下さい！　私の気持ちなんて、絶対に、お解りにはならないくせに！」

中村は無言で由紀子を見ていた。

「ほかのことならいいですけど……、私のことならいいですけど、井比さんのことで、私をためすような言い方なんて、なさらないで下さい。私に、私は、あの人、私に、責任があるんだから……」

「ほう、どう責任があるの？」

「もう……、もう、やめて下さい……、私があの人を放っておいたから……」

由紀子はゆっくりと首を左右に振った。振り続けた。喫茶店で会ったのは、やはり失敗だったと思った。

「私は君をいじめにきたわけじゃない。犯人を捕まえたいんだ。君だって同じ気持ちだろう？　まさか違うなんて言わんでくれ。井比さんの首を絞めて殺したやつを、一刻も早く逮捕したいんだ。ただそれだけだ。だから君に会いにきた」

「私に何を言えというんです？」

「もう解っているんだ、私には。もう解っているんだよ。井比さんを殺したのはこの男だ。君がよく知っているはずのこの男だ」

中村はテーブルの上の写真を、指で叩いた。

「私は、知りません、こんな人」

「いつまでもそう言い続けるのか？　今後永久にそう言い続けるつもりかね？　君の親友も浮かばれんな。君はこの男に、土屋昌利さんが夜勤に入っているビルに火をつけさせた。井比さんはそのことを知って、私に告白しようとした。この男はそれを防ぐため、井比さんを殺したんだ。どうだ、違うと言いきれるかね？」

「違います。私は何も知りません」

由紀子は言った。

「そうかね……、あくまでそう言い続けるのか。君は疲れている。自分で思う以上に疲れているぞ。全部私に話して、楽になったらどうかね」

「私は知りません。井比さんを殺した犯人は憎いと思います。捕まえて欲しいです。ですから知っていたら言います。でも知らないのですから」

「ふむ、ではこの暴漢はなんで君の婚約パーティの会場なんかに押し込んできたんだ？　誰に文句があって、いったい押し込んだんだ？　君にかね？　それとも布袋屋の若主人にかね？」

「解りません、私は。私は知らない人ですから」

「布袋屋のご主人は何て言ってる？」

「知らないって言ってます」

「君もご主人も知らない、じゃあなんで押し込んだんだ？」

「解りません」

「いい加減にしてもらえんかな……、ご主人目当てに押し込んだ可能性もあると君は言うのかね？」

「それはあのお店も、長い暖簾ですから、商売上の敵はあると思います」

「ふむ、なるほどね、そうかもしれんな。じゃあ質問を変えるとしよう。私は今まで君にずっとこれを訊きたかったんだが、どうしたわけか、ずっとうっかり忘れていた」

「…………」

「君の別れた土屋昌利さんね、ガードマンの」

「ええ」

「あの人と、君はどういういきさつで知り合ったんだい？」

「そんなこと、井比さんのことと関係あるんですか？」

「その判断は、私にさせて欲しいね」

「電車の中で知り合ったんです。小田急線の中でよく一緒になったから」

「君は小田急線の参宮橋にいっ時住んでいたね。だが、そいつはとても信じられんな。参宮橋は新宿からたったの二駅目だ。とても男と女が知り合えるような距離じゃない。おまけに土屋君は内気で、無口だった」

「でも、本当なんですから仕方がありません」

視線をそらしたまま、由紀子は言う。

「彼の方から声をかけてきたのかね？」

「……私の方からです」

「ますます信じられんね。彼のどこにそんな魅力があったのかな？　男にもてそうな君が、わざわざ電車の中で声をかけたくなるような、いったいどんな魅力が彼にあったのかね？　ひとつ後学のためにうかがっておきたいものだね」

「男の人の魅力なんて、簡単に口では言えません。とにかく私は、あの人を好きになったんです。これ以上どんな説明をしろっておっしゃるんです？」

そう言って由紀子は、左手首の腕時計をちらりと見た。嵌めこまれた何かの宝石が、きらりと光った。

「年寄りの野暮《やぼ》かね？　では野暮の言いついでに、もうひとつだけ質問をさせてくれ」

「何です」

「君は本当に、永井富美郎さんを、愛しているのかね？」

由紀子はこの時はじめてハンカチをバッグからとり出し、折りたたんだ角で、目のあたりを押すようにした。

「それはもちろん愛しています」

よどみなく、由紀子は答えた。予想していた質問のようだった。それから椅子とテーブルのすきまをするりと抜け、この苦痛の時間にけりをつけるように立った。

「ではもう、帰らせていただいてよろしいですか？」

そう言ってバッグの蓋を閉めた。金具が、中村を拒絶するようにかちりと鳴った。

中村は椅子にかけたまま、うわ目づかいに彼女を見て言った。

「では土屋さんはどうだったのかね？」

そう言ってから、背もたれに右手を置いた。由紀子はつと目をそらした。

「質問は、ひとつだけとおっしゃったはずです。では失礼します」

そう言って軽く頭を下げ、渡辺由紀子はくるりと刑事に背を向けた。

この瞬間、中村には女が過去のあらゆるもの、親友や貧しい恋人や、雪に埋もれた故郷や、そういったあらゆるものに背を向けたように思われた。テーブルの上に、三枚の写真だけが残った。

第七章　聞き込み

1.

ポスターがあがってきた。鉛筆デッサンの似顔絵と、神楽坂の写真屋のおやじが撮った三枚のカラー写真のうち、比較的正面を向いている一枚を白黒印刷で組み合わせた。コピーには、四谷、赤坂、虎ノ門と続いた連続放火の犯人であるということはむろんだが、殺人犯であるともうたった。ポスターを全国に送付し終った時点で二月になった。

中村は、預かった写真とネガを、神楽坂の写真屋へ返しにいった。それで例のおやじの愚痴とも嫌味ともつかぬものをまたひとくさり聞いてきた。そんなもののうちには別段役に立つことなどなかったが、ひとつだけ気になることをおやじは言った。こいつ、どっかで見たような気がする男なんだがなあ、と言ったのである。

中村も、これは聞き捨てならないと思い、どこで見たと思うのかとしばらく食い下った。しかしおやじは、どうにも思い出せないと言った。写真を見ていてそう思うのか、それとも似顔絵を見せられてそう感じたのか、中村は訊く。ところがおやじは、どっちでもないように思う、と答えた。つまり、婚約披露パーティの会場で実物を見て以来、なんとなくそう感じてるのだと言うのである。

パーティ会場で撮った写真は距離があった、つまり写した当のおやじは、そう近寄って男を見てはいないと思われる。だからそれは、体つきや雰囲気でそう感じたということなのかと中村は問うた。すると写真屋は、そうかもしれないと答える。だけど最近の若い人はみんな感じが似ているからねえ、勘違いかもしれない、ともつけ加えた。

なんとかもう少し、何か思い出してくれ、と刑事は食い下った。もしこの男が彼の知り合いの内にいるなら、これは大変なことである。しかし彼は、駄目です、思い出せねえ、と音《ね》をあげた。テレビなどで見たタレントなどに似ているということなのかと問うてみると、いやそうじゃないと思う、と言っていたが、次第にいやそうなのかもしれんなぁ、と心もとない様子になった。やむを得ず中村は、それでは思い出したら自分の方へ連絡をくれと言いおき、ポスターを一枚置いて帰った。

それからも中村は、繰り返し繰り返し神楽坂の、例のパーティに出席した人たち一人一人を聞き込んで廻った。すると街中の店を聞き込んで、ようやく二人ばかり写真屋のおやじと似たようなことを言う人間を捜し出した。言われてみるとあの暴漢は、確かにどこかで見たような男だというのである。しかし彼らも、中村がずいぶんと食い下ったにもかかわらず、どこで見たかは思い出せなかった。

ポスターの効果はなかった。この事件に関しては、まるで前例を裏切るほどに民間からの情報がなかった。

いや、これは正確ではない。ある意味では効果はあった。井比敦子殺人事件を最後に、放火はぱったりと途絶えたのである。都心のビル放火事件は、以来二度と起る気配がなく、二月がすぎていった。

しかし中村はむろん喜ぶ気にはなれない。放火がないのはありがたいが、そうなるとこの男を追うきっかけも摑みにくい。

井比敦子の葬儀は故郷で行なわれた。土屋昌利の時と同じだった。そして渡辺由紀子もあの時と同様、どうやら府屋の井比の葬式には帰らなかったらしかった。

中村は上京してきた井比敦子の母と兄に会った。二人とも一見して地方の出身者という印象で、東京の街中にあっては充分に目だった。井比敦子がなかなか都会的な様子であったのを刑事は憶えていたから、少し意外な気もした。

母親は憔悴《しょうすい》していて、何かひと言話すたびに涙声になった。中村はじっとつき合った。そして犯人は必ず捕える、とひと言言った。

三月もまたたく間にすぎていく。放火は起る気配がない。中村は刑事部屋に腰をおろし、この二十五、六歳の長髪の男が、どこかのビルにまた火をつけるのを、じっと待つ気にはとてもなれなかった。

渡辺由紀子を落すことは失敗した。この先どんなやり方をしても、彼女はこの男のことをしゃべらないだろう。あの娘の背後には越後寒川が見える。彼女の肩越しに、雪の舞うあの貧しげな集落や、母親のいる小さな食料品屋が見える。

あの土地の夜を十数年も眠り、育ってきた女なら、たいていのことには堪えられるだろう、中村はそう思う。この線は、ひとまずあきらめるほかない。

とすれば、残る方法はただひとつ、徹底した聞き込み、これ以外にはないのである。ホシとおぼしきこの若い男と、由紀子が過去につき合いを持っていたとしたら、彼女が上京以後転々とした五つのアパート、このいずれかにおいてに相違ない。中村は手帳を広げる。

足立区千住曙町、牛田荘
台東区浅草六丁目、弥生荘
新宿区市谷富久町、亀井アパート
渋谷区千駄ヶ谷、五月荘
渋谷区代々木四丁目、金田アパート

この次はもう千歳船橋の土屋のアパートになる。いやこの点はまだ確認していないが、おそらくそうであろう。この五つの地点のいずれかで、由紀子は放火魔と接触した。あるいはこの五つのアパートから通った勤務先のいずれかで接触した。

不明な事柄はまだある。死んだ土屋昌利とも、由紀子はこのいずれかの地点で知り合っていなくてはならない。この点もまだ突きとめていない。彼と知り合ったことは、放火魔とのつき合いと何か関わるのか――。

厄介な仕事になるだろう。五つのアパートというだけならともかく、転々としている勤め先も、ひとつひとつ当って歩かなくてはならない。しかも望みは薄い。由紀子が社交的な女ならともかく、友人は少ない。その友人の証言を取ろうというのである。ただ一人の友人、したがってこの男のことを知っていただろうたった一人の親友、井比はすでに殺されてしまった。

しかしやるほかはない。これ以外に方法は残されていない。男は、由紀子の住んでいたいずれかのアパートを、頻繁に訪ねてきていたかもしれないのだ。隣人や大家の証言が得られるかもしれない。

何年かかってもかまうものか、と中村は思った。これ以外に方法はないのだ。やるだけのことだ。思えば、自分は最初にこれをやるべきだった。そうして犯人を突きとめていれば、井比敦子は死なずにすんだ。

千住曙町の牛田荘では、渡辺由紀子に男っ気というものはまったくなかった。アパートに再び足を運び、中村はこの点をもう一度確かめた。するとここは問題ない。問題は浅草か、市谷富久町のアパートということになる。このふたつは最も匂う。

浅草の弥生荘の住人たちに例の放火魔指名手配のポスターを見せ、渡辺由紀子のところへこんな男が訪ねてきているふうではなかったかと訊いた。彼らは、男が何人か訪ねてきていたのは見かけたが、こんな人ではなかったように思うと言った。

中村はアパートの住人全員に尋ねて廻った。住人は、由紀子が住んでいた部屋の者を除き、全員その頃のままだった。彼らの答えはだいたい同じだった。部屋が非常に遠い者でも、由紀子の写真を見せると憶えていた。もう三年も前のことになるのだが、それだけ由紀子が目立ったということだ。訪ねてきている男は、たいていが中年の労働者ふうだったという。

渡辺由紀子は、陽もあまり当らないようなこの古い木造のアパートに、昭和五十五年の一年間いた。この部屋から東京クラブという浅草の映画館に勤めた。中村はこの映画館にも足を運んだ。浅草寺の境内を抜け、教えられた方向に歩き、裏通りで通行人に東京クラブはと尋ねたら、これだと脇の古い建物を示された。

それは東京クラブの裏側だった。裏から見ると建物は、巨大な巻き貝のように見えた。それともメガフォンのようだった。メガフォンの口にあたる部分にスクリーンがあり、遠い客席ほど幅が拡がっているため、外観は巻き貝のように見える。それがすっかり錆《さび》の色に覆われている。

経営者は五十歳くらいの男だった。彼に建物のことを訊くと、昭和六年に建てられたと答えた。彼も、従業員の中年の女性も、由紀子のことは憶えていた。

社長は、由紀子が職業安定所の紹介でうちに来たと語った。それはいつのことかと訊くと、確か昭和五十四年の暮だったろうと言う。住所はどこかと尋ねると、伊勢崎線の牛田だというので、ちょっと遠いな、通勤手当は出せないよと言ったら、近所へ引っ越してきますと答えた。

受付に入ってもらったが、仕事ぶりは非常に真面目だったという。可愛い娘だったから、熱をあげてちょっかいを出す男や、面倒をみさせろという遊び人ふうの男も出てきて、断わるのに手を焼いた。そのうち喫茶店に引き抜かれていったが、内心ほっとしたと社長は語った。

映画館を出た時、中村はふと思いついたことがあって、送って出てきた経営者に尋ねた。

「雷門通りの突き当りに仁丹塔があるでしょう？　いわゆる浅草十二階というのは、あそこにあったんですか？」

「いや、違いますよ」

十二階など知るはずもない世代の彼は、即座に答えた。

「あの塔も戦前からあって、十二階を模してはいるんですが、本当の十二階はすぐそこにあったと聞いてます」

「どこです？」

経営者は往来の中央まで出た。

「この通り沿いの、ずっと先です。ほら、あそこに交番が見えますね？　その先にボーリング場がある、あのあたりに十二階と、ひょうたん池が並んであったようです」

彼は指さした。

中村は経営者と別れ、一人そのあたりまで行ってみた。だが当時を語るものは何もなかった。案内板ひとつ立ってはいない。

中村は以前から十二階に興味を持っていた。古い東京を思う時、いつも浅草が浮かび、十二階が浮かんだ。それが今はもう、跡かたもなく消滅した。華やかだった浅草が山手線の輪の外にとり残され、片隅に追いやられていくように、十二階もまた、浅草の住人の記憶から消えていく。

その喫茶店は、雷門の並びの商店街にあった。今ふうの造りではない。内部は暗く、朝まで営業している店である。飲み屋に通いつめ、ホステスを口説き落した客が、深夜の呼び出し、待ち合わせに使う類いの店であろう。

店のマスターに会うと、確かに自分が引き抜いてきたんだと認めたが、東京クラブからではないと言った。顔見知りがやっているレストランに可愛い娘がいるというので、わざわざ出かけていって、経営者と交渉をして夜だけの約束で連れてきたんだと話した。

ここでも彼女の仕事ぶりは真面目で、明朗でよく気がつき、従業員にも客にも人気があったという。最初は夜だけの仕事だったが、もっとお金が欲しいというので、自分がレストランを断わってやって、午後から深夜遅くまで働かせてやった。

しかしそれもひと月くらいで、由紀子の方から夜は辞めさせて欲しいと言ってきた。体が続かないという理由だったが、マスターは、ははあ飲み屋に引き抜かれたなと、ピンときたという。いつの間にか昼も来なくなり、専業のホステスになっていったのだろうと彼は言う。

そのスナックはどこかと訊くと、たぶんこの裏にあるオリエントというスナックじゃないかな、とマスターは言う。

中村は、彼にも例の手配用のポスターを見せた。そして、由紀子目あてでやってきていた客のうちに、こんな男はいなかったかと尋ねた。マスターは、髪の長い、似たような若い男は大勢いるからなあ、と言いながら似顔絵をしばらく眺めていたが、こんな男はいなかったようですと答えた。土屋の写真も一応見せてみたが、やはり知らないと言った。

オリエントは小さな店だった。カウンターだけで、十人も客が入れば満員といった広さである。ここのマスターも、由紀子を憶えていた。今どうしてるんですと訊くので、大きな呉服問屋の奥方におさまったよと言ったら、目を丸くして口笛を吹いた。カウンターの奥にいた四十歳くらいの女が、うまくやったわねー、と声をかけてきた。

　この店にはひと月程度しかいなかったらしい。すぐに北上野あたりのバーに移っていったという。そのバーは何という名前かと尋ねたが、われわれは知らないですと店の者たちは言った。知る方法はないかと食い下ると、うちのお客の一人が、北上野のどこかの店で彼女を見かけたと言っていたんだと言い、彼の勤務先の電話をお教えしましょうかと言った。中村は是非頼むと言って、その番号を手帳に控えた。彼らにもポスターを見せたが、知らないと言って首を横に振った。土屋の写真も同じだった。

　電話番号の先は釣り具店だった。そこの常務だという。電話をして身分を告げ、オリエントにいた渡辺由紀子を見かけたという北上野の店を知りたいと言ったら、即座に思い出し、橋というバーだと教えてくれた。それはどんなバーかと訊いたら、中村が刑事だということで警戒したのかもしれないが、あまり大きくなくて、まあそんな怪し気なサーヴィスをする店ではないです、というような意味のことを答えた。

　橋は上野駅から近かったが、清洲橋《きよすばし》通りから露地を何度か折れながら入り込む、ちょっと解りにくい場所にあった。浅草六丁目のアパートからは、歩いて行けないことはないだろうが、だいぶん距離がある。映画館から喫茶店、それからスナック、バー、と由紀子の歩んだ、それとも転落した足取りを追ってきたが、次第に表通りから引っ込んでいくような気が中村にはする。

橋に着いた時、もうすでに午後の七時を廻っていたが、店はまだ開いていなかった。中村は、近所で食事をして、時間をつぶしてから出直さなければならなかった。

中に入ってみると、橋はやはり小さな店だった。しかし女の子の数はオリエントよりも多かった。中村が入った時三人ばかりいたが、これからもっと増えるのかもしれない。それから刑事をうなずかせたことは、彼女たちのスカートがずいぶんと短かかったことである。

ずいぶん涼し気な恰好だね、と中村がママに言うと、四十すぎくらいの小肥りのママは、もうずいぶん暖かくなりましたので、とすまして答えた。

この店では由紀子の人相風体を口で言っても誰も思い出さなかったので、写真を見せた。もう三年前になるから無理もないとも言えるが、男たちは由紀子を憶えており、女は忘れている。

写真を見せるとママは思い出した。この子、ここには三ヵ月もいなかったわね、と彼女は言った。恩知らずな娘でね、ずいぶんよくしてやったけど、ぷいと出ていったきりで。

この子何かやったんですか？　と問うから、いいやと答えた。

金でも貸したのかと尋ねると、首を横に振ったが、貸したようなもんですよ、洋服や化粧品などずいぶん買ってやったからね、と吐き出すような言い方をした。場所が変ると、由紀子の評価もだいぶ変ってきた。

ここから新宿の勤めに移ったらしいが、どんな店か知らないかと問うと、いいえ、新宿へ行ったんですか？　やっぱりねと言った。やっぱりとは？　と尋ねると、いえね、新宿は儲かるらしいからねと答えた。

ポスターを見せたが、ママは知らないと言って手をひらひら振った。うちはこんな若いのはあんまり来ないからねと言ったが、それは嘘ではなさそうだった。店の他の者の内にも、由紀子の次の勤め先を知る者はなかった。

ここで行き止まりとなった。由紀子の勤務先の足取りはそれでもう追えなくなった。新宿には数限りなく飲み屋がある。ここを写真を持って逐一歩くというのは、事実上不可能である。次の住居は解っているので、そっちから逆に勤め先を探る以外ない。

昭和五十五年までの渡辺由紀子の足取りは、これで洗い終った。ここまでには、例の放火魔と思われる男は現われてこなかった。この先か。

一応土屋の写真も橋のママに見せた。彼女はこっちにも首を横に振った。土屋も、まだ由紀子の生活には関わってきていない。この二人は、彼女のこの先の人生に、どんなふうにして入り込んできたのか――。

2.

三月の末、渡辺由紀子の結婚式が行なわれたという噂が、中村の耳にも届いてきた。結婚式の招待状などさすがに中村のもとには来なかったので、彼らの結婚式の様子は解らない。しかし盛大なものだったらしい。暴漢の侵入も、幸いもうなかったようだ。新婚旅行は、ヨーロッパを一周という話だった。こういった情報を、中村はまた神楽坂の商店街を聞き歩くことで得た。

放火が四たび起る気配はない。永井家にも、結婚式後何ごとかあったという話はない。例の若い男から、その後別に妨害もないのだろう。

中村にはこれも不思議である。パーティに押し込んでくるほど派手なことをやりながら、つまりそれほどに由紀子に未練を残しながら、男はそれ以降、ぱったりと沈黙してしまった。

もうそろそろ四月である。すなわち、出発にふさわしい季節がまた巡ってきたということだ。結婚式に、由紀子の母親は上京したのだろうか。

中村の周りにも、梅が咲いた、桜が咲いたという声が届きはじめた。これから当分は、花見に繰り出した酔客たちのトラブルが続くことだろう。春には酔っ払いが喧嘩をやり、夏には痴漢が現われ、年末になるとスリである。毎年同じパターンが繰り返される。

中村は一人、こういう群衆の外にいた。結婚式に浮かれる布袋屋一族の喜びも遠い世界のことだった。彼らが新婚旅行から帰ってきたら、由紀子の亭主に会ってみたいと考えた。だから帰国の日取りだけが気になった。たった一人だけ、革靴の底を擦り減らしながら、渡辺由紀子、いやもう永井由紀子だが、彼女の過去の足取りを追って歩いた。

四月になると、天候によっては聞き込みに歩いていると汗ばむ。聞き込みが一番辛いのは汗をかく季節である。冬は、張り込みは辛いが、歩き廻るのはそれほど苦ではない。もうそんな季節になった。

だが中村は、この仕事が嫌いになれない。むしろ犯人の逮捕より、聞き込みに歩くことの方が好きだ。地味で、無駄に終ることが多い仕事だが、熟練《じゅくれん》してくると、一種名状し難い醍醐味《だいごみ》を感じるようになる。時に他人の人生が、その含蓄《がんちく》を見せる。人間の営みというものは、つくづく不思議なものだと思う。

新宿区市谷富久町のアパートには、中村は期待をかけていた。ここが一番匂うと考えた。それで大家を訪ね、当人が出てくると、中村は玄関の上りぶちのところに腰をおろした。じっくり話すつもりだという意思表示をしたのである。

大家はまだ四十前に見える若い男である。中村が横ずわりに玄関先に腰をおろすと、正面に小さな窓がきて、これを通して由紀子が入っていたアパートの二階が見えた。

「この女性ですがね、この人はおたくのアパートにいつからいつまでいたんでしたかね？」

中村は世間話の口調で始めた。この大家と会うのは二度目である。

「ええと、確かですね、五十六年の一月から、十月のはじめ頃までですね」

「ほとんど一年間ということになりますな」

「そうですね」

「どの部屋にいたんでしたかね」

「ええと……」

大家は玄関先で立ちあがった。それから窓のところへ寄った。

「前の時もお話ししたかと思いますが、ちょうどここから見える、二階の左から二番目の部屋ですね」

「ああそうですか。何か、彼女がいる間に目立ったできごとはありましたか」

大家はまたもとの位置に正座し、首をひねった。

「いや、別に、これといって変ったことは……」

「男友達は多く訪ねてきているふうでしたか？」

「さあ……、私どもは大家とはいっても、こんなふうに住まいが離れておりますしねえ、特別問題でも起さない限り、監視したりはしませんが。ただなんといっても水商売の方でしたからねえ……」

「一見して水商売ふうでしたか？」

「いえ、それほどじゃないですがね、若い娘さんでしたし」

中村は由紀子の写真を見せた。

「この娘ですね？」

大家はうなずいて写真を返した。

「化粧が濃かった？」

「そうですね、濃かったです。まだ二十歳すぎだったらしいけど、二十五、六には見えましたね」

「部屋を訪ねてきていたのは、やはり店の客ふうの中年の男でしたか？」

「いや、私の知る限りでは若い男たちでした。おそらく」

「大勢でした？」

「それは知りません」

「ずっと一人の男だった可能性はどうです？」

「うーん、そうかもしれませんね。一度私が部屋に行った時、男の靴があって、中に誰かいるみたいでしたね」

「一緒に暮していたんじゃないですか？」

「そうかもしれないですが、ずっとじゃないでしょう」

中村は土屋の写真を出した。

「この男じゃないですか？」

「いや、これは前にもそうおっしゃいましたが、違います、こんな人じゃなかった」

中村は忘れていた。それから次に、折りたたんでいたポスターを出した。

「ではこの男はどうです？」

見せながら中村は、ポスターに見入る男の表情をじっと観察した。

「解りませんねえ」

しばらくして、彼は言った。

「先ほども申しあげた通り、私は一度も正面きって顔を合わせたり、挨拶したりしたわけじゃないですのでね、似ているといえばそのようだし、違うといえば違う。そう、眼鏡はかけてなかったですよ」

「眼鏡はない……」

中村は少し失望した。

「だが年恰好や、背恰好などは似ておるんですな？」

「そう、そうですね……、そうです、似てます」

中村はしめたと思った。可能性が出てきた。

「しかし、最近の若い人はみんな感じが似てますのでねえ……」

「彼女がその男を何と呼んでいたか、憶えてないですか？」

「いや、それはねえ……、憶えてない、解りませんねえ……」

「一度も聞いたことはない」

「いや、一度あることはあるんです。偶然隣りの部屋に行ったら彼女が出てきて、私には気づかず、ドアのところから奥に向かって名前を呼んでいたんですね」

「何と言ってました!?」

中村は緊張する。

「いや、それが憶えてないんですよねえ……」

それから彼は、下を向いて考え込むような仕草をずいぶん長いこと続けた。中村は言葉をはさまず、じっと待った。

「よく解らないんですがね、一度だけですし……、確か、もしかすると石山《いしやま》と言ったような気がするんですが、違っているかもしれません」

「石山……」

中村はあわててメモをした。これがもし放火魔の名前なら、大変な収穫である。

「ほかに思い出せることはないですか？」

刑事は重ねて尋ねたが、これ以上彼の記憶からは何も出てこなかった。

中村は、彼女が勤めていた新宿の店の名を聞きだそうと試みたが、彼は知らなかった。アパートの住人に尋ねたいと思ったが、このアパートは人の移り替わりが激しく、当時の住人はすでに一人も残っていないということだった。

中村は手帳を閉じ、礼を言って帰ろうとしたが、大家が突然手をあげて制した。

「もうひとつ、大事なことかどうか解らないんですが、今思い出しました。この人が十月にアパートを替わっていったら、若い男の声で電話があって、渡辺さんがどこへ移ったか、移転先を知らないかと言うんですよ。私が知らなかったもんでそう言ったら切りましたがね、後で聞いたら、二階の渡辺さんの隣りの部屋の人も訊かれたって、そう言ってましたね」

「ほう！　で、教えたって言ってましたか？」

「渡辺さんは隣人には教えていないです。ぼくの方でも郵便物が来た時など困るから、次のアパートを教えてくれと言ったんですが、あの人はぼくにも教えてくれませんでしたからね」

「なるほど」

中村は礼を言って大家の家を出た。

3.

すると由紀子は、その「石山」という若い男から逃れようとしていたのだろうか。

次の千駄ヶ谷のアパートでは、大家の住まいが離れているので、大家からの収穫はいっさいなかった。家賃も銀行振込みだから、顔を合わせたのはせいぜい二、三度だと大家は語った。

ただこのアパートには当時の住人が残っている。写真を見せると、みな由紀子を憶えていた。しかし意外といえば意外なことに、ここでは男出入りの話はまったく聞けなかった。ポスターの写真にも、土屋の写真にも、みな首を横に振る。男性が訪ねてくるところも、一度も見たことはないという。そして、非常に騒々しい住人だったというのだ。しょっちゅう大きな音でラジオの音が聞こえていたし、勤め先の友人から預かったという赤ん坊の泣き声が、時々していたと言った。

中村はこの証言を聞くのがはじめてではなかったが、何度聞いても意外だったから、のちにもう一度市谷富久町の大家の家に電話を入れて訊いてみた。しかしこっちのアパートではそういう類いの苦情は一度も出たことはないという。

千駄ヶ谷のアパートの住人は、由紀子が越後の出身で、新宿へ夜の勤めに出ていたことも知っていた。しかし、店の名まで知る者はなかった。

由紀子は、大家の証言ではこのアパートに昭和五十六年の十月から五十七年の六月までいた。たいてい深夜二時頃タクシーで帰宅し、午後起き出しているようだったという。

ここでの由紀子は水商売の女として暮し、周りの住人もそれと認めていた。しかし訪ねてくる友人知人の類いは、男女を問わず一人もなかったという。井比も訪ねてきてはいない。

その孤独感からか、由紀子はここを出る直前の六月頃は、大きな音でラジオをかけたりして淋しさをまぎらわしていた。

大家の話では、由紀子がこのアパートを出ていったのは昭和五十七年、六月十七日の木曜だったという。引っ越し屋を頼んできて、男性の知り合いなど頼んだふうではなかったようだ。

中村が、由紀子が入っていたという一階の部屋の隣人と玄関口で話していたら、その当の部屋の現在の住人がちょうど戻ってきた。それで思いついて手帳を示し、もしよければちょっと部屋を見せてもらえないかと頼んだ。学生ふうの若者だったからそう言ってみたのである。彼はいいですよと言った。

しかし、むろん部屋は何の変哲もなかった。もう一年も前の話である。刑事は礼を言って部屋を出ようとしたが、その時、入口のドアの鴨居《かもい》の上の壁に、紙マッチが画鋲でとまっているのが目に入った。

これは？　と住人に尋ねると、この部屋に入ってきた時からそこにとめてあったと言う。いつ入ってきたのかと訊いたら、ほんの先月だと言う。由紀子がそんなことをしたとも思えなかったが、念のため、マッチをもらってきた。表を見ると、新宿歌舞伎町、「クラブ夢丸」とある。

表に出てもう一度隣人に、由紀子のあとここに入っていたのはどんな人だったかと尋ねた。隣室の主婦は、二十七、八歳くらいのセールスマンみたいな男の人だったと言った。では彼が遊びにいった店のマッチかもしれない。

そこを切りあげる前にふと思いつき、六月十七日に彼女がここを引っ越して行く時、やっぱり赤ん坊を抱いていたなんてことはないでしょうなと中村は訊いた。そんなことはなかったみたい、と主婦は答えた。


最後の参宮橋のアパートを訪ねるのは、はじめてだった。正確な住所は渋谷区代々木四丁目、アパートの前からは見えなかったが、尋ね歩く道々で、新宿副都心の高層ビルが見え隠れした。

渡辺由紀子は、ここに昭和五十七年の六月十七日から七月いっぱい、七月の三十一日までいた。ということは、わずかひと月半しかいなかったことになる。この後は、すなわち七月三十一日からは、土屋の例の千歳船橋のアパートということになる。

ここは古い病院を改装してアパートにしたもので、白塗り壁の洋風の造りだった。各部屋には畳が敷かれているが、窓は両開きの出窓で、完全な和洋折衷《せっちゅう》のスタイルである。白い壁と焦げ茶に塗られた柱木が、なかなか瀟洒《しょうしゃ》な雰囲気の室内を作っている。階段の窓からは、副都心のビル群が見えた。

各部屋は六畳一間や、八畳一間に流しがついただけの狭いものだが、住人たちはこの造りが気に入っているのか、由紀子がいた当時のまま、みんな残っていた。しかし大家の家は小田急線の豪徳寺《ごうとくじ》と離れている。

由紀子は、ここではもう水商売の女ではなかった。由紀子の向かいの部屋には、女子大生の姉妹が住んでいたが、由紀子と時々言葉をかわしたという。由紀子は、このアパートを気に入っていると話していたらしい。

夜の勤めはすでに辞めていたらしく、たいてい一日中部屋にいて、本を読んだりテレビを観たりしてすごしていた。騒がしい住人だったかと尋ねると、別にそうは思わなかったと姉妹は答えた。化粧もほとんどしているふうではなく、彼女たちは、自分たちと同じどこかの女子大生だと思っていたと言った。

男性が訪ねてきているふうではなかったかと訊いたら、姉妹は一度互いに顔を見合わせてから、はっきりとうなずいた。ほとんど毎日のように男の人が訪ねてきて、彼女もそれを待っているふうだったという。中村はさっそく手配のポスターを見せた。二人は即座に首を横に振った。こんな人ではなく、もっといかつい感じの人だったと言った。

中村はそれで土屋の写真を見せた。二人はたちまち揃ってうなずいた。そして、そうこの人ですと断言した。ここで土屋が現われた。

4.

中村は近くの喫茶店に入り、歩き疲れた足をさすりながら、今までのところを整理してみようと考えた。手帳を出し、別紙に彼女の足取りを書き写しながら整理した。

一、昭和五十四年四月よりこの年いっぱい。足立区千住曙町、牛田荘。この間は北千住赤札堂デパートに勤務。

二、昭和五十五年一月より、五十五年の十二月。台東区浅草六丁目、弥生荘。この間勤めは映画館、レストラン、スナック、さらにバーと転々。

三、昭和五十六年一月より、同年十月はじめまで。新宿区市谷富久町、亀井アパート。この間の勤務先は不明。

四、昭和五十六年十月より、五十七年六月十七日まで。

渋谷区千駄ヶ谷、五月荘。この間の勤務先も不明。
五、昭和五十七年六月より、同年七月まで。
渋谷区代々木四丁目、金田アパート。この間は無職だったと思われる。

これらの期間中で解ったことは、最後の金田アパートから土屋が登場すること。それからこれは不確かであるが、三番目の亀井アパートの時期、放火犯らしき男と交際があった。そして、この男の名は「石山」であるらしい。それから次の四番目のアパートには、この男から逃れるために転居したと想像される。

また、これらの転居の理由についてであるが、一番最初のものから二番目への転居については、勤務先への通勤の都合であることがはっきりしている。二番目から三番目への理由もまず同じであろう。そして三番目から四番目への理由も解った。ところが四番目から五番目への理由が解らない。

土屋と知り合い、彼と近い、同じ私鉄沿線に住もうとしたのだろうか。だがそれならこの四番目から五番目への引っ越しの際、土屋が手伝いに現われてもいい。彼には運転免許もあり、なんといってもそういう力仕事には向いた男である。引っ越し屋を頼むよりずっと安あがりのはずだ。

またひと月半後には土屋のアパートで同棲を始めるのだから、なにも参宮橋のアパートに入ることもないように思う。それならいっそ、千駄ヶ谷から千歳船橋へ移ってもいいではないか。

中村は次に、もうだいぶ以前になるが、日伸警備保障に作らせた、土屋の勤務地のリストを取り出した。これは、昭和五十七年の三月から七月までの土屋の勤務地のリストだった。中村が、土屋が両親に出した手紙から、二人が知り合ったのはこの間に違いないと見当をつけ、日伸警備に提出させたものである。

現在得ている知識と重ね合わせれば、さらに絞れる可能性もあり、またうまくすれば二人が知り合った場所や、状況の見当までもつくかもしれないと考えた。

勤務先は十三あった。多いからまだすべて廻りきれてはいない。土屋は無口で、人づき合いが悪く、酒も飲まないので、行動的な人間とは言いがたい。したがって女と知り合うのも酒場などではなく、この勤務先でのなんらかの出来事をきっかけにしている可能性が高いと考えた。もっとも、由紀子自身は小田急線の車内で自分が声をかけたと言っているのだが、これはまったく信用できない。

今日までの聞き込み結果から言えることは、土屋が由紀子の生活に関わってくるのは完全に六月十七日以降、すなわち彼女が参宮橋に移ってきてのちである。それ以前には、彼はまったく由紀子の前に姿を見せていない。六月十七日の引っ越しにさえ姿が見えない。それ以降である。

ということは、彼らが知り合ったのもこの六月十七日以降ということにならないか。少なくとも、三月、四月、五月の土屋の行動は、考えなくてよいのではあるまいか。また、彼が参宮橋のアパートに姿を現わした日時によっては、六月も切り捨ててよいことになる。

中村は立ちあがり、さっきの姉妹の部屋に、喫茶店の赤電話から電話をした。彼女は六月十七日にそっちのアパートへ引っ越してきているはずなのだが、土屋さんが部屋へ来るようになったのはいつ頃からだったか、と尋ねた。

彼女らは、よく憶えてはいないが、最初からだったと思うと言った。では翌日の十八日からかと訊くと、そこまでではないけど、引っ越して二、三日してからすぐにもう来はじめたように思うと答えた。中村は礼を言って電話を切った。

すると六月十八、十九、二十日、このあたりに二人は知り合ったということにならないだろうか。

そのあたりの土屋の勤務地はと見ると、六本木となっている。六本木の、出雲大社ビルと書かれている。土屋はこの妙な名前のビルに、六月十四日から二十日までの一週間、夜警に入っている。ここは、中村が昨年末まだ廻り残している場所のひとつだった。明日にでも廻ってみようと考えた。

それから煙草をくわえ、マッチを探してポケットを探っていたら、夢丸と書いた色褪せたものが出てきた。さっき千駄ヶ谷のアパートからもらってきたものである。すっかり忘れていた。ほかになかったので、この紙マッチで火をつけた。まだ火はついた。

マッチに印刷された住所を見ると、新宿歌舞伎町、区役所通りとあった。中村はこの白抜きの活字に煙を吹きつけながら考えた。この夢丸というクラブが、由紀子の勤めていた店である可能性についてである。

常識的に考えれば、由紀子が自分で、玄関先のあんなところに勤務先のマッチをとめるとも思えないので、彼女のあとにあの部屋に入ったセールスマンふうだという若い男が、自分が行った店のマッチをピンでとめたと考えるべきである。由紀子は小柄だった。まず第一背が届くまい。それに女が椅子に乗ってまでしてそんなことをするとも思えない。マッチは格別美しいものでも何でもない。

だから、これが由紀子の勤めていた店である可能性はほとんどゼロだが、完全にゼロというわけでもないだろう。というのは、こんな可能性も考えられるからだ。由紀子は、店のマッチがいくらでも手に入る。だからちょっとマッチがきれた時など、このマッチを使ってガスに火をつけていた。それが流しの下などに落ちた。そして引っ越しの時、そのまま忘れていった。

次に入居してきた者が床でこのマッチを見つける。捨てるのが普通だが、ちょっとした稚気を出してこれを壁に画鋲でとめてみる。そして自分の引っ越しの時はそのまま忘れて出ていった——。

都合のよい空想だが、まったくあり得ない話ではない。マッチの軸を見ると、二本ちぎり取られている。一本は今中村が使ったものだが、もう一本は最初からなかった。ガスに火をつけるため、由紀子が使った可能性だってある。

表を見ると、もう陽が落ちている。帰る前にここへ寄って、もうひと仕事していくか、と中村は考えた。

区役所通りは恐ろしいほどの人ごみである。そしてこれらがたいてい酔客である。日本人の酒好きにはまったく恐れ入る。

夢丸はすぐに解った。大きな店だった。ネオンまであがっている。刑事は黒服のボーイ二人に迎えられた。

華やかな女たちが寄ってきて腕をとられると、つい気持ちが傾くが、思い留まり、今日は飲む気はない、支配人を呼んでくれと言った。

たちまち背中を向けた女たちを見ながら、由紀子もこういう女の一人だったのだろうかと考えた。和服姿を何度も見たせいかもしれないが、どうしても両者が結びつかない。

支配人は四十代の、小柄で痩せぎすな男だった。中村は手帳を見せ、それから由紀子の写真を出した。

「ここで、こんな娘《こ》が去年の六月頃まで働いていなかったかね？　名前は渡辺由紀子、新潟県の出身なんだが。もっとも名前は違ってるかもしれん」

むろん中村は期待していなかった。しかし支配人はいともあっさり、

「ええ、いました」

と応えたのである。

中村はかえって驚いた。

「いた？　確かかね？」

「ええ。この娘ならよく憶えています。おとなしい娘でしたがね、なかなか人気がありましたよ」

「いつ辞めたのかね？」

「確か、去年の五月か六月だったと思いますがね、正確なところを調べましょうか？」

「頼むよ」

支配人は引っこみ、厚手の帳面を持ってきた。

「解りましたよ。五月二十一日付けで辞めていますね」

「ほう、そうかね。辞める段には、なにかトラブルでも？」

「いえいえ、そうじゃないです。本人の一身上の都合ということでね、きわめて円満裏にですね、まあ結婚するか、故郷へ帰るか、そんなところだろうと思ってました。この娘が、何かやったんですか？」

「おたくを辞めた後、この人と一緒になった。この顔に見憶えはあるかね？」

土屋の写真を示す。

「さあ、お客さんの顔となりますと、われわれはとても憶えきれません。うちは店も大きいですしね、女の子の顔を憶えているのが精一杯というところで」

「ではこっちは？」

ポスターを見せたが同じだった。

「いつからこの店で働いてた？」

質問を替えた。

「えー、五十六年の十一月十日からですね。ですから約七ヵ月、うちにいたことになります」

「誰かの紹介で来たのかい？」

「いや、飛び込みです、あれは」

「ほう」

「うちの場合、そういうことはあまりないんですが、私が信用できそうだと判断して、私の裁量で採りました」

「なるほど。で、メガネに狂いはなかったかね？」

「なかったですねえ、よく働いてくれました」

「前どこの店にいたとか、そんなことは訊いたかね？」

「訊いたと思いますがね、それは忘れました」

「前の店も新宿だった？」

「だと思いますがねえ……、うーん、いや忘れました」

「客のうちで、特に彼女が気に入っていたという者はあるかい？」

「ええ、多かったですよ」

「その客たちと、すぐに深い仲になったりしたかい？」

「いやあ、その点は固かったですねえ、あの娘は。たぶん誰ともできなかったんじゃないですか。身持ちが固いですよ。芯がしっかりしていたしね。あれは根が真面目でした。あまり贅沢もしませんでしたし、仲間とも問題を起しませんでした。だから私もよく憶えてるんですが、今時珍しいですよ」

その通ってきた客のうちに、神楽坂の若旦那はいなかったかと思い、中村は念のために風体特徴をあげて訊いた。しかし、そんな人はいなかったと思うと支配人は答えた。

思わぬ収穫だった。由紀子は昭和五十六年の十一月十日から、五十七年の五月二十一日まで新宿の「夢丸」にいた。五十六年の十一月というと、由紀子が市谷富久町の亀井アパートを引き払った時期と一致する。ということは、例の男から逃げたかったがために、勤め先も替わったということではないか。深い仲の男なら、当然彼女の勤め先も知っていたろう。逃げたいなら、勤め先も替わる必要がある。

だが待てよ、と中村は思う。由紀子は何故かこの「石山」という放火犯から逃げだしたいと考えた。そして事実逃げおおせたと思われる。由紀子のこの先のどのアパートにも、この「石山」は現われていない。ではこの石山に、土屋が夜警に入っている四谷のビルに火をつけさせることはできないではないか――。

いやそうではない。この二人は、この先のどこかで再会したのだ。おそらく偶然にであろう。由紀子がその時、この石山に再び体を与えたか、それは解らない。だがそうした可能性は高い。なにしろ殺しをやらせるのである。しかしその再会の場所は、まずこの「夢丸」ではあるまい。

中村は礼を述べて店を出ようとした。しかし思いついてふと足を停め、彼女はこの店で、ホステス仲間と大勢仲良くなっていたふうだったかと尋ねた。

支配人は首を左右に振った。彼女はむしろ、誰とも親しくならないようにしているようだったと彼は答えた。中村は首をかしげた。彼女が千駄ヶ谷のアパートで預かっていたという赤ん坊の話をした。支配人は一笑にふした。うちの娘には子持ちはいませんよと言った。どこかよそから預かったんでしょう、と言う。

そうかもしれん、と中村も思った。だが午後起床し、深夜遅く帰宅するような生活で、この店以外の女性とのつき合いが生まれるものだろうか、とも思う。

5.

翌日の午前中、中村は六本木の出雲大社ビルに出かけていった。このビルは、六本木の交叉点から麻布の方へ下っていく高速三号線との二階建てになった大通りから、一本青山寄りに入った裏通りに面してある。

目の前まで行って驚いた。名前だけでなく、実際に神社があるのである。石造りの堂々たるもので、正面には二階へ向かって磨かれた石の階段が昇っている。上はビルになっているが、一、二階は立派な三角屋根を頂いた神社だった。こんな六本木のど真中に、神社があろうとは思わなかった。

中村は石段をあがっていき、賽銭函《さいせんばこ》の横から社務所に入っていった。赤い袴《はかま》を穿いた巫《み》女《こ》さんらしい女の子が、スチール机についてさかんに帳面をつけている。刑事を見ると、顔をあげて「はい」と言った。

「私はこういう者ですがね」

手帳を示す。

「ちょっとうかがいたいことがありましてね、ここの責任者、何とお呼びするのかな、一番偉い方はどなたです？」

娘の顔はみるみる不安げになった。そしてちょっとお待ち下さい、と蚊の鳴くような声で言って、奥の衝立の陰に消えた。

なんだかずいぶん時間がかかって、四十すぎくらいに見える男が出てきた。

「何か……？　あの、所長は今食事に出ておりますが」

「ではあなたでもけっこう。なに、たいしたことではないんです。ちょっとした事件の調査でね」

男は一瞬不安そうにしたが、ではどうぞこちらへと言って、中村をソファと低い机があるコーナーへ導いた。

「何でしょう？」

腰をおろすと男は尋ねてきた。彼も袴を穿き、和服姿だった。

「実は、ある事件に関して聞き込みをやっておるんですがね、去年の六月十八、十九、二十日の三日間、おたくさんのビルで、あるいはこのあたりで、何か変った事件や出来事はありませんでしたか？」

「去年の六月……」

「十八、十九、二十の三日のうちです。もう一年近くも前のことになるんですがね」

「何か、うちの方で不都合が……？」

「いやいや、そういうことではないです。おたくさんの方では日誌のようなものはつけておられませんか」

「それはつけております。では調べてまいりましょうか、少々お待ち下さい」

「恐縮です」

男は立ちあがって、また衝立の向こうに消えた。それから黒い表紙のついた、分厚い、綴《と》じたノートのようなものを持って戻ってきた。

「申し遅れました。私、横田《よこた》と申します」

彼は名刺を出した。

「私は中村と申します」

とだけ言っておいた。

「去年の六月十八、十九、二十日は、金、土、日ですね。三日とも結婚式が入ってますね。しかも十九日は霞が関のダイヤモンドクラブビルの落成式もありましたし、非常に忙しい三日間だったようですが……、別に変ったことがあったという記載はないですねえ」

「そうですか、それはむろん昼間ですね？」

「そうです。落成式は午前中でしたが、結婚式の方はたいてい午後です。しかし午前のうちから準備に忙殺されますんでね」

「夜間に何か事件が起ったという場合、それもその日誌に書かれることになりますか？」

「大きな事件でしたら、それは書きます」

「小さな事件なら？」

「書かないでしょうねえ」

「ふむ、みなさんは、夜間は帰宅されるんですか？」

「そうです。私も含めて、今この社務所におる人間はみな通いです」

「では夜間は、この出雲大社の方たちは全員いなくなられるわけですな？」

「ええ。いえ、所長だけはここに住居がありますので、まあここにひと晩中おりますが」

「なるほど」

中村がそう言った時、彼の背後でドアの開く音がして、目の前の横田が、あ、帰ってきましたと言って立ちあがった。

所長は中村のすぐ横を通って部屋のすみまで行った。横田が所長のところへ行き、小声で話していた。刑事はその様子をソファから見ていた。所長は、背は高くないが恰幅《かっぷく》のよい男だった。やがて中村の前まで戻ってきて頭を下げ、名刺を出した。

「だいたいのところは今、横田からうかがいました」

「ええ、そういうわけで去年の六月なんですがね」

中村は言った。

「六月の何日です？」

「十八、十九、二十のあたりです」

「十八、十九、二十……」

所長は宙に目を据え、つぶやくようにそう言ったが、この瞬間、眼鏡の奥の彼の目が、わずかに何かにつまずいたような気配があった。むろん中村はその様子を見逃さなかった。

「憶えてませんなあ」

彼は言った。

「夜中のことと思うんですがね、思い出していただけませんか」

中村は当て推量を言った。中村はやや鼻白んだ。だがすでに自信があった。昼ならこの神社の大勢の目がある。

「私は憶えていないなあ、横田君、日誌は?」

「見ました」

横田が横で答えた。

「なかったろう」

「はあ」

また引っかかった。こういう場合、「なかったか?」と訊くのが自然だ。「なかったろう」は気に入らない。

「これは実は殺人事件の調査でしてね」

中村は威しにかかった。

「おたくさん方の証言が、非常に重要になってきているわけです」

しかし所長は鹿爪《しかつめ》らしい顔で二、三度うなずいただけだった。そしてそのまましばらく言葉を発しなかった。

「私どもの知っているような人の、事件なんですか？」

と訊いてきた。中村は沈黙したまましばらく迷ったが、

「その時期ここに夜警に入っていた日伸警備保障の土屋昌利さんというガードマンの青年を、憶えておられますかな？」

と言った。所長はじっと刑事に目を据えたまま、

「ええ、……なんとなく、憶えております。あの彼が？」

「そうです。殺されました」

所長は、ほう……、と言いながら大きく息を吐いた。その様子にはしかし、取りようによっては一種安堵の気配が伝わってくる気配があった。それから死のいきさつなどを尋ねてきた。中村は仕方なく簡単に話してやった。

「彼とは、親しくされていたんですか？」

中村は訊いた。

「いえ、いえ、とんでもない」

所長は答えた。

「ここに、あれは一週間くらいですか、たったそれだけいただけですからね。その時、わずかばかり言葉をかわす機会があったと、その程度のことです」

「なるほど、彼は、どんな印象でした？」

「無口で、真面目そうでした。亡くなったとは、お気の毒です」

そう所長は言った。

中村は六本木の神社を出て、電話ボックスから日伸警備に電話を入れた。昨年の六月十八、十九、二十日、土屋は業務日誌にどんなことを書いているか、調べてくれと要求した。

日誌が見つかるまで、中村は電話ボックスの中で待ち続けた。ほとんど十分くらいそうしていた。しかし結果は空しいものだった。何も変ったことは記載されていなかった。

それから地下鉄に乗り、もう一度市谷富久町の亀井アパートの大家の家へ行った。たびたびお邪魔して申し訳ないと謝り、顔なじみになった大家に、井比敦子の写真を見せた。そしてこういう女性が、おたくのアパートにいた渡辺さんを訪ねてきているのを見たことはないか、と訊いた。

大家はじっと写真を見ていたが、そういえば見かけたような気がすると言った。たびたびかと尋ねると、いや自分が見たのは一度か二度だったと思う、と答えた。

この先のアパートにはもう足を運ぶ必要はない。石山という名の放火犯が、姿を見せているのはこのアパートだけであるからだ。

井比敦子は、するとこのアパートで石山と会っている可能性がある。いや、由紀子がもしここで石山となかば同棲していたのなら、当然会っているはずだ。

石山は由紀子に逃げられた。やつは由紀子を探して亀井アパートの大家のところに電話をかけたり、アパートの隣人のところに行ったりしている。当然由紀子の前の勤め先にも顔を出しただろう。しかし由紀子はそれらすべてに手を打っておいた。証拠を残してはいない。

では次に石山はどうしたろう、井比敦子のアパートへ行ったのではないか。彼女は上京以来、いったん赤札堂の寮に入り、その後アパートへ越したが、以後は住まいを替わっていない。

井比の住所を、由紀子は石山に教えなかった可能性はある。だがたとえそうだとしても、井比の勤務先くらいは聞いていたろう。すると赤札堂の方からたどる手もある。由紀子と違い、井比の方は堅気の仕事だった。簡単に勤めを替わることなどできない。井比の住所を探り当てるのは割合やさしかったろう。

だが井比が、由紀子の新住所を教えたろうか？　まず教えなかったろう。しかし石山は殺しまでやる男だ、必死になれば力ずくで訊き出しにかかるかもしれない。すると、はたして口を割らずにすませられるものか。むずかしいであろう。

したがって由紀子は、井比にも新しい住所や勤務先を、しばらく教えずにいたのではあるまいか。次の千駄ヶ谷のアパートには、同性の友人も訪ねてきているふうではなかった。二人の女のつき合いは、これ以後しばらく途絶えていた可能性が高い。おそらく由紀子が井比に再び連絡をとったのは、千歳船橋で土屋と暮すようになってからではあるまいか。

しかし井比が、頻繁に現われる石山に大いに迷惑したことは充分考えられる。また女二人は親友同士らしいが、由紀子と井比では、客観的に見て由紀子の方が男に人気がある。石山から土屋へ、そして布袋屋の女主人へと駈け昇っていく由紀子の行動、そしてその尻ぬぐいを常に自分がやらされている気になって、ついに彼女の不満が爆発したのではないか。

身勝手な女である由紀子が、石山に土屋を殺させたという事実を知れば、その秘密を警察に暴露してやろうという気になったかもしれない。

だがそれを何故石山が知ったのか、それが解らない。石山が、由紀子の失踪以後、しょっちゅう井比のアパートに姿を見せていた可能性はあるだろう。いつ由紀子から井比に連絡が入るか解らない。中村が井比敦子と待ち合わせることにしたあの一月二十七日にも、石山がたまたま井比の部屋に姿を見せたのかもしれない。

井比としては、この後刑事と会うということで気が大きくなり、石山を脅迫するなり、自首をすすめるなりしたかもしれない。またそうでなくても、このあと刑事と会うと知れば、石山も不安から突発的な凶行に及んだかもしれない。あれはそういうことか——？

それとも井比が積極的に由紀子のところへ電話でもかけ、警察に話すと威したのだろうか。それで由紀子が石山を動かした、そういう図式だろうか——？

6.

放火犯の手配ポスターに、石山という名が書き加えられた。しかし、反応は相変らずなかった。

五月に入り、布袋屋の若夫婦が新婚旅行から帰国した。中村はさっそく布袋屋に電話を入れ、永井富美郎に一度会いたいと申し入れた。

私一人とか、と彼が訊くので、そうだと答えると、では店でなく、外で会いたいと言った。商売のこともあろうから中村は承知した。永井は、例の婚約披露パーティをやった後楽園第一ホテルの喫茶室を指定してきた。それで五月の六日、中村は永井富美郎と会った。

永井は表面的には非常に快活な男だった。商売人らしく笑顔を絶やさないが、都合の悪い質問にはいっさい答えようとせず、巧みに話題をそらした。そして妙に人を見下すような目つきがあった。長い暖簾の若主人という意識があるのだろうか。具体的にどう無礼というわけでもないのだが、別れたのち、そういう後味が残るのである。

中村はまず、婚約披露パーティでの暴漢について、心当りを尋ねた。

「私どもにはいっさい憶えのないことですねえ」

若主人は言った。では奥さんの方はいかがです、と訊くと、

「家内も憶えのないことと言っております」

と言う。そしてどう尋ねても愛想笑いをするばかりで、これ以上ひと言も具体的なことは答えようとしないのだった。

中村があきらめて、では出席者の中に、あれはどこかで見た男だという人もあるのだが、あなたはどう思うかと訊くと、大して考えたふうでもなく、

「私は見たこともない人です」

と突っぱねる。それ以外の答え方をすると、伝統の暖簾に傷がつくとでも言いたげだった。まったく取りつく島がないというのはこのことである。由紀子に何か言われてきているのかもしれない。

結婚式や、その後、あの暴漢から嫌がらせの電話など入らないかと尋ねたが、そんなこ

とはいっさいありませんと彼は言った。

あきらめ、中村はちょっと話題を替えた。ヨーロッパ旅行はいかがでした、と訊いた。すると富美郎の頬に、さすがに心安いような別の表情が浮いた。そして、お決りの観光コースは嫌だから、ドイツではロマンチック街道をレンタカーで走って、城巡りをやったのだ、などと話した。

由紀子さんも喜んでいたかとそれとなく尋ねたら、大変はしゃいでいたという返事だった。

ところで結婚式は、六本木の出雲大社とは関係があるのですかと中村は訊いた。富美郎は、そこだけはちょっと怪訝な表情をして、いいえと言った。これまでも、これから先も、六本木の出雲大社とは何のつき合いもないだろうという。奥さんもかと訊くと、家内もですと言う。

中村はもう一度婚約披露パーティの暴漢の話を持ち出し、一度も見たことはない男なんですなと念を押した。若主人の答えは同じだった。あれ以後嫌がらせの電話などもないんですなともう一度言うと、いっさいありませんとまた言った。

中村はあきらめ、何か変ったことがあれば、即座に連絡をくれと言いおいて、永井富美郎と別れた。彼は承知しました、と答えたが、連絡などしてはくるまいと思った。

これまでに摑んだところを整理してみた。放火魔は名を石山といい、由紀子の三番目のアパート、新宿区市谷冨久町の亀井アパートの時代に交際があった。その後、彼女はこの男から逃亡するためにアパートと、勤務先も替わった。

これはうまく成功したらしくみえる。以後石山が、由紀子の前に再び現われた形跡はない。

それから、由紀子と土屋昌利との出会いは、六月十八、十九、二十日のあたりと考えられる。その頃土屋は六本木の出雲大社ビルに警備に入っている。したがって二人の出会いは、このビル周辺であると考えられる。

しかし神社の者も、布袋屋の主人も、そんな事実に憶えはないと言う。由紀子に質したいが、彼女こそ答えは決っているであろう。この点を、なんとか調べる手はないものか。

もうひとつある。首尾よく石山と別れた由紀子だが、その後二人はどこかで再び出会っていなくてはならない。そうでなくては由紀子は、土屋殺害に石山を利用することができない。

偶然の再会か、それとも由紀子の方で故意に連絡を取ったものか。偶然とするなら、その出会いの場所はどこか。

もうひとつ不明事がある。これも中村の頭から少しも離れない。それは放火の手段である。四谷のケースはともかく、赤坂も、虎ノ門も、火をつけた場所は密室だった。密室だからこそ、警備員は石山の姿を見逃し、放火を許している。

中村は当初、時計仕掛けの時限発火装置のようなものを考えた。しかしこれまで三つの放火現場には、三つともに、それらしい機械は発見されていない。

次の放火が起れば、この点の捜査は進むかもしれんと中村は思う。そして、放火は起った。

第八章　地の水

1.

　七月一日金曜日の夜、虎ノ門、新橋、有楽町の三箇所で、それも同時に火の手があがった。

　三つとも放火と思われた。虎ノ門は虎ノ門一丁目の第十三松井ビル、これは都内に二十五もある松井ビルという貸ビルのひとつで、これも以前の例と同じく、地下一階の資材置き場への放火だった。

　新橋は、新橋一丁目の新橋第三ホテルで、これも地下資材置き場への放火である。

　もう一軒の有楽町は、日比谷公園に近い有楽町一丁目の日東劇場で、これは一階の大道具置き場への放火だった。

　このうち、被害が一番大きかったのは日東劇場だった。舞台用の大道具はたいていが木や布や紙でできている。このためたちまち燃えあがって、一時間後に劇場はほぼ全焼してしまった。

ただそのあたりは、ホテルや映画館が互いに壁を接している地域であるにもかかわらず、延焼がくいとめられたのは幸いだった。また怪我人は四人ばかり出たものの、死者がなかったのも幸運であった。

新橋第三ホテルは発見が早く、時刻も早かったし、またホテル新東京火災の記憶が新しく、訓練も徹底していたので大したことはなかった。泊り客は全員一時外部へ避難する騒ぎになったが、客にも従業員にも怪我人はなかった。資材置き場と一階の厨房の一部を焼き、それから駐車場の車が二台ばかり損傷を受けただけですんだ。

第十三松井ビルも似たようなもので、資材置き場と駐車場の一部を焼いた。怪我人はなかった。

困ったことがひとつあった。それはこの三つの放火事件の出火場所が三つとも、またしても密室だったということである。三箇所ともに、午後六時から七時の時間帯に、厳重に施錠がされている。にもかかわらず、午後七時半頃火が出ている。

七月一日はどんより曇った日で、午前中にはにわか雨も降っていた。それがなければ松井ビルも新橋第三ホテルも、もっと被害が大きくなっていた可能性はある。

七月二日の土曜日、中村や岡江は、丸一日を潰《つぶ》して三箇所の現場を調査して廻らなくてはならなかった。

今度の三箇所には、例の「東京万歳」の貼り紙はなかった。しかし手口からみて、これにあの「石山」が噛んでいることは疑う余地もないと思われた。五ヵ月の潜伏期間を経て、もうほとぼりが冷めたとして、また仕事を始めたものに相違ない。

しかし岡江たち放火班は、すでに石山の単独犯などではなく、もっと大がかりな、放火を目的とする犯行組織の仕業とする考え方に傾きつつあった。放火場所はすでに、四谷、赤坂、虎ノ門、これは二箇所。新橋、有楽町と続いていた。計六箇所になる。おまけに今回にいたっては三箇所が同時である。これらをすべて単独でやるとすれば手にあまるであろう。

虎ノ門が二箇所というのも、中村は気に入らなかった。一月二十二日土曜日にボヤ騒ぎのあったニットー・ビルから今回の松井ビルまでは、二百メートルと離れていない。今まで連続している六箇所の現場で、これほど接近した場所というものはほかにない。

もっとも今回の三箇所のうち、新橋第三ホテルと日東劇場もあまり離れてはいない。しかしそれでも四百メートル以上はある。

つまり刑事の気に入らないのは、松井ビルは、ニットー・ビルが失敗したのでやり直したのではないかと思われるためである。ニットー・ビルは、部屋が気密構造であったために燃え広がらず、ボヤで終った。そのために同じ虎ノ門の松井ビルにもう一度火をつけ直したのではないか。それで虎ノ門が二箇所になった。

とすれば極度に偏執《へんしゅう》的な人間ではないか。よほど粘着質の偏執狂であろう。

中村は、岡江たちの考えに今ひとつ賛成できずにいた。こういうやつなら、なんとか一人でやり通すかもしれない。

中村は三つの現場に何度も足を運んだ。しかし今度も、時限発火装置の類いと思われるものは発見されなかった。三箇所とも資材置き場や大道具置き場であるから、さまざまなものが燃え、現場は足の踏み場もないほどである。が、どこをどれほど捜しても、時計仕掛けの機械に類するものはない。

四谷、赤坂、虎ノ門、新橋——、と中村は、連続する放火地点を頭に描きながら、毎日そうつぶやいた。

ひとつ言えることは、放火地点が次第に東へ動いていることだ。理由は解らないが、都心を東へ東へと動いてきている。

最後の日東劇場が有楽町で、新橋第三ホテルから見て北にあたるのが少し気に入らないが、この二地点間は四百メートルしか離れていない。このふたつを新橋としてひとつにくくってしまってもよい。

待てよ、と思った。とすると虎ノ門と新橋の場合だけ、同じ地点で南北二箇所が燃されている。新橋の場合、日東劇場と新橋第三ホテルで、南北に四百メートル離れている。虎ノ門がニットー・ビルと松井ビルで、同じく南北に二百メートルの位置関係にある――。

しかし何も思いつけない。中村は考えを戻した。放火地点は東へ東へと進んできて、今回新橋に達した。このまま進んでゆくと仮定すれば、続く放火場所もある程度見当がつくのではあるまいか。

中村は、急ぎ足で東京都の地図が貼られている壁の前まで行った。

四谷二丁目の雑居ビルから赤坂のホテル新東京までは、ざっと一・五キロメートルというところである。新東京から次の虎ノ門のニットー・ビルまでは、だいたい一・七キロくらいの距離がある。ニットー・ビルと松井ビルとの間は前述した通りわずかに二百メートルで、これだけは異例に短かい。ただしこれは南北方向である。

松井ビルと新橋第三ホテル間は、約九百メートルといったところだ。一キロまではない。

とすると、この放火地点の東への移動は、およそ一キロから一・七キロメートルの間隔をおいて進んできている。このまま東へ進むとすれば――、中村の指が地図の上を滑る。新橋第三ホテルからそのまま東へ――正確には東というよりやや東南の方角だが――一キロ進むとすれば、東海道線や山手線のガードをくぐり、銀座のはずれにあたる新橋演舞場か。一・五キロ以上とするなら築地《つきじ》の国立がんセンター、あるいは中央卸売市場のあたり、ということになる。

これまで放火犯は、比較的目立った目標を選んで燃してきているように思われる。ホテル新東京、新橋第三ホテル、日東劇場、いずれも東京都民が耳になじんでいるような場所ばかりである。したがって、新橋演舞場、あるいは国立がんセンターというのは、犯人の次の目標として大いにあり得る。中村はそう考える。

この考えを中村は、主任や放火班の連中に話した。主任は首をひねっていたが、岡江たちは大いに納得した様子だった。中村はこの三地点に厳重な警備を呼びかけるとともに、七月の二十日からしばらくがんセンターに張り込むことにした。そしてこの三箇所をはじめ、その付近一帯には、例の放火犯手配のポスターを大量に撒いた。

放火犯がいつ次の仕事をやるか見当がつかない。そればかりか、放火のやり方さえまだはっきりしない。だが、まさか当人が現場にやってこないということはあるまい。

中村は、事件の起った日にちを手帳に書き出してみた。

第一の放火、十二月一日水、午前一時すぎ。

新宿区四谷二丁目、雑居ビル

第二の放火、一月三日月、夜九時前。

赤坂見附（千代田区永田町）、ホテル新東京

第三の放火、一月二十二日土、夜十時頃。

千代田区霞が関一丁目、ニットー・ビル

第四の放火、七月一日金、午後七時半頃。
港区虎ノ門一丁日、第十三松井ビル
第五の放火、同日、同時刻。
港区新橋一丁目、新橋第三ホテル
第六の放火、同日、同時刻。
千代田区有楽町一丁目、日東劇場

第一と第二の放火の間隔は約ひと月あり、第二と第三の間は十九日である。第三と第四の間は五ヵ月以上空いているが、これは例外であろう。つまり、少なくとも二十日間をすぎればもう要警戒の時期に入ると中村は考え、七月の二十日から中村は、築地のがんセンターに小谷と二人、張り込みに入った。

病棟の廊下にも、例の石山手配のポスターが数枚貼り出され、医師や従業員にもこういう人物を見かけたらすぐ連絡をくれるようにと繰り返し申し渡していたが、考えてみればこれがもし岡江たちの言うような大がかりな放火組織であるなら、石山が直接出てくるとは限らない。

がんセンターの待合室のベンチに腰をおろし、中村はこの事件に関わった当時のことを考えた。あれは昨年末のクリスマス前で、巷にさかんにジングルベルが聞こえていた。今はもうクーラーが入る季節になった。昨年中に片づくと思ったが、ひどい見込み違いだっ

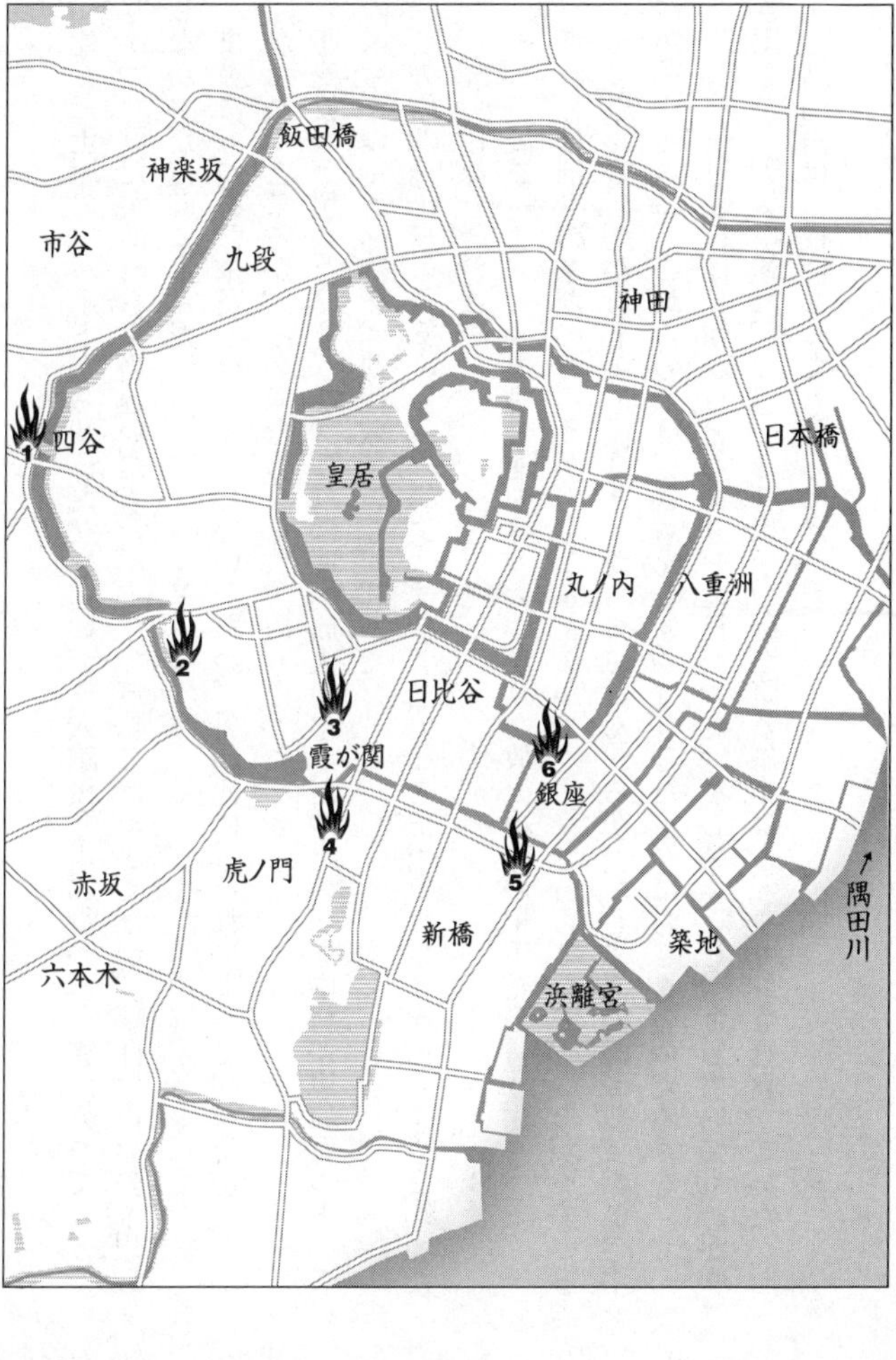
飯田橋
神楽坂
市谷
九段
神田
1
四谷
日本橋
皇居
丸ノ内
八重洲
2
3
日比谷
霞が関
6
銀座
4
5
虎ノ門
赤坂
隅田川
新橋
築地
六本木
浜離宮

た。

死んだ土屋のアパートから消えた女を追い、一人越後寒川に行った。雪が舞ってひどく寒かった。だがあれも見当違いだった。まるで無駄ではなかったが、事件は自分の予想もしなかった方向に進んだ。

まさにもつれた糸だ。ひと筋縄ではいかない。男が死に、それによって利益を得た女が浮かんだ。ところが、その糸はもうそれで終りだった。

連続放火が起った。そうか、これは連続放火のヤマだったのかと中村が思いたつと、この糸もぷつんと途絶え、井比敦子殺しが起った。

この事件は中村をひそかに奮いたたせた。しかしこの糸も、足を棒にして歩き廻ったが、充分手繰りきれない。

そしてここへきて、放火班の連中は、大がかりな放火組織が相手だと言う。

これらは別々の糸なのだろうか。しかしどこかで、それもあちこちで、つながっているらしく思える。だから下手に扱うと、たちまちこんがらがってしまうのだ。いずれこの事件が解決する時、これらの糸は、きちんとすっきりした恰好におさまるのだろうか。

八月一日月曜日は、朝からどんよりした日だった。蒸《む》し暑く、じっとしていても汗が吹き出した。天気予報は、今日一ミリ以上の雨が降る確率は十パーセントと言っていた。しかし結局雨は、夜に入っても降らなかった。

中村は小谷と二人、がんセンターの待合室でテレビを観ていた。看護婦がやってきて、いいですかと訊き、刑事たちがなにも返事をしないうちにプツンとテレビを消した。入院患者の消灯時間になったらしい。壁の時計を見れば九時を廻っていた。

中村はポケットから文庫本を出した。小谷は少し離れた場所で週刊誌を見ていた。しばらくそうしていたら、ナース・ステーションのドアから看護婦長が顔だけ廊下に出し、刑事さんと呼んだ。電話らしかった。

彼女たちは、それ以外の用件では決して中村たちに声をかけなかった。中村が立ち上がろうとすると、すでに小谷が立っていて、手で中村を制してきた。中村は小説の続きを読んだ。

突然中村の名を呼ぶ声が、明りを消した廊下に響いた。中村はベンチの脇に本を放り出した。光線が逆になるので、小谷の表情は読めなかった。

「中村さん」

と小谷はもう一度言った。

「やられましたよ、こんどは数寄屋橋《すきやばし》です。数寄屋橋のトップ・ギャラリーセンターです」

2.

パトカーはフルスピードで夜の銀座を疾走する。しかしたちまち酔客目当てのタクシーの群れに巻き込まれ、動けなくなった。

銀座通りをわずかに越えたあたりでパトカーをおり、中村たちは歩いて現場へ向かった。早足になると、汗が胸のあたりを滑り落ちるのが解る。

国立がんセンターから数寄屋橋はほとんど目と鼻の先だった。ほんの六、七百メートルというところか。しかし、中村の予想ははずれたというべきだろう。

中村は夜の銀座を汗にまみれて歩きながら、東京の地図と数寄屋橋の位置を頭に浮かべた。四谷、赤坂、虎ノ門、新橋、有楽町、そして数寄屋橋——。

北へ向かった！　と思った。東へ進んでいない。四谷から東へ進んできて、新橋で鉄道にぶつかると、北へ進路を変えている。新橋からは、有楽町や数寄屋橋は北にあたる。そしておおよそ線路に沿っている。

トップ・ギャラリーセンター・ビルは、住所は中央区銀座六丁目となる。前の日東劇場から遠くない。ほんの四、五百メートルの距離である。その前の新橋第三ホテル—日東劇場間と、だいたい等距離である。

気に入らん野郎だ、と中村は思った。今まで東へ東へと進んできた。だから東へ先廻りして待っていたら、急に北へ向きを変えやがった。

やがて煙が見えてくる。ネオンに照らされて少し色がついて見える。例によって野次馬が大勢出ていた。酔客に混じってパジャマ姿の男もいた。このあたりに住んでいる人間もいるということらしい。ホステス連中は、汗をかきそうだからだろう、やってきても早々に引き揚げていく。

炎は見えない。しかしアスファルトの上は水びたしで、どしゃぶりの雨のあとのようだった。その上に赤い大きな消防車が何台もひしめき、赤いランプをくるくる回して濡れた路面を染める。通せんぼをされたタクシーたちが不満そうに行列を作り、警官の先導でのろのろと脇の露地へ消えていく。

まだ燃えているうちに現場へ駈けつけられたのははじめてだった。しかしハンカチで汗を拭《ふ》きながら人垣の先頭まで出ると、消防士にとめられた。目の前の窓の中が、時おり炎の色に染まった。殺人班の刑事にやれることは、まだ何もなかった。中村は、思わず野次馬の人垣の内に石山の顔を捜した。

トップ・ギャラリーセンターは、一階が画廊や宝石商、アクセサリーショップなどになっている。二階は喫茶店、レストラン、ブティックなどが入っていて、三階、四階、五階は貸事務所という五階建ての雑居ビルである。地下が駐車場になっているが、その三分の一くらいは壁で仕切って資材置き場になっている。例によってそこから火が出たらしい。中村はこういうことを、この地区管轄の交番巡査から聞いた。巡査は管理人の老人から聞いたという。

そして巡査は、管理人がどうも妙なことを言うんですがね、と言うから、資材置き場が密室だったんだろうと問うと、警官は驚いた顔でそうですすと言った。

中村もこの老人に会った。彼は八時すぎには資材置き場のドアの錠を閉めたと言った。今までと同じである。しかし九時前には火が出た。

八時すぎに施錠をしたというなら、それまでは駐車場を利用する客なら自由に資材置き場へ入れたということかと訊くと、それはそうですが、と管理人の老人は答える。

しかしいずれにしても、中村は自分の見込み違いを思わないわけにはいかなかった。このトップ・ギャラリーセンターは、別段有名な場所でもなんでもなかった。この数寄屋橋付近には、ほかに有名な建物がいくらでもある。もっともこれらは警備の目もきびしいだろうが、密室に放火できる人間なら狙っても不思議はない。どうやらこの犯人は、世間によく知られた場所に火をつけて、売名を狙っているということでもないらしい。

火が完全に消えたのはそれからおよそ一時間ののちだった。被害は大したことはなかった。地階以外は、少々水をかぶった程度であろう。人垣の最前列で、ずっと気を揉んでいるらしい中年の婦人がいた。一階の宝石店の経営者だという話だった。今にも火の中に飛び込みそうな勢いで、小谷が抱きついてとめたほどである。消防士から一階は無事だと聞かされても、自分で見るまでは少しも信用する気配がなかった。

中村は、消防士の先導で地階の現場へおりた。サウナ風呂の中ほども暑かった。車が数台駐車されていて、黒焦げだった。床は例の黒く熱い泥濘《ぬかるみ》だった。消防士の懐中電灯の光が、その上を左右に揺れた。

駐車場の奥に資材置き場へのドアがあった。中村は軍手を嵌め、ノブに触れてみた。ドアは焦げていたが、錠はおりていた。破るまでもなかった。ドアはほとんど燃えており、大きな穴があいている。

中村は背後を振り返った。老人がいたはずの管理人室は、ちょうど太い柱の陰になっている。しかし注意していれば、ここに入る人影が見えなかったはずはない。

中村は、消防士が壊したドアを入った。強烈な熱気がまだ残っており、長くはいられそうもない。しばらく進んだ時、何かの燃え残りが中村の足に触れ、ズボンを汚した。中村は舌打ちをした。それは燃えたコウモリ傘の残骸だった。

天井まで積みあげられていたと思われる段ボールの箱が、きれいに炭になっており、今にも崩れそうで危険だった。ざっと見渡した限り、ここにも時限発火装置の類いはなかった。「東京」の貼り紙もない。

道路に出ても、火事場独特の煙の臭いが、髪や服から消えなかった。中村はハンカチで、顔中を流れ落ちている汗を拭いた。野次馬の数は減っていた。消防車も引き揚げの準備を始めた。

中村は、出火当時管理人の老人が外へ食事に出ていたという話を聞いた。中村は老人を呼びつけ、例の石山のポスターを見せた。老人は街灯の明りの方に向けてしばらく見ていたが、さあ、見かけませんでしたと答えた。


中村の手帳に並んだ放火場所のメモが七箇所になった。中村は翌日、一日中そのメモを眺めてすごした。ここに、この不可解な連続放火の謎を解くヒントがあると考えた。

半日このメモを見ていたら、まずひとつ、気になる要素に気づいた。それは出火の時刻である。完璧にそうだとは言いきれないが、最初から順に見ていけば、何故か出火の時刻が徐々に早くなっている。

第一の放火、午前一時すぎ。

第二の放火、午後九時前。

第三の放火、午後十時頃。

第四の放火、午後七時半頃。

第五の放火、同
第六の放火、同

第七の放火、午後九時少し前頃。

最初のものが夜半すぎであるのに較べ、もし二番目と三番目が入れ替れば、六番目までは少しずつ早くなっている。理由は解らない。

目撃者はなかった。これは毎度のことだった。特に銀座あたりは深夜まで人通りが絶えない。放火犯は人ごみの中からふらりと現われ、またたちまち人ごみにまぎれて消えてしまう。放火魔が住人の通報で逮捕されるというのは、それは夜が更けると人通りのなくなる郊外か、地方都市での話である。

中村は次の放火地点を先廻りして予測しようと焦った。こんなことをしていてはらちがあかない。後手に廻ってばかりでは、逮捕はおぼつかない。火つけの現場を押さえるほかはない。動機も不明の事件だから、被害者の側からホシをたどることもできない。

最近のふたつの事件は、七月一日と八月の一日に起った。すると次は、当然九月の頭あたりが危ない。

場所に関していえば、新橋以降、有楽町、数寄屋橋、とだいたい鉄道に沿って北上してきている。正確には北東の方角に向かっている。

新橋第三ホテルと日東劇場との距離は、およそ四百メートル、日東劇場とトップ・ギャラリーセンター・ビルとの距離も同様約四百メートルだった。したがって今度もトップ・ギャラリーセンター・ビルからおよそ四百メートルの北を考えると、それは八重洲《やえす》二丁目あたりとなる。

しかし八重洲二丁目といっても広い。南北方向には、八重洲駅前の大通りから、南の都庁第二庁舎、高速道路のあたりまで、東西には、八重洲駅前の外堀通りからいわゆる銀座通りにいたる地域であり、ここを数えきれぬほどの大小のビルが埋めている。

しかもこれは、八重洲二丁目と絞れての話である。以前も築地あたりと見当をつけて失敗した。とても断定しきれるものではない。

中村は、八重洲一帯の各会社に、放火に対する厳重注意を促す通達を出させた。そしてオフィス内にできるだけ貼り出すよう勧めて、例の手配のポスターを大量に撒いた。しかしそれだけにとどめて、張り込むまでのことはしなかった。

神楽坂をまた聞き込みに歩いた。大垣材木店などがあった飯田堀のあたりは、すっかり埋めたてられたばかりでなく、背の高いビルの骨組みが、すでに現われている。

渡辺由紀子に関する新しい情報が入ってきた。由紀子は越後寒川から母親を上京させ、浅草橋のマンションに住まわせたという。浅草橋は総武線で飯田橋から四駅目である。このマンションは、以前から永井家が持っていたもののひとつであった。

越後寒川の、軒の低い、渡辺食料品店を中村は思い出した。あの粗末な家はたたまれたのだなと考えた。それからラジオの部品作りや、狭い田舎町の噂話からも、これで渡辺栄は解放されたのであろう。

八月もたちまちすぎ、九月になった。この年の夏は冷夏だと言われ、比較的涼しかったが、九月に入ると晴天が続くようになり、暑さがぶり返した。九月一日、二日、三日、四日と、遅い夏がやってきたかのようであった。放火は起らない。

五日目にやや陽が翳《かげ》りはじめ、六日はどんよりした曇りとなった。天気予報は、本日の降水確率は二十パーセントと言っていた。しかし夜に入っても、東京に雨は落ちてはこなかった。そしてこの日の夜、八番目の放火は起ったのである。

出火時刻は午後の七時すぎ、まだ宵の口である。そして場所はなんと中村の予測した通り、中央区八重洲二丁目、明糖製菓ビルであった。中村は自分の推理を信じ、徹底した手を打っておかなかったことを後悔した。

この会社は、四階が資材置き場になっていた。ここに紙製のパッケージや、それらをまとめて入れた段ボール箱がたくさんあった。したがって、出火の時刻が早かったにもかかわらず、被害は少なくなかった。この階より上の階を八階までほぼ全焼した。

この段階にいたって、ついにマスコミは大騒ぎを始めた。週刊誌は軒なみ特集を組み、前後の見境いなく放火魔の恐怖をあおりたてた。たまたまよそで大きな事件がなかったせいもある。

中村にはこの騒ぎは痛し痒《かゆ》しだった。興味本位に取りあげられるのは好ましいとはいえない。しかし、一般の人々が警戒心を抱くのはよいことだし、記事がすべて例の石山の写真を載せてくれているので、案外メリットもあるかもしれぬと期待はした。

だが実際のところは、それどころではなかったというのが本音である。井比敦子を殺され、こうして場所の見当さえついていたのに、みすみす八つ目の放火を許してしまった。次こそ押さえなくては、桜田門の面子もある。マスコミも、今でこそ事件の概要を報道しているだけだが、ネタがなくなれば次にどんなことを言いだすか目に見える。体を張ってでも、次で終りにする必要があった。

3.

一連の事件に、密室への放火という一種不可能犯罪的な興味があったので、多くの雑誌が、非常に詳細なデータまで掲載していた。そのせいか九月の下旬になると、一般から投書が何通か、中村のデスクに届くようになった。

その中に一通、これはというものがあった。何気なく読んでいて、刑事をぎくりとさせた。それは、ごく単純な指摘だった。八件の連続放火のうち、七件までが曇天の日に起っている、という指摘である。

中村は、言われてはじめて気がついた。そう言われると、確かにそうである。一番最近の九月六日のことはよく憶えている。曇天の日で、天気予報が降水確率二十パーセントだと言っていた。しかし、結局降らなかった。

その前の八月一日も憶えている。これもどんよりした蒸し暑い日だった。降水確率は十パーセントと言っていた。この日も結局降らなかった。

その前の七月一日、これは三箇所が同時に燃された日だが、これも指摘の通りだ。曇りで、この時は午前中にわか雨が降っている。

その前となると一月二十二日か。これはさすがにもう憶えていない。中村は気象庁に電話した。

結果はすぐに出た。一月二十二日は曇りだった。同じくその前のホテル新東京、これは一月三日だったが、この日も曇りだった。ただ最初の十一月三十日、この日だけは例外で、快晴だったという。中村はやや茫然とした。

投書は、理由についてはほとんど言及していない。もしかするとこの犯人は、火があまり燃え広がらないような日を選んだのではないか、といった意味のことがひと言書き添えられていた。が、中村はこれには首をかしげた。これらの日のうち、一時的にせよにわか雨が降っているのは七月一日の一日だけである。そういう理由なら、雨が降った日を選ぶのではないか。

だがこの投書の指摘は、明らかに当を得ていると思われた。中村の胸の動悸が鳴る。たとえば九月六日である。その前の八月も、その前の七月も、放火がなされたのは一日だった。だから九月も、一日になされていてもよいと思うのに、これは六日である。それは一日、二日、三日、四日、五日と、晴天が続いたせいではないか。犯人は曇天の日まで待ったと考えられるのである。もし当っているなら、理由は何なのか――？

最初の十一月三十日、この日は晴天だった。これだけは例外であるが、同時にこれは、何故なのか火つけ場所が密室ではなかった。つまりこの曇天の日という傾向は、密室という条件と呼応するのである。

中村は次に曜日を調べてみた。現在までに解っているデータのうちに、案外自分の見落した要素が多いのかもしれないという気になったのである。

十一月三十日、出火の前日だが、これは火曜日だった。一月三日は月曜、一月二十二日は土曜、七月一日は金曜、八月一日は月曜、九月の六日は火曜日だった。月曜が二度、火曜が二度ある。日曜日が一度もない。水曜と木曜もない。しかしこんなことには何も意味は感じられない。

中村はそれより、出火時刻が以前から気になっている。今回のものは七時、また早くなった。十二月一日の午前一時すぎから始まって、とうとう七時になった。これにも何か意味がないか――？

だが結局中村はメモを放り出した。これらは非常に重要な意味を持つ事実かもしれないが、逆に、すべてがまったく意味のない偶然かもしれない。それよりも、今度こそ次の放火地点の先廻りをすることだ、そう考えた。

今回の明糖製菓ビル放火に関しては、中村の予想が完全に当っていた。新橋、有楽町、数寄屋橋、とほぼ四百メートルずつの間隔を置いて北上してきて、今回の八重洲二丁目にいたったのである。

中村は再び東京の地図の前に立った。今回の明糖ビルからやはり四百メートルばかり北というと、八重洲一丁目か、日本橋一、二丁目の永代《えいたい》通りのあたりと言えそうである。放火犯は再びここへ来るか。時期は、前例から推して十月の頭であろう、今度こそは厳重に張り込むつもりである。いよいよ勝負だと思った。

九月の二十八日だった。岡江が中村のところへ、週刊B誌を持ってきた。これを見て下さい、と言う。見ると、放火魔の特集記事の、連載二回目のページだった。

冒頭の部分に、黒ワクで囲まれた文章がある。活字はゴシック体で、次のようなものだった。

《貴誌の特集内容が、自分の意図に最も近い真面目なものであったから、自分はここに、貴誌あてに小文を送る。掲載されんことを願う。そしてこれを読んだ東京に暮す人々は、自分が鳴らし続ける警鐘《けいしょう》に耳を傾けて欲しい。

自分が過去八度にわたり鳴らしてきた警鐘は、ごくささやかなものである。この都市に現われた炎は、マッチ棒一本の炎にも似て、やがて来たるべき大火の火勢とは較ぶべくもない。

しかし、自分は今回、ここで唯ひと言をのみ口にするつもりである。それ以上は決して言わぬ。

必要と感じればまた続きは述べる。今はただ、ひと言を口にするにとどめる。

「このマッチ一本の火を、地の水をかけて消せ」と。マッチ一本の火も消せぬなら、大火災の消火などおぼつかぬ》

あとは、これは放火犯本人からの本誌への投書である、という説明文が延々と続いている。手紙の写真もあった。

中村は週刊誌から顔をあげた。

「犯人の投書か？」

岡江は黙ってうなずいた。

「『地の水をかけて消せ』とはどういう意味だ？」

中村はつぶやく。

「とにかく、この出版社に、この投書を持ってこさせよう」

その時、放火班の誰かの声が岡江を呼んだ。岡江は、中村のデスクから去った。週刊誌が中村の手もとに残った。中村は一人、記事を読み進んだ。

背後が妙にざわついていた。ただならぬ気配だった。

小谷が中村の背をつついた。受話器を握っている岡江を指さす。そして、

「ホシの野郎ですよ」

とささやいた。

「放火魔の野郎が、直接電話してきやがった」

中村は椅子を蹴って立った。

録音の手配をしている男がいる。メモ帳とペンを、岡江の手もとに素早く差し出す者もいる。

中村が近づくと、岡江が「出ますか？」と目で合図をよこした。中村は迷わず手を延ばす。

「石山か？」

中村はいきなり言った。

相手は無言だった。ほとんどしゃべらぬ男なのか、それとも名を言われ、一瞬のショックで絶句しているのか、解らない。

「悪あがきはやめて自首するんだ。大方調べはついてる」

中村は太い声で言う。

「ああ、そう」

と妙にのんびりしたような遠い声が、中村に言った。るとはじめて声が聞けた。

「放火は罪が重いぞ。馬鹿なことはいい加減やめるんだ。何のためにあんなことをしてる」

「あれ？　週刊Bを読んでませんか？」

男は言う。意外に優しそうな声だった。

「読んださ、まだ論旨不明だな、あれじゃ」

男は、鼻先でちょっと笑いながら言う。

「そうかなあ……、考えて下さいよ。とにかくね、ぼくはまだやります。ぼくのつけた火に、水をかけて消して下さいね。それだけ言いたくて電話したんだ」

「何を言ってるんだ。いつだって水をかけて消してる」

「水道の水をね。そんなものではうまく消えんでしょう？　新東京や日東劇場を見たでしょう？　全焼だよ。

それにね、今まではひとつずつ火をつけていったけど、これまでの八つを、全部同時に燃すことだってできたんですよ、俺は。もしそうしてたら、現在の東京の消火態勢で、はたしてうまく対応できますか？　よく考えて欲しいな。ま、こういうことはおたくたち下っ端に言ってもよく解んないだろうけど」

「それが東京《とうけい》とどう関係がある？」

するとご男は、電話口で口笛を吹いた。

「よく勉強しましたね。それじゃあもうひと息だ。よく考えることです。逆探知されると困るので。じゃ切りますよ」

「まて！」

中村は叫んだ。

「君の言うそれは解らんでもない。しかし、井比敦子は何故殺した。おまえだろう⁉」

一瞬、相手は絶句した。そして、明らかに声の調子が変った。狼狽《ろうばい》したのだ。

「そんなささいな、瑣末《さまつ》な問題については、語りたくない！」

そう言うなり、乱暴に切れた。中村は唇を嚙んだ。

中村は八重洲一丁目と日本橋一、二丁目のあたりをひと通り歩いた。そしてうんざりした。非常に広い。

このあたりにはデパートが多い。日本橋一丁目の東急百貨店、二丁目の高島屋、日本橋川を越えた場所も含めれば、三越本店もある。このあたりをやられれば、かつての白木屋火事の再現にもなりかねない。しかし実際に自分が歩いてみて中村は、こういう一般客の出入りが多い店には火をかけやすいとは思わなかった。

しかしとにもかくにも中村は、この付近に厳重警戒の通達を徹底させた。例によってポスターも貼り出した。だがそんなものに大して効果がないのはこれまでのことからよく解っている。もっと徹底した手を打たなければ逮捕はむずかしい。

デパートはさすがに客商売だから、この点をよく理解し、ガードマンの数を増やし、繰り返し従業員の訓練を行なっているらしかった。その点ではマスコミがあおってくれていることはありがたかった。

しかし広すぎた。八重洲一丁目あたりを中心に、直径一キロメートルくらいの円を考えなくてはならない。これでも控え目な大きさである。この内のどこへ来るか解らない。あるいはこの外かもしれない。とても警戒しきれるものではない。

いったいこの放火魔は何故こんなことを続けるのか。地の水とは何のことか。これが未《いま》だに解らない。理由が解れば、場所的にももう少し絞れる可能性が出ることも考えられる。しかしそれができない。

解らないといえば、密室への放火の方法が解らない。これが解れば対処の仕方も変ってくる。今のところ曇天と関係があるらしいという見当がついているばかりだ。したがって曇天の日は要警戒ということだけはいえる。

十月一日は朝から霧雨の肌寒い日だった。中村は小谷と、日本橋の東急百貨店にいた。これは銀座通りと永代通りとの交叉点にあり、最も危ないと中村が考えたからだ。

午後になり、雨はあがって空は白一色の曇天となった。中村は緊張した。放火班の連中も、付近の主だったビルの警戒に入っていた。やがて夕方になり、夜になった。中村たちはデパートの守衛室に居残り、一時間おきに店内をパトロールした。

　まるで警戒態勢に入っている中村たちに挑戦するかのようなやり口だった。明け方の四時、小谷の持っていたハンディ・トーキーがけたたましく叫んだ。

「八重洲一丁目の共済ビルから出火、そこから西へ百メートルです！」

　中村と小谷は並んで駈けだした。駈けながら、近づいてくるらしい消防車のサイレンを聞いた。

　共済ビルは、入りくんだ露地の、奥まったあたりにあった。小さな、古い貸ビルである。中村たちが駈けつけるのと、消防車が到着するのとがほぼ同時だった。だが消防車は露地に入れず、ホースを持って露地に駈け込む消防隊員と、中村は競走するような恰好になった。

　ビルの前に立つと、火の勢いはまだそれほどでもなかった。上の階の住人らしい男が、バケツを持ってうろうろしている。

　中村は、仲間を指図し、素早く付近を当らせた。しかし、石山の姿はない。

　火は比較的早くに消しとめられた。三階に住んでいる者がいて、連日のうるさいほどの警戒警報で神経質になっていたためだった。出火とほぼ同時に気づき、通報した。その意味では、中村たちの仕事も無駄ではなかった。が、うまうまと火をつけられたことも確かだ。

手の打ちようがない、と思った。いくら警戒しても、張り込んでみても、ビルひとつにつき一人の刑事を配置するわけにはいかない。敵はどのビルでもよいのだ。そうなると、こんなふうに人目につかない露地裏のビルなどいくらでもある。無限に存在するのではないか。こっちの裏をかくくらいわけはない。

もう少し範囲を絞れればと思う。せめて半径百メートルとでもいうことになれば、まだ手の打ちようがある。今のままでは、いくら次の放火地点のおおよその見当がついても、大した効能はない。

ここも密室だった。このビルには地下一階に飲み屋が一軒あり、ここが店終《みせじま》いをすると、店の者が帰る時、地階入口のシャッターをおろし、施錠をしていく。これが昨夜は土曜ということでもあるし、午前二時半頃であったようだ。その一時間半後、地階の密室で火が出ている。こういうビルがたいていそうであるように、地階の一隅に物置きのコーナーがあり、段ボール箱などが高く積まれている。そのあたりが火もとと思われ、地階はほぼ全焼した。

中村は首をひねる。いったいどんなやり方で火をつけているのか。そして何故よそへ行かないのか。こんなに警戒している真っただ中へ、何故わざわざやってくるのか。ここまで危険をおかして火をつけて廻る、いったいどんな理由を、犯人は持っているというのか。

中村は、例の出火時刻のメモを眺めた。第九の放火が加わった。

こんどの出火時刻は午前四時である。また遅くなった。

第一放火、十一月三十日（正確には十二月一日）午前一時出火

第二〃　一月三日　午後九時〃

第三〃　一月二十三日　午後十時〃

第四〃　七月一日　午後七時半〃

第五〃　〃　〃　〃

第六〃　〃　〃　〃

第七〃　八月一日　午後九時〃

第八〃　九月六日　午後七時〃

第九〃　十月一日（正確には二日）午前四時〃

これを見ると、また出火時刻が遅くなってきたという印象はあるが、どうも一概にそうとも言いきれない。七番目、八月一日の午後九時というものがまず気に入らない。これが午後六時とでもなっていれば、寒い頃から暑くなるにつれて出火時刻が早まっていき、寒くなってまた遅くなってきた、とそんなふうにいえる。

第二と第三もうまくない。これは入れ替わって欲しい。

つまりこれは、出火時刻が早まった、遅くなったと、そんな単純な説明では納得しきれない。そういうことではないようである。

ともあれ、ここに何らかの法則——めいたものが存在していることは、やはりありそうだ。でたらめに出火が起っているのではなさそうだ。考えすぎかもしれないのだが、どうも、何かありそうに思える。そう思えてならないのだ。

十二月一日、寒かった頃は午前一時、十月一日、また寒くなってくると午前四時、しかし、七、八、九月頃は、七時頃の出火が多いのである。

そうか！　中村に天啓《てんけい》が訪れた。これは出火時刻ではないのだ。密室の構成から出火まで、この間の時間が重要なのではないか。これこそを比較するべきなのだ。中村は、メモに密室に施錠がなされた時刻を書き込んでみる。

第一放火、十二月一日、これは密室からの出火ではないので、除外する。

第二放火、一月三日、施錠六時半頃、出火が九時前。所要時間、約二時間。

第三放火、一月二十二日、施錠八時頃、出火十時頃。所要時間、二時間。

第四放火、第五、第六とも、七月一日、施錠六時から七時の間、出火が七時半頃。所要時間、約三十分。

第七放火、八月一日、施錠八時すぎ、出火九時前。所要時間、約三十分。

第八放火、九月六日、施錠六時すぎ、出火七時すぎ。所要時間、約一時間。

第九放火、十月一日、施錠午前二時半、出火午前四時。所要時間、一時間半。

書き終え、そうか、とまた思った。これで話が見えてくる。七番目の放火が九時前の出火と、一見遅くなっているようだったが、密室が構成されたのはせいぜい八時すぎだった。したがって、施錠から出火までの時間はせいぜい三十分である。

八番目もそうだ。出火の時刻が午後七時すぎ、ずいぶん早いと思ったが、そういうことではない。施錠がなされたのは午後の六時すぎである。出火までの所要時間は、約一時間という話になってくる。

今度の九番目も同じだ。午前四時とずいぶん遅くなったようだが、この場合、施錠は午前二時半だったのである。するとここでの所要時間は、約一時間半ということになる。

話が見えてきた。やはりここに法則が隠れていたのだ。一月、つまり寒い時期は施錠から出火までの所要時間が二時間と長くかかっている。しかし、七、八月の暑い季節は三十分である。そして九月になると一時間、十月に入ると一時間半となった。

やはりどうも季節と関連があるように思える。あるいは気温か。そうだ、これはどう見てもそのようである。

では何故なのか。この、季節による出火までの所要時間の変化、それとも推移は、何故《なにゆえ》なのか。中村は懸命に頭を絞る。ここまで気づいたのだ。もう一歩進もうと頑張る。しかしあと一歩となると、足が停まってしまう。あと一歩のところに迫っている、だから、ふいと思いつけそうな気がしてもどかしいのだが、やっぱり、真相は霧の中なのだった。

「地の水」、と中村は口に出してみる。石山はひと言、謎めいた言葉を言った。「地の水で火を消せ」――、どういう意味か。

そのほかにも、「水道の水ではうまく消せないだろう」とか、「八つの放火をいっ時にやっていたら、消火態勢が対応できなかったろう」というようなことも言った。

だから「地の水」か。「地の水」なら対応できるというのか――？　では「地の水」とは何だ？

もうお手あげかと、中村は時おり思うようになった。十月もたちまちすぎていく。

おおよその場所の見当をつけることはできる。しかしそれが何になるというのか。今度の共済ビルのように、守衛もいない、そして夜になると住人もほとんどいなくなるような小さなビルは無数にある。こういうものへの放火は、警察だけでは防ぎきれない。

昔、中村が刑事になりたての頃、ある私鉄の沿線でレールの置き石というのが流行《はや》ったことがある。二度脱線し、一度は惨事になるところだった。しかし犯人は、結局挙《あ》がらなかった。あの時も手を焼いたが、これも同じである。愉快犯というやつは手に負えない。

結局のところ当人の自粛と、目撃だけが頼りだが、それ以外手の打ちようがない。

中村はまた地図の前に行き、次の場所の見当をつけようと試みた。自分の無力が身にしみた。こんなことを繰り返し、とうとう九箇所も、やすやすと放火を許してしまった。そ

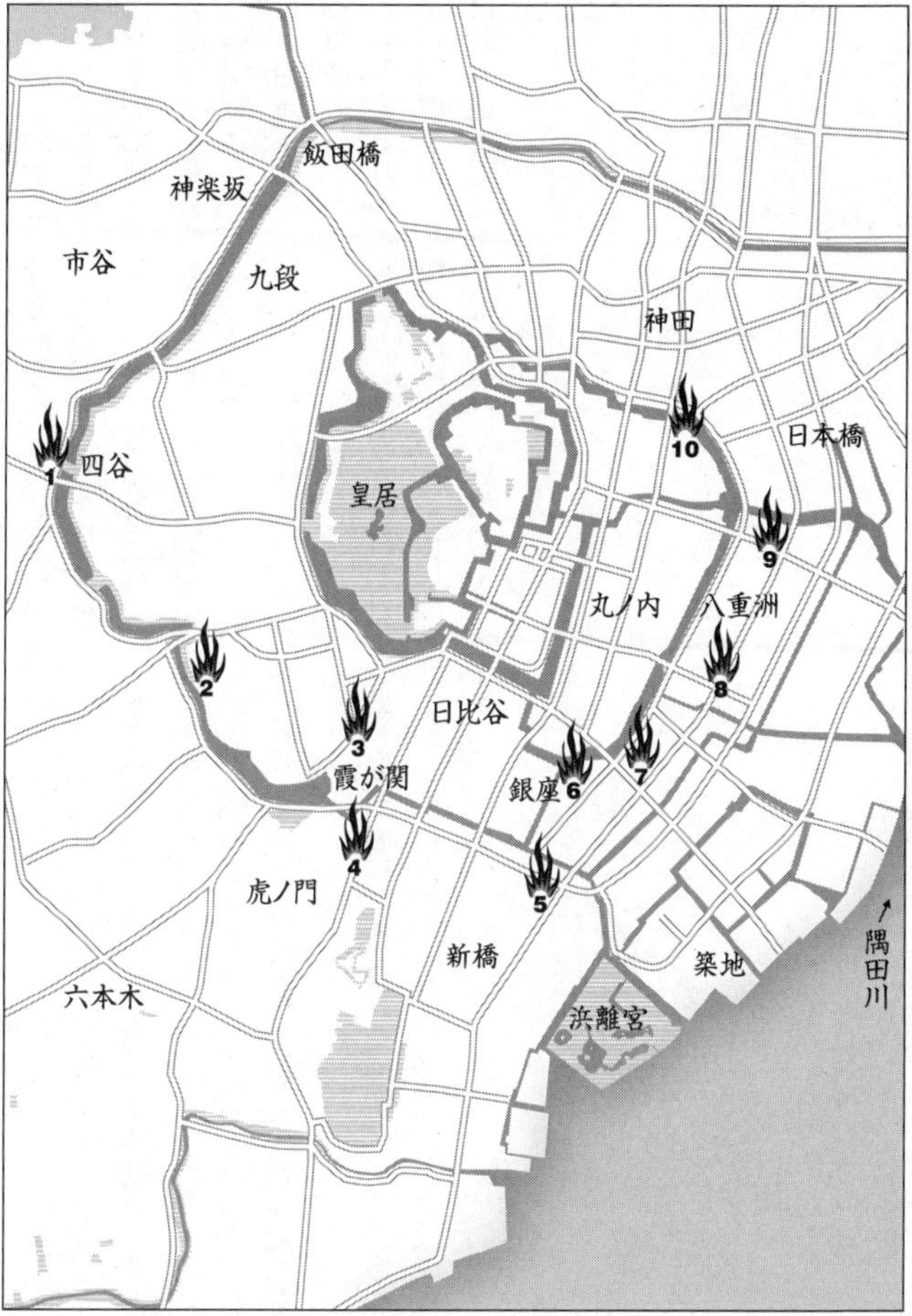
飯田橋
神楽坂
市谷
九段
神田
1
四谷
10
日本橋
皇居
9
丸ノ内
八重洲
2
8
3
日比谷
7
霞が関
銀座
6
4
5
虎ノ門
新橋
築地
隅田川
六本木
浜離宮

して、この次こそはとめられるという自信もない。

この犯人を捕えるには、このあたりと見当をつけた地区の、放火がやりやすそうなビルに、すべて警官を張り込ませる以外にない。しかし物理的にそんな作戦は不可能だ。そんなことを一週間も続けた日には、警察は、機能しなくなってしまう。

いずれにしても次の予測だが、このまま順次北方へ四百メートルのペースで進むとすれば、日本橋本町付近、地下鉄銀座線の、三越前あたりということになるか。中村は見当をつける。

しかしそれから約ひと月後の十一月二日、やはり曇天の日、襲われた場所は、その予想から四百メートル以上西南に当る、千代田区大手町二丁目の東洋製鉄ビルだった。放火犯は北ではなく、今度は西へ向かいはじめたのである。

第九章　失なわれた環

1.

中村は頭を抱えた。犯人の意図が少しも解らない。東洋製鉄ビルは、共済ビルからは北西、むしろ西の方角に当る。距離的にもこれまでの四百メートルと違い、せいぜい二百メートルといったところだ。犯人は、何を思ったかここで西へと向きを変えたのである。

東洋製鉄ビルの被害は少なかった。虎ノ門のニットー・ビルよりは被害が大きかったが、共済ビルよりは少ない。怪我人は、共済ビルや、トップ・ギャラリーセンターの時と同様、出ない。それが、救いといえば救いである。

地図の前に行き、中村はこれまで十件の放火事件の起った場所に、画鋲を刺してみた。四谷、赤坂、虎ノ門、新橋、有楽町、数寄屋橋、八重洲二丁目、一丁目、そして今回の千代田区大手町二丁目——、画鋲の丸い背が十個、中村の恥の軌跡のように、東京の上に点々と並んだ。

数歩後ろへ退り、中村はその景観をじっと見つめた。すると、次第に妙な事実に気づいた。画鋲は点々と、まるで円を描くように並んでいるのである。四谷から始まり、大手町まで、これではまだ円は完成していないが、現在ほぼ半円ができあがっている。

それが、意味のない気づきとは思えなかった。円は、最初から犯人の意図したものに思われた。

四谷から始めて、犯人は東南の方角へ進んできたと中村は思った。ところが犯人は、新橋からガードはくぐらず、線路に沿って北上したので大いに戸惑った。北にしばらく進んだと思っていたら、今度は西へ向きを変えたのでまた解らなくなった。

そうではなかったのだ。こうして見る限り、四谷から始めて、犯人は左廻りに円周を描くようにして進んでいたのである。ことここにいたり、ようやくそれが解った。

だが理由となると、相変らず解らない。何故東京を舞台に、円を描いて放火して廻らなくてはならないのか——？

中村はふと、もう一度東京都教育庁の堂迫を訪ねてみようかと考えた。

中村が赤い印をつけた東京都の区分地図を見せると、堂迫がいきなりおお、と声をあげたので、中村の方が驚いた。

「この放火地点から、何かお解りになることがありますか？」

中村は訊いた。

「何かなんてもんじゃありませんよ、中村さん」

堂迫は言った。

「これはかつての外濠《そとぼり》、つまり江戸城の外堀ですね、これに沿った場所じゃないですか」

言われて中村は、思わず自分の持参した地図を覗き込んだ。

「それだけじゃない、これらはすべて、かつて見付御門《みつけごもん》があった場所ですよ！」

「見付御門？　それは、つまり……、どういうことです？」

中村は戸惑い、続いて勢い込んで尋ねた。

「ですからですね、この最初の四谷は四谷門、次の赤坂は赤坂門、虎ノ門は文字通り虎ノ門です。

それからこの新橋のホテルのあたりは昔、幸橋門があったあたりです。続くこの日比谷あたりには山下門がありましたし、数寄屋橋には数寄屋橋門がありました。

その北の八重洲二丁目は鍛冶橋《かじばし》門のあったあたりですし、八重洲一丁目は呉服橋門、大手町のは常盤橋門です。

こんなふうにですね、犯人はかつて外堀のあった線に沿って、それも、かつて外濠諸門、見付ともいいますが、この門のあった場所に火をつけて廻っておりますね」

中村は、しばらく声も出なかった。

「なんですって……、いや、驚きましたな。そうか、そういうことだったんですか。確かに、この放火地点に沿って、昔は堀がありましたな。うっかり忘れていた」

「そう、今東京に暮しているわれわれは、もう忘れてしまってますね。すでにもう埋められてしまって存在しませんから、普段考えることもない。

しかし名前は遺っているんですよ。たとえば虎ノ門、これはそのまま江戸時代の名称が遺っています。実際の門はもうどこにもありませんが。それから赤坂ですね、これなどは、ちょうどホテル新東京のあるあたりを赤坂見附、などといいますね」

「そう、確かに門や見付の名は遺っておりますな」

「ええ、堀の方も遺っていますよ。たとえば、かつて外堀があった場所を走っている道を、外堀通りと言いますしね、ほかにもたとえば溜池《ためいけ》ですね、赤坂に現在溜池という一帯がありますね、これは今は大変なビル街で、池なんぞどこにもありませんが、江戸城があった時代には、ここに実際に、外堀を兼ねた溜池があったんです。

当時は、江戸市民の上水の確保ということは大変重大な課題だったものですから、江戸時代のはじめに浅野幸長《あさのよしなが》という人が家康の命を受けて、今の特許庁のあたりに苦労して堰《せき》を作って、現在の赤坂見附のあたりまで、外堀通りに沿ってずうっと堀を膨らませ、三日月形の池を作ったんです。

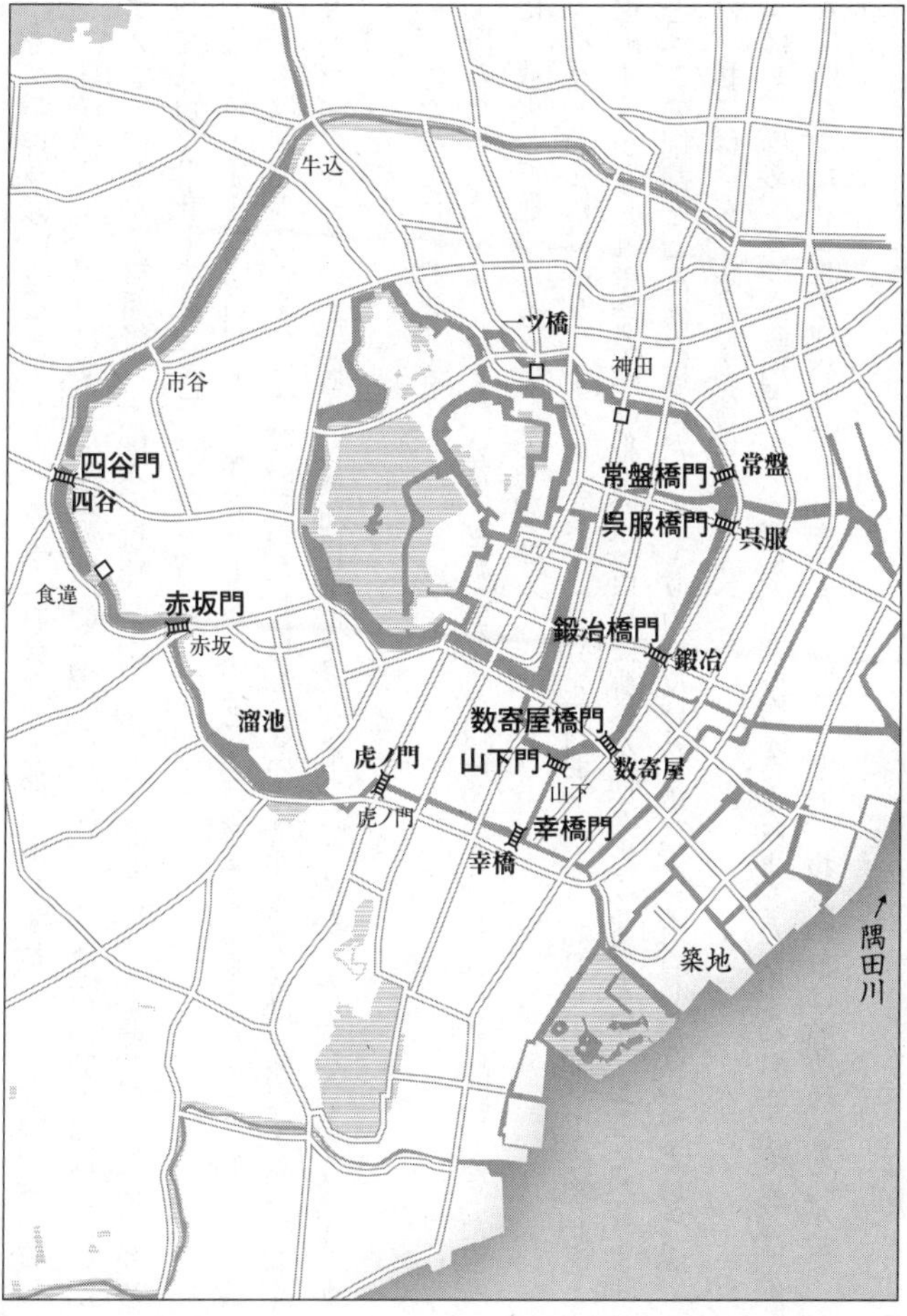
牛込
一ツ橋
神田
市谷
四谷門
四谷
常盤橋門
常盤
呉服橋門
呉服
食違
赤坂門
赤坂
鍛冶橋門
鍛冶
溜池
数寄屋橋門
数寄屋
虎ノ門
山下門
山下
虎ノ門
幸橋門
幸橋
築地
隅田川

ですから今の東芝レコードも、赤坂東急プラザも池の中ですね。ここに鯉や鮒を放して、蓮《はす》を植えて、当時はずいぶん風光明媚《めいび》な場所だったらしく、広重《ひろしげ》の名所絵なんかに出てきます。しかし維新後、工部大学校建設工事で堰を破壊したこともあって、次第に埋めたてられて陸化したんです」

「なるほど……。これはしかし驚きました。今まで考えてもいなかったもんでね。放火犯のやつは、適当に火をつけて廻っていたわけじゃないんですな。今は埋めたてられてなくなったが、かつてお堀があった場所に沿って、火をつけてやがったんだなあ……。しかし、何のためです？」

「何のためと言われますと？」

「何のためにそんな、わざわざ昔のお堀のあった線に沿って、それも見付門のあった場所に、放火して廻ってるんでしょうねえ」

「そりゃあ私には解りませんよ。ただ、これは先日お会いしたおりにお話しした事柄とも重複するかもしれませんが、犯人が、東京に郷愁を抱くような者ということになりますと、この掘割をどんどん埋めたてたやり方に反感を持っている者じゃないかというふうに、私にはそんなようにも想像ができますが」

「はあ、はあ、さっき堂迫さんが、赤坂の溜池の話をされましたが、これが大変風光明媚な場所だった。これを埋めたててしまったということで、われわれは名所をひとつ失なったわけですが、そのほかにも、たとえば飲料水の問題などで、埋めたて後に不都合が起ったりしたのでしょうか？」

「いえ、飲料水という問題に関してなら、別段問題はありませんでした。この赤坂の溜池を上水源に使っていたのは江戸初期の話でして、まだ神田上水や玉川上水が完備してなかった時代の話です。ただ、埋めたて後、氾濫したという記録はあるようですがね」

「それは、埋めたてたがためにですか？」

「そのようです。ただそういうこととは別にですね、逆に、水が失なわれたということを言いたいのじゃないかと、そう私は思うんですがね」

「水が失なわれた」

「ええ。この外堀といいますのは、江戸城をぐるりと取り巻く、大きな水の環《わ》ですね」

「なるほど」

「もう少し厳密に言いますと、江戸の都市計画と申しますものは、道が螺旋《らせん》状をしてまして、掘割の方も例外じゃないんですが、まあ大ざっぱにいって、大きな水の環です。ところがこの水の環が、明治以降、都市化、近代化の波で次第にあちこちが埋めたてられて、ぷつんぷつんと分断されるようになってきたわけです。さっきの溜池などは、その最たる例です。ほかにも、時代劇の捕物帖などで有名な、江戸八丁堀などもよい例です。これは昔、実際に八町、つまり約八百七十メートルの長さの堀があったんです。今は埋めたてられて、中央区入船《いりふね》の桜川公園ですが。

このようにして、この外堀という大きな水の環は、その南半分はほとんど埋めたてられましてね、今ではわずかに赤坂の、ホテルニューオータニのところにある弁慶堀ですね、あれがひとつ、ぽつんと埋め遺されているだけなんです。

北に半分遺った半円も、飯田橋のところの例の飯田堀ですね、ここが去年一部埋められた。今後こういう傾向はさらに進むでしょう。いわばこの水の環は、現在『欠けた環』なんですね、失なわれつつある環なんです。やがては消滅していくでしょう。そういう運命にある、江戸の名残りの環なんですね」

「失なわれつつある環、失なわれた環……、か」

そうつぶやいた時、中村に天啓が訪れた。

「おお！」

と思わず低く声を洩らした。インスピレーションがあっという間に先走り、言葉がついていかない。一瞬のうちに、すべての不明点へ水路が開けた。すべてが見えてくる気がして、声が出た。地の水だ。これこそが地の水であろう。

「解ったぞ」

中村はつぶやいた。

「今、すっかり見えてきましたよ、堂迫さん。おかげでね」

中村は思わず立ちあがっていた。無性《むしょう》に歩きだしたくなった。

「どうも、いろいろとありがとうございました。お礼にはまたあらためてうかがいます。おかげさまでこの事件にも目処がたってきました。

そうだ、もうひとつうかがっておかなくてはならない。犯人がこのまま進んでいくとしたら、次の見付門はどこになります？」

「次ですか？　今まで鍛冶橋門、呉服橋門、常盤橋門と進んできたわけですのでね、そうなると次は神田橋門です」

「神田、ですか」

「そうです。その地図を貸して下さい。印をつけておきましょう。神田橋門の次は、一ツ橋門でしょうな」

「いや、神田橋門だけでけっこうです。その先は必要ありません。そこで、終りにします」

中村は言い切った。

2.

石敷の歩道を歩きながら、中村は考える。今こそ、「地の水」の意味が解った。やつの言わんとするところがようやく解った。地の水とは、あらかじめその場所にあった水のことであろう。川とか池とか堀とか、そういったものの水である。

石山という男は、東京に郷愁を抱く男だった。かつての東京は、水の綺麗な、いわば水の都という風情があった。現在これをほとんど埋めたててしまっている。こんなやり方に強い不平を抱く者が、行政側に反省をうながすとしたら、どんな挙に出るのが最も効果的か。

現在、堀や溜池がなくとも、東京都民は飲料水に困ることはない。水を眺め、舟遊びを楽しむ風流心も失なっている。したがって、水の景観が失なわれたと叫んだところで、一般の者にはピンとこないであろう。とすれば、あとは消火の水というわけである。消火の水の不足を味わわせて、気づかせてやろうというわけだ。そのためには、火事を起してやるのが最も手っとり早い。

掘割のそばで火事が起れば、以前なら消火のための水はふんだんにあったわけである。しかし現在はない。水道の水を使わなくてはならない。この不便を、水を埋めたてた思慮の浅い連中に感じさせてやろうとして、外堀のあった場所に沿って火をつけて廻った。

なるほど、狂信的な人間の考えそうなことである。そして――、この先こそが重要だ。

中村はさっき、一瞬のうちにここまで考えた。ここまでの行動に出る人間なら、つまりこれほど東京の水の埋めたてに反対している人間なら、例の飯田堀埋めたて反対闘争に、参加していないはずがないではないか――!?

堰を切ったように中村の推理は溢《あふ》れ出し、突進を始めた。今まで地味な聞き込みを続け、大まかな外形こそ摑んでいたが、中心の大黒柱を欠くために、今ひとつうまくストーリーが組みあがらなかった。いらいらしながら、足ぶみを余儀なくさせられていたのである。今こそ、なんの抵抗もなく、推理が進む。

渡辺由紀子が、かつて同棲し、その後縁を切っていた石山と、偶然再会した場所もこれで解るというものではないか。

土屋昌利と一緒にいた由紀子は、新聞広告を見て単身神楽坂の布袋屋を訪ね、就職した。そしてこの店の若主人に気に入られて、当時神楽坂の住人たちが巻き込まれていた飯田堀闘争の集会に連れていかれた。そこで、偶然に石山と再会したのであろう。

神楽坂のカメラ屋の主人が、石山のことをどこかで見たと言うのにもうなずけてくる。彼らはこの飯田堀を守る会の集まりで、頻繁に石山の姿を見ているのである。

しかし石山は大勢の学生の一人にすぎなかったし、おそらくその時、眼鏡をかけてはいなかった。これは市谷富久町のアパートの大家が証言している。眼鏡はおそらく彼が犯行を為《な》す際の変装道具なのであろう。それで神楽坂の住人たちは、彼を思い出すことができなかった。しかし、どこかで見た人間だと感じる者は、二、三人いたというわけである。

その石山が、由紀子の婚約披露パーティに押し入った。すなわち、それほどの危険を冒《おか》してしまうほどに発狂した。ということは、やつにとって由紀子の婚約は、まさに青天の霹靂であったからと思われる。やつは、由紀子がいずれ自分のもとへ帰ってくると考えていた。だから、土屋を消すことにも手を貸したのだ。

ということは、飯田堀でのこの再会のあと、由紀子と石山との仲はある程度復活したとみるべきではないか。のみならずその後、由紀子の婚約後も互いに連絡が取り合えるくらいの位置関係を保っていたと考えられる。

というのも、あれほどの行動に出る石山なのに、以降ぱったり、布袋屋への行動は止まっている。石山が嫌がらせを自主的に遠慮したとは考えにくい。以後問題が起っていないとすれば、それは由紀子がなんらかの手を打ったためと考えるべきではないか。石山に対し、なんらかの代償行為をしたか、それとも彼女がやつの弱味でも握っていて、捨て身の威脅行動に出たか。

いずれにせよ、それは石山を捕えてみればはっきりすることだ。

去年さかんに開かれていた飯田堀を守る会に、石山がよく顔を出していたとすれば、やつはあの闘争を支援し、共闘を申し出た学生の内にいなかったろうか。中村はメモを取り出す。

あの闘争に共闘を申し出た大学は、付近の私学、TR大とH大だった。そのうち、実際に火炎瓶を持って大垣家の庭先に集結したのはH大の方だった。石山はH大生である可能性が高い。中村はすぐその足でH大に向かった。

学生課で手帳を示し、石山という名の学生の住所を知りたいと言うと、協力を渋った。中村がさんざん事情を話し、食い下ると、ようやく名簿を見せてくれた。

石山という名の学生は、全学に十四人もいた。女学生を除いたが、それでも十一人である。一応手帳に控えたが、中村は気が重くなった。

構内の広場に出て、通りがかりの学生を片端からつかまえ、去年の飯田堀闘争に参加した学生たちは今どこにいるのかと尋ねた。ところが大半の学生たちは無関心で、飯田堀闘争の名さえ知らなかった。

中村は、この時闘争を支援した学生たちが、どういう団体名称を名乗ったかを知らなかった。大垣家の人間に会うなり、神楽坂の者たちに会うなりして、この名称を心得てから出直すべきかと考えた。ほとんどそう決めかけた時、何人目かの学生が彼らを知っていた。

「ああそれは西校舎の裏の、もとバレー部の部室にたむろしている連中でしょう。あれに参加したのは」

彼はそう言った。

「今行けば会えるかな」

「ええ、いるでしょう」

「彼らは、何と名乗ってるの？　グループ名」

「今は、さあ、毎年変るみたいですからね」

中村が訪ねていくと、運動部の部屋が並んだ長屋のような建物に、ひとつだけ異彩を放つ部屋があったのですぐに解った。椅子が表に並び、大きな看板が壁に立てかけてある。それに、十年前頃大学の構内でよくお目にかかった、例の闘争学生に独特の字体で、ポーランドに関する一文が書かれていた。

しかし学内にあっても、ひどくぽつねんとした印象である。誰も読む者はなかろうと思った。ヴェトナム戦争はすでになく、成田空港の闘争も一段落した今、彼らは戦場を失なった兵士の心境なのであろう。

中村が一人その看板を読んでいたら、中から二、三人の学生が出てきた。

「あれ？　おたく何です？」

と中の一人が中村に向かい、やや横柄《おうへい》な口調で訊いた。

「おたくたちにちょっと尋ねたいことがあってね、やってきたのさ」

中村は看板から目を移して言った。

「だがその前に、こうしてちょいと勉強しておこうと思ってね」

「おたく、何する人？」

別の一人が言った。

「何って職業かね？」

「そう」

中村はやや迷ったが、手帳を示した。

「こいつは驚いたもんだぜ！」

最初の学生が仲間に言う。

「いつからうちの学内を、デカがうろつくようになったんだ？」

「おたく、誰の許可を得て、自主独立の学内に立ち入ってきたの？」

「誰の許可も得てねえさ」

中村はやり返した。

「おたくらが成田空港敷地内に入るのと同じやり口だよ」

「いい度胸だね、刑事さん。たった一人で俺たちを解体させにきたの？」

「残念ながらそうじゃない。君たちの闘争には今のところ興味はない。別の刑事事件の調査でね、ひとつだけ訊きたいことがあって来た」

「答えたくなきゃ答えなくていいんでしょ？」

「君たちの自由だ。私の訊きたいことは、去年の秋の、神楽坂の飯田堀闘争の時のことだ。君らの仲間に石山という人間がいただろう？　この人間に至急会いたいんで捜している。協力してくれたまえ」

「石山？」

彼らは顔を見合わせた。

「知らんなあ」

「仲間を売るわけにはいかんかね？」

中村は例のポスターから、写真だけを切り抜いたものを見せた。

「いや別にそういうわけじゃない、仲間に実際そんなやつはいませんよ」

「おい、こりゃあ菱山じゃないか？」

写真を見ていた学生の一人が言った。

「ヒシヤマ……？」

中村は聞き耳をたてた。石山ではない、菱山だったのか？

「ああそうだ、菱山かもしれない。よく似てる」

もう一人の学生も同意する。

「それはおたくらの仲間なのかね？」

中村は尋ねる。

「いや、仲間じゃない。飯田堀の闘争の時だけふらっとやってきたんだ。終ったらすぐまたいなくなった。変ったやつだった」

「菱山という名なのかね？」

「そう」

市谷富久町のアパートの大家が聞き違えたのであろう。

「H大の学生？」

「だと思うね」

「どこへ行けば会える？」

「学生課で訊いたら？　俺たちは全然つき合いがないから、住所なんて知らないね。こいつ変人だったからね。でもなんでも、錦糸町《きんしちょう》のでっかい蕎麦屋の一人息子だって話だったな」

3.

しかし学生課の名簿には、菱山という学生の名はなかった。そこで除籍者の名を調べると、はたしてあった。今年三月付けで、菱山源一は退学処分になっていた。

現住所は新宿区矢来町。岩井荘。本籍地は墨田《すみだ》区錦糸三丁目となっている。しかし中村が矢来町のアパートを訪ねると、もうとっくの昔に出ていっており、何年昔になるか解らないくらいだと大家は言った。そこで中村は、錦糸三丁目を訪ねた。菱山の家は、学生が言った通り、井筒屋《いづつや》という大きな蕎麦屋だった。

ちょうど空腹でもあったので刑事は蕎麦を注文し、店内を観察しながらゆっくりと食べ、終ると女の子を呼んで、主人と話したいのだがと言った。

井筒屋の主人は六十を少し出たくらいの、気のよさそうな男だった。一人息子のことを尋ねると、途端に表情を曇らせて、「さあ」と言った。もう何年も前、大学へ入った年に家を出たきり、なんの連絡もない、どこでどうしているやらという。中村が刑事だと知ると、よけい情けなさそうな顔をした。

生年月日を尋ねると、昭和三十二年、二月十日だと思うと彼は言った。中村が聞き咎《とが》め、思うとは？　と尋ねると、実は息子は自分の子ではないのだと言いはじめた。中村は詳しく教えてくれと言った。

「実は、あれはもう今から二十年ぐらい前になりますねえ、ですから昭和三十七、八年でしたか、越後から出てきたという女が、働かせてくれと言って来まして、うちに二、三年いたんです。その女が男の子を連れておりまして、亭主に死なれたというもんですから、家内と二人で同情しまして、しばらく面倒をみておりました。

そうしておるうちに、この女が過労のせいらしく倒れましてね、おまけに腎臓《じんぞう》だかに持病を持っておりまして、動けなくなった。しかし貯《たくわ》えはない、治療費はかさむで、思いつめたんでしょうなあ、息子の源一をどうかくれぐれもよろしく頼みますと遺書に書きおいて、自殺したんです」

「身寄りはなかったんですか？」

「天涯《てんがい》孤独というやつでしたね」

「ふうむ……、で、どういう死に方をしたんです？」

「それが、こっちの隅田川《すみだがわ》の河岸んとこへ行って、灯油をかぶって焼け死んだんです。当時えらい評判になって、私のところへも週刊誌の人が来たりしました」

「なるほど。でその人の連れ子を、おたくで引き取られて、お育てになった」

「はあ、そうです」

言いながら中村は、何ごとか引っかかるものを感じていた。何だろうと考えた。すぐには解らない。

「息子さんは、自分が養子だということを知っていたんですな？」

「それはもう、母親の自殺は物心ついてからのことですので。自殺も、その理由も、すべて正確に知っておりました。というのもこの女が、息子宛てに遺書を遺していたからです」

「ほう」

「息子がおとなになったら渡してくれと封筒に書いてありまして、私どもはそれを大事に預かり、源一が大学に入った年に渡してやりました」

「何が書いてあったんです？」

「それは解りません。死んだ者への礼儀だと思いまして、開封するようなことはしませんでしたから」

「なるほど。どういう境遇の人だったか、詳しくは聞いてらっしゃいませんか」

「亭主に死なれたと言っておりました。そのほかにはこれといって……」

「どこの出身だと、言っていましたか？」

「越後から来たと、言っておりましたが」

「越後のどこです？」

「越後何とか、と言いました。確か、越後……」

「寒川ではないでしょうな!?」

中村の頭に、いきなり興奮が駈け昇った。まさか——。

しかし、はたして井筒屋の主人は激しくうなずいたのである。

「そう、そうでした。それです、越後寒川」

「その女は、名を何と言いました!?」

「名前は、ええと……」

何ということだ、と中村は思いはじめている。

「苗字です。苗字は何と？」

「確か、高何とかといいましたな」

「日高ではないですか⁉」

「日高？　おおそうです！　そんな名でしたな、日高、そうです、そうです！」

「やはり！」

思わず叫ぶような強い声になった。

日高元太郎の女房だ。越後寒川で渡辺栄を妊娠させ、焼身自殺をした日高元太郎の女房だ。それから新潟へ出たと土地の食堂の夫婦は話していたが、こんなところにいた。東京へ出ていたのか。そして錦糸町で病に倒れ、隅田川のほとりで死んだ。

おお、と中村は思った。これだ！　これがさっき引っかかったのだ。これも焼身自殺だ、どこかで聞いた話だと思い、それが引っかかった。日高の女房は、亭主の後を追い、自分も同じやり方で死んだ。

「それでその日高源一を、おたくが引き取って養子にして、菱山源一にされたんですな？」

「そうです。うちには家内に子供ができませんでしたので」

すると菱山源一は、越後寒川の日高元太郎の息子ということになる。元太郎の息子が、この一連の放火事件の犯人だったのか！

元太郎と源一、ゲンの音が共通している。親子だからだ！

待てよ、と中村は思った。日高元太郎は、渡辺由紀子、いや現在は永井由紀子の、父親でもあるのだ。するとこの二人は、母こそ違うが兄妹《きょうだい》ではないか！　由紀子は異母兄と、市谷富久町で同棲していたのだろうか。

因縁だ、と中村は思った。菱山源一の両親は、二人とも焼身自殺した。焼け死んだのである。そして当人は放火魔になった。

読めてきた。菱山の母は、おそらく渡辺栄に怨みを抱いて死んだ。亭主が死ななければ自分は息子を抱え、苦労することはなかった。菱山は母の怨みを晴らすためもあったか、それともまだ見ぬ異母妹に興味があったものか、単身越後寒川へ行き、渡辺の戸籍等を調べ、由紀子の東京での住所を知った。それが日高の息子が帰ってきていたという、渡辺食堂の夫婦の証言ではないか。

菱山は東京で異母妹を訪ね、深い仲になった。おそらく菱山の方としては、結婚してもいいくらいの気持ちでいたに相違ない。しかし由紀子の方は嫌った。そして異母兄の前から行方をくらました。

それで彼は、由紀子の同郷の親友井比を何度も訪ね、現在の住所を聞きだそうと試みた。以降は、中村の知る事柄とつながってくる。

「息子さんは、自分が越後寒川で生まれたということを知っていたんですな？」

「それは、そうでしょう」

「最近越後寒川へ行かれたふうだったでしょう？」

中村は確認する。

「さあ、それは知りません。高校を卒業してからはもう、家に寄りつかなくなっておりましたのでね」

「ぐれたんですか?」

「いや、そういうことでもないです。中学校くらいまでは、よく気のつく、やさしい子でした。乱暴もしませんでしたし、大学へ入ってからですね、おかしくなったのは」

「留年していたようですね」

「ええ、そのようです」

「友達が悪かった」

「いや、友達はいないようでした。あれはずっと一人でいましたね」

「母親の遺書のせいということはないですか?」

「さあ、それは、どうでしょう、ないと思いますが……」

中村は、息子の容疑をこの人の好さそうな父親に話したものか、迷った。そして、話さずにすむものならそうしたいが、と思った。

「息子さんはその、東京の昔とか、江戸文化とかに、興味を持っている様子でしたか? 特に水の文化といったようなものに、ですね」

「さあ……、それはどうでしょうか。昔はまあこのあたり、特に本所深川あたりは貯木場なんぞがたくさんありましてねえ、あれも子供の頃は悪童連中と筏《いかだ》を作ったりして遊んで、ずいぶん怒られていたようでしたが。最近はそんなものもなくなりましたしねえ」

中村はこの言葉に大きくうなずいた。この幼少時代は、現在の彼の行動を説明してあまりある。

「江戸の掘割などに、一種の郷愁を抱いていたようなんですな?」

「まああれはこのへんの者はみんなそうでしょう。あれが特別そういうものに興味を持っているようには、私には思えなかったですが。ただあれは、火消しが好きだったですね」

「火消し? め組の火消しなんぞの、あの火消しですか?」

「さようです。うちの先祖は町火消の本所深川組のひとつだったらしくて、裏の蔵には当時の火消装束や、纏《まと》いが遺っておりました。今は幡《はた》ヶ谷《や》の、消防博物館の方に寄贈しましたが、源一はそれを嫌がったものです」

なるほど、と中村は思った。こうして少しずつ、現在の放火魔菱山がかたち作られていく。

「一番最近、源一さんから連絡があったのはいつです?」

「もう……、それはもう、いつのことになりますか……、十年近く昔です。家内が死んでからですから、六年ばかり前ですかね、それからは家には寄りつきません。どうしているものやら」

「では、彼の現在の住所などは、もちろんご存知ないですね？」

「ええ。私が知っているのは、あれが牛込《うしごめ》矢来町のアパートにいた頃までです。手紙も寄こしませんしね」

中村は立ちあがり、礼を言った。


週刊Bに、再び菱山源一の犯行表明が載った。

《「火刑宣言」

（前半略）できるだけ解りやすく述べる。東京の街並を前にし、われわれはスケッチブックを広げ、絵筆を執る気になるか？　街角にイーゼルを立て、終日この建物の群れと格闘する気になるか――？

なろうはずもない。アルミサッシの窓、新建材の壁、ブロック塀、なんの美的創作意図も感じられぬ錆《さ》びた鉄骨と汚れたセメントのガラクタを前にして、誰が絵心を刺激されるものか。

こうして都市の子供たちは風景画を描かなくなる。やがてセックス産業と、酒に走るための助走路につくのだ。

都市はケント紙と同じである。白く、清潔でなければよい絵は描けぬ。これと同様、美しい街を子供たちに与えなければ、まともな芸術家は育たぬ。したがって文化も育たぬ。

ろうか。

新宿の、道端にまであふれた俗悪なセックス産業の看板の群れを、街の若々しいバイタリティの現われであるといった、例のあの見えすいた嘘八百で、まだ誤魔化《ごまか》す気になるのだ

この街は都市などではない。都市計画と無縁だからだ。世界中にこんな都市はない。気の弱さ、決断力のなさ、情勢に流される優柔不断さが象徴的に現われた、単なるクズにすぎぬ！

中途半端なオブスキュランティズム。それは、黒船の来襲でおろおろと場をとりつくろう腰抜けの老幕臣どもを連想させる。そして結局のところ、最も救いがたいオブスキュランティズムに陥《おちい》るのだ。

日本人は、思い切って道を広げる度胸を決して持たぬ。生麦《なまむぎ》事件を思い出すがよい。メインの街道でさえ、大名行列が二列になれなかったのだ。まるでタンボのあぜ道だ。

今日の道は、そのあぜ道をそのまま舗装したにすぎない。おまけに電信柱ばかり立てている。車二台もスムーズにすれ違えない。

この都市には広場、アゴラがない。市民の集結する場所がない。だから都市自治体も生まれない。したがって、この都市が目もくらむ勢いで巨大な死骸となっていくのを、阻止《そし》する市民活動もままならぬ。

若い男女は行く場所がない。だからホテルへ行く。モーテルへ行く。老人の浅薄な嫉妬

が、より憂慮すべき事態を招く。

彼らはいくじのない羊である。江戸を壊すのが怖い。近代化の波が押し寄せ、江戸が壊されていくと、君たちはほんの少しだけ、ぼくの生きているうちはほんの少しだけと言って、ニタニタ卑屈《ひくつ》に愛想笑いをするばかり。こんなことを代々繰り返すから、結局何もかも、これ以上あり得ないほどに徹底して破壊されてしまったのだ。

酸のゆるやかな浸蝕は、いずれ跡かたもない消滅を意味する。大局的な見地に立ち、遺すものは遺す、壊すものは壊す、の大英断が必要だったのだ。

武家地の緑を、都市の内に大局的に取り込むのが不可能なら、せめて外堀は埋めるべきではなかった。水があれば緑も残る。緑が残れば、後世の者もやり直しがきく。

堀を埋めるのは簡単である。しかしもう一度堀を掘り、水を入れることは二度とできぬ。城のない今、低能の為政者にその必然性を認識させることは不可能だからだ。

反省の跡は少しも見られぬ。たまたま痛い目にあわないからだ。今また飯田堀が埋められた。バカげた欺瞞《ぎまん》だ。

自然を取り込もうとする行為は、決して安っぽいオブスキュランティズムではない。女々しいセンチメンタリズムでもない。

土のない、石とガラスの都市の夏の、異様な暑さを見よ。何も緩衝《かんしょう》するものがないから、ひたすら暑くなるばかり。市民はエア・コンディショナーを買い、その料金と引き換えに、人間性を買い戻すのだ。政府は国民に、そんな個人負担を強いている。

それだけではない。もっと大きな犯罪行為を、政府は国民に対してした。近い将来、地震は必ず起る。震災が起れば火が出る。そういう規模の火災なら、たちまち消防機能はパンクする。延焼はどこで止まるというのか？

また炎を逃れて都民は、いったいどこへ逃げるのか？

そして市民は、拷問《ごうもん》にも似た為政者によるこの自らへの虐待行為を、何故こうも諾々と受け入れるのか？　自分は理解に苦しむ。

為政者も、民衆も、もはや目は見えぬ。近代化という砂糖に突進する蟻《あり》である。ならば、目を醒まさせねばならぬ。警鐘を鳴らさねばならぬ。愚かな自縛行為は、このへんで幕を引かねばならぬ。

火事はまた起るであろう。永遠に起り続けるかもしれぬ。諸君が目を醒まさぬ限り、そして「地の水」を取り戻せと叫びださぬ限り、火は燃え続けるであろう。これが自分の、この失敗した都市への火刑宣言である》

4.

十一月の下旬、中村は堂迫が地図に印をつけてくれた、かつて神田橋門のあった付近を徹底して歩いた。今まで後手後手と廻ってきたが、ようやく頭ひとつ先廻りができたのだ。

菱山源一を現行犯逮捕できる千載一遇のチャンスが巡ってきていた。もしもこれをしくじれば、彼の方も警戒してこようから、これが最初にして最後の機会ともなりかねない。

現在までの菱山の放火地点はすべて、かつて見付門のあった地点から、半径三百メートル円内で起っている。中村は徹底してこの円内を歩き廻り、放火のやりやすそうな建物をリストアップした。

この調査は彼が単身でやった。どこに菱山の目があるか解らない。目立ちたくなかったのだ。

中村は、この仕事でひとつ大きな不安にぶつかった。それは、このあたりは外堀がまだ残っているという点である。ここはまだ埋めたてられていない。かつての外堀は、日本橋川として現在も細々と流れている。

しかし上を高速道路が走っているから一日中水面に陽はささず、湿って、あまり清潔とはいえぬ印象である。埋めたてとあまり変らない。菱山は、必ずここに来る、中村は思った。

江戸城の神田橋門は、堀に沿った丸の内の日比谷通りが、ずっと御茶ノ水駅の方角に北上してきて、この日本橋川と交叉する地点にあった。現在は上を走る高速環状線の神田橋ランプがあるので、高速へあがる車や、おりてくる車で騒然とした印象である。付近に労働省や国税局があり、完全なビル街だった。

連続放火の事件は、世によく知られるようになっていたし、各ビルは守衛を強化していた。もうかつてのように、外部の人間が簡単に地階へおりていけるようなビルはないと思えた。しかしその中で、たったひとつだけ、刑事の関心を引いた建物があった。それはマンションである。

かつての神田見付門から半径三百メートルの圏内に、たったひとつだけコーポ内神田というマンションがあった。こういうことは今までにはなかったことだ。四谷にも、赤坂にも、虎ノ門にも新橋にも、数寄屋橋、八重洲、大手町、これらどの地点にも、かつての見付門の周囲三百メートル以内には、ただの一軒もアパートやマンション、つまり都民の家はなかった。それだけ都心であったということで、神田まできてはじめてマンションが現われた。そしてこのことは、象徴的に思われた。

堂迫の言った言葉を、中村は思い出していたのだ。江戸は武家地がほとんどだった。千代田区などはその典型で、ほとんどが大名地、旗本地で占められている。町人は、神田の方にほんの少しだけ住む土地があったという印象です——。

今度の連続放火は、ちょうどその千代田区の外周に沿って起こされている。千代田区というのは、かつての外堀で囲まれた地区である。思えばこれまでに、確かに庶民の住居はなかった。神田にいたってようやく現われたのである。妙に暗示的なものを感じた。武家地が、結局オフィス街に変っただけである。いつの世も、庶民のありようは同じということか。

いずれにしても、ここにマンションが存在することは重大だ、と中村は考える。コーポ内神田には、入口のエレヴェーター脇に守衛室らしい小部屋はあったが、何度前を通っても、その小窓に人の姿はなかった。

地階は駐車場になっていた。そしてこの駐車場には、いつでも誰でも、なんの咎めもなく入れるのである。こういうビルは、中村が歩き廻った範囲内には、このマンションが一軒きりだった。自分なら、迷うことなく次はここに火をつけるだろう、そう中村は思った。

駐車場には十台ばかりの車が並んでおり、その半数ばかりには、まるで火をつけてくれといわんばかりにシートがかぶせてある。灯油をかけ、火をつければ見事に燃えるだろう。もしガソリンタンクのキャップがうまくはずせるなら、灯油さえも不要である。この建物は、刑事の第六感をいたく刺激した。

中村は小谷と二人、十一月の二十五日から昼夜連続、このマンションの地下駐車場の一台の車の中に張り込んだ。食事も交代で外へ弁当を買いにいき、車の中でとり、ほとんど片時も持ち場を離れなかった。

　ほかにも付近の主だったビルには刑事を配置していた。しかし中村には、菱山源一は必ずここに来るという、一種確信に近いものがあった。この建物ほど火のつけやすい場所はほかにない。階上に来る可能性もあったので、やはり刑事を配しておいたが、中村はまず地下であろうとあたりをつけた。今まで菱山は、地階以外で成功したことは二度しかない。ニットー・ビルは、ボヤで消しとめられて失敗した。必ず、やつは地下へ姿を見せるであろう。いよいよ大詰めに近づいたと思った。

　菱山の現住所は、もう今となっては調べようがない。大学は辞め、友人はなく、養家ともつき合いを絶っている。由紀子は知っているかもしれないが、喋るはずもない。したがって、ここで待ち伏せて捕えるほかはないのだ。


　十一月三十日の水曜日は雨だった。一日中霧のような雨が降った。肌寒い日で、この雨で街は一気に冬になるように思われた。

　雨ということで中村はやや緊張した。しかしこれまでの十件の放火は、曇りの日に集中はしているものの、雨の日は一件もない。

　中村と小谷が身をひそめている地下の車の中から、地上の往来がわずかばかり望めた。駐車場の入口は、夜になるとシャッターを閉めるが、昼の間は開いている。ゆるく弧を描いて昇っていく自動車用のスロープを、午後になると激しく雨が叩きはじめた。中村は、ぼんやりとその様子を見ていた。もう六日も、こうして車の中にいる。

短かい坂道は、昇りきると歩道を越える。そこを、忙しそうに大勢の足が横切る。中村の位置からは、歩道を行く人たちは足しか見えない。しかし、往来を横切ろうと雨の中に出ていく人は、体まで見える。

コーポ内神田の一階には喫茶店が入っていた。ここに出入りする者たちが、中村が顔を拝める、数少ない地上の人々だった。

彼らは店に近づくと傘をすぼめ、いっ時雨に濡れるのを顔をしかめて堪える。出ていく時はさっと傘を開くが、中村が見ている限り、男物の傘はほとんどが手もとのボタンを押して、ワンタッチで開く形式のものだった。女性たちは、出ていく時も肩をすぼめ、傘を開こうと、濡れながらしばしば悪戦苦闘する。それに較べ、男たちの傘ははるかに楽そうである。

雨は夜に入るとあがった。しかしその日は、深夜にいたっても何ごとも起きなかった。

翌十二月一日が曇りだった。

「今日の降水確率は二十パーセントだそうですよ」

と小谷が地下駐車場のいつもの車に乗り込んでくると、隣りの中村にささやいた。

「今日あたりは来ますかねえ、そろそろ来てくれないと、体がなまってカビがはえそうだ」

彼がいい加減うんざりしているのが解る。最初の頃は、じっと気を張って黙っているふうだったが、次第に無駄口が多くなった。

「今日あたりさ」

と中村は、別段根拠のないことを言った。

しかしその日も、何ごとも起きる気配のないまま夜になった。一階から階段を下って、地階に姿を現わす者があるたび、中村たちは緊張させられたが、たいていはマンションの住人だった。

小谷は中村の横で、窮屈そうに首をぐるぐる回し、両手を握ったり開いたりした。この男は、捕り物や力仕事には向いているが、地味な張り込みには向いていない。中村は、若い相棒のそんな様子を横目で見ながら、ふと由紀子のことを考えた。

あれは二人が婚約した直後だったか、喫茶店で由紀子と会ったことがあった。自分がわざわざ越後寒川まで出向いたのちのことでもあったし、苦労して追ってきたこの女の本心が知りたいと思い、中村はこう尋ねたものだった。

「あんたにひとつだけ訊きたいんだがね。永井富美郎さんを愛しているのかね？」

彼女はきっぱりと答えたものだ。

「もちろん愛しています」

その口調には、少なくとも迷いは感じられなかった。

「それじゃ土屋さんの方は？」

中村はどうしても、追ってそう尋ねずにはいられなかった。すると由紀子はこう言った。

「質問はひとつだけとおっしゃったはずです」

そして女は背中を見せた。あの時のことを刑事はよく憶えている。どういうわけか印象が強く、忘れることができない。

あの時自分が知りたかったものは何なのか、と彼は時おり考える。おそらく、それはあの女の倫理観だったろう。

あの女にとって、何が正しく、何が間違っていて、自分の行為の内なる悪を、あるいは必要悪を、どの程度まで許容できているのか、それが知りたかった。

中村には昔から、どうしても忘れられぬ言葉がある。それはある女の犯罪者が彼に言ったことなのだが、「人間と女とは違う」というものである。「人間として正しいことをする」というのと、「女としての正しいこと」というのは少し違う。「女としての正しい行為」が、必ずしも「人間としての正しい行為」とは重ならない、そういう意味のことをその女は中村に言った。自己弁護だ、犯罪者に堕《だ》した自己を正当化しようとする言い訳にすぎない、とその時は思ったが、だんだんにそう一概に言いきれないような気もしてきた。少なくともその女には、言いきれない要素があった、と思う。

日本海への崖っぷちに忘れられたような街に生まれた由紀子の半生は、貧しかった。そして、貧しいまま生涯を終えろと要求する権利は誰にもない。十八で上京した彼女は、この都会の夜と昼を精一杯泳いで、今ようやく、幸福とやらいう得体の知れぬものを購《あがな》うだけの金を手に入れた。

由紀子の泳ぎ方はまさしく女としてのもので、しかもなかなか見事だった。彼女は布袋屋の女主人という地位をついに手に入れ、母に都会のマンション生活を与えた。その過程で一人の男を消したが、この証明はむずかしかろう。現実に彼女は、土屋昌利になんら手を下してはいないのだ。

彼女が男に睡眠薬を呑ませたという証拠はなにひとつない。土屋はカバンに睡眠薬の小瓶を事実持っていたし、由紀子は現場から遠く離れた場所に、二人の友人とともにいた。

女は一人の男への愛情に生涯を捧げるもの、などというのは、男の身勝手が作りあげた神話かもしれぬ。自分の内なるこの神話に、まだすがりついていたくて、自分はあんな質問を発したのかもしれんな、と中村は自嘲気味に思った。

質問はひとつだけ、か。あの女の腹の内は読めない。自分にできる仕事は、今やいつの間にかあの女と全然かけ離れた場所で、一人の放火犯を逮捕することだけになってしまった。今日明日にでもこの仕事が終れば、由紀子は立派に生き残るだろう。平和な生活を続けていくだろう。そして一介の警察官にすぎぬ中村が、彼女に対し許された行動は、たったひとつ、あの質問を発することだけだったような気がしてくる。由紀子は、自分などの手の届かぬ、大きな流れのうちで動いているような気さえ、中村にはしてきた。

彼女は今や勝利者だ、もう一度中村は思う。完全犯罪は目前にある。捕えた菱山が、もし由紀子をかばって口をつぐめば、警察は永久に彼女に手は出せない。そしてこれは、すでに定まった運命であるような気がした。時効を待たぬお宮入りか。

あの娘のそんな完全犯罪を、案外神は許されるのかもしれぬ、と中村は思いはじめた。歴史を見れば、必ずしも正義だけが生き残っているわけではない。

突然、中村の左腕が強烈な力で下方に引かれた。小谷はすでに頭を低く沈めていた。中村も、即座にハンドルの陰に頭を沈めた。

一見カメラマンのように見える若い男が、駐車場への階段をおりてきていた。髪はすでに長くはなかった。眼鏡をかけている。そして青色のダウン・ジャケットを着ていた。

体つきは細い。ジーンズを穿いている。肩からカメラの器材ケースのような、それともアイスボックスのような、大きな箱型のバッグを下げていた。右手はその箱の上に置き、左手には黒い傘を持っていた。しかし男の髪も、顔も、肩のあたりも、ひどく濡れているようだった。中村は一瞬、これを不審に思った。雨が降っているのか——。

中村の左の二の腕を摑んだままでいた小谷が、ぴくりと体を動かせた。血気にはやっている。

「まだだ」

と中村が、ダッシュボード越しに前方を睨んだまま、低くささやく。現行犯逮捕でなくてはならない。やつがあのバッグから灯油を出して、撒きはじめた時が勝負だ。

男は駐車場の中央におりてくると、ぐるりと周囲を見渡した。中村が身をひそめている車から、男の立っている位置まで、十メートルといったところだった。中村は反射的にまた身を沈めたが、瞬間眼鏡の奥にある、男の二重瞼の目を見た。ついにやってきた。やはりやってきたのだ。長かった。

男は、右手でゆっくりとバッグの蓋を開けた。バッグは肩から下げたまま、左手は傘の中途を摑んだままだった。

白いポリエチレンの容器が現われた。半透明の容器を通し、中に八分目以上液体が入っているのが見えた。

男は、手近のシートをかぶった車に歩み寄り、冷静な仕草で屋根にその液体を注いだ。

「よし」

中村がささやく。小谷の腕を叩く。

「行くぞ」

その時だった。信じられないことが起った。男の背後の車の陰から、小柄な人影が走りだし、男の背に激しくぶつかった。男は短かい叫び声をあげた。眼鏡がコンクリートの床に飛んで、カラカラと音をたてた。

よろめきながら、男は中村たちに背を向けた。そこに、ナイフの柄《つか》が見えた。

「おまえか！」

と男は叫んだ。腕を伸ばし、今自分を刺した人物の髪を摑み、揺さぶった。相手はされるままにしていた。そして、

「あなたより偉い人なんかいないと思ってたのよ！」

と叫んだ。悲鳴のようにかん高い声だった。

女だ⁉　中村は乱暴にドアを開け、飛び出した。荒々しく背後でドアを閉めた。その音にも男は振り向かなかった。

女が菱山の体の脇から顔を出し、苦痛に堪え、かろうじて立っていた。その表情がみるみる恐怖に凍りつき、そして信じられないというように、茫然となった。由紀子だった。

「馬鹿な！」

駈け寄りながら、中村は思わず叫んでいた。

「何故だ⁉　何故こんな愚かなことをした⁉」

このままそっとしておけばよいものを、とそこからは言葉を呑んだ。そうすれば、自分

は職権が及ぶ範囲の仕事でとどめ、あとはおそらく知らぬふりで見送ることになったろう。

男がもう一度呻き声をたてた。自らの背に、むなしく手を廻そうとした。それから体を折るようにして、ゆっくりと石の床に倒れた。黒い男物の傘が、彼の手を離れた。とその瞬間、大きな音をたて、傘が火を吹いた！ 開いた燃える傘が、コンパスのように床に円を描いて転がっていき、中村の目に、炎の輪の残像を作った。

そして落ちていたポリエチレンの箱に届いた。炎が、ちろちろと床を舐めて広がる。小谷が車に引き返し、中に用意していた消火器をとり出した。

消火器の白い粉末が、強烈な水蒸気のように、燃える床に吹きつけた。じっと立ちつくしている由紀子の足も汚した。しかし、彼女は動かなかった。

「何故だ」

ともう一度中村がつぶやく。

表は雨が降っていた。中村の連絡を受け、救急車とパトカーが集まってきて、黒く濡れた路面に、赤い色を滲《にじ》ませた。

担架に乗せられた菱山が、救急車に収まるのを見届けてから、中村は、パトカーにいる由紀子の隣りに乗り込んだ。ドアを閉めようとして、ふと手が停まった。どこからか、ジングルベルのメロディが聞こえたからである。

5.

ナイフは、背中から菱山源一の心臓を正確に刺し貫いていた。見事な手並だった。もし現場に居合わせなかったら、中村はこれが素人の、それも女の仕業だとはおそらく考えなかったろう。意を決し、おそらく何度も練習を重ねた末の犯行と思われた。

いざ行動を決意すると、きわめて周到な由紀子らしいやり口だった。菱山は病院に着く前に、救急車の中で死んだ。

菱山の指紋が、井比敦子の首から採れた指紋と一致した。井比殺しの犯人が菱山であることがこれではっきりした。

密室放火のトリックも解った。ワンタッチで開く形式の傘が、そのタネだった。この形式の傘は、たたむと心棒からとび出した突起が傘をとめるようになっている。菱山が持っていた傘は、この突起がヤスリ様のもので削り取られていた。つまり、たたんだ状態では手で握っておくか、付属した布のベルトを巻いておくかしない限り、スプリングですぐに傘が開いてしまう状態に細工されていた。

傘が開く時、コウモリの骨を中心でまとめている円筒状の部品が、心棒を上方に滑っていくのだが、この部品の下端にぐるりとマッチ棒が輪ゴムでとめられ、心棒の中途のところにはマッチ箱の摩擦面が貼りつけられていた。つまり傘が開くと、マッチ棒の頭が心棒の表面を滑っていき、マッチ箱の摩擦面を強くこすりながら通過するので、発火が起こるという仕掛けである。

そしてコウモリ傘の布の部分には、たっぷり灯油が滲《し》み込ませてあるので、たちまち傘は燃えあがる。燃えやすいように、傘の内側の骨の部分にも、灯油を滲みこませた脱脂綿が一本ごとに巻きつけてあった。

この状態のままでは、手を離せばたちまち燃えだしてしまうので、時限発火装置としての用をなさない。傘についている細い布のベルトも同様である。これを巻きつけてとめてしまえば、逆にいつまでたっても発火は起らない。そこで菱山は、氷でとめて輪にした紙の紐《ひも》を用いている。

画用紙様の紙を細く、二十センチ程度の長さに切ったテープを用意し、これを輪にして接着部分は氷でとめている。こういう、紙と氷で作ったリングを、菱山は用意していた。これを運ぶために、アイスボックスが必要だった。

閉じた傘に、このリングを填めておく。氷が溶けると傘は自動的に開き、発火する。テープは紙だから燃えてしまう。いうまでもなく氷は溶けて水になり、熱で蒸発してしまう。

接着部の氷の大きさによって、発火までの時間が調節できる。しかしいくら大きくしても、夏は三十分程度が精一杯であった。それで夏の間は火の出る時刻が早かった。これが夏、密室が構成されてから出火までの時間が短かかった理由である。

冬の間は気温が低いため、氷が溶けるのにも時間がかかる。したがって出火も遅れる。氷と紙のリングは、おそらく家庭用の冷蔵庫の冷凍庫で作ったものであろう。

放火が曇りの日に集中している理由も、これで解った。今にも雨が降りだしそうな曇りの日なら、大っぴらに傘を持ち歩いても怪しまれない。

コウモリ傘には気づくべきだった。中村は赤坂のホテル新東京の現場でも、数寄屋橋のトップ・ギャラリーセンター・ビルでも、開いたコウモリ傘の残骸をはっきり見ていた。他の現場でもそのはずである。何故傘が開いているのだろうと不思議だったのだが、おおかた誰かが拡げて乾かしていたのだろうくらいに思っていた。火事の現場はあらゆるものの焦げた残骸でごった返しているので、とりたてて傘というものに思いがいたらなかった。

菱山は、中村が見当をつけた通り単独犯だった。一人で十箇所に放火して廻ったらしい。由紀子は、市谷富久町での半同棲の時代、菱山からこの計画を何度か聞かされたことがあると言った。最初は冗談だと思っていたが、次第に本気であると解って怖《こわ》くなったという。

それでも菱山は、独自の都市理論を持っていて、それをよく由紀子に語って聞かせた。それで彼女は、心の半分では彼の狡猾《こうかつ》さを憎みながらも、半分では尊敬もしていた。菱山は由紀子にとって、最初の男であった。

狡猾さ？　と中村は聞き咎めて尋ねた。狡猾さとはどういうことかね？

由紀子がこの問いに答えるのに、丸一日の沈黙を要した。その理由は、どうやら母をかばいたかったためらしい。語りはじめて、ようやくそれが解った。ぽつりぽつりと語る彼女の言葉を、順序を整理し、推察をまじえて再構成すると、およそ以下のようなものになる。

菱山源一の父日高元太郎は、昭和三十五年のはじめ、亭主が入院して家にいないのをよいことに、渡辺栄を妊娠させた。そしてこの狼藉は、ひと晩やふた晩にはとどまらなかった。

日高元太郎は、当時自身の失明の恐怖もあって酒びたりになり、自暴自棄になっていた。そして、決して自分（由紀子）は信じていないのだが、菱山が言うには業を煮やした母（栄）が、元太郎を殺したというのである。他人の家に勝手にあがりこんで狼藉を働き、酔って眠っている元太郎を渡辺栄が殴り殺し、裏山へ引きずっていって船の燃料をかけ、焼いたというのだった。

自分は今も決して信じないが、もしもそういうことがあったとしてもやむを得ない、母は悪くないと思うと由紀子は言った。菱山は、すでに時効の事件とはいえ、自分がこれを警察に話せば母の面倒は避けられないと脅して、沈黙と引き換えに由紀子の体を抱いた。

それが浅草のアパートにいる時だった。菱山は越後寒川まで行き、府屋の戸籍を見て由紀子の牛田のアパートを知り、そこから勤務先の赤札堂を知った。この時は井比に移転先を教えていたので、彼女から浅草のアパートを聞いてやってきた。

その後、市谷冨久町に移ってからもずるずると関係を続けた。しかし意を決して彼の前から逃亡した。菱山もしばらくは井比のもとなどに再三出没して移転先を知ろうとしたが、由紀子は井比にも住所を教えなかったので、やがてあきらめたふうだった。

その後中村の想像した通り、神楽坂の、飯田堀を守る会の集会で、由紀子は偶然にも菱山と再会してしまった。この時彼女は、永井とはまだ他人で、土屋と暮している頃だったが、菱山は例によって、土屋や永井に自分との過去を知られたくないだろうと言い、復縁を迫った。彼女はやむなく要求に応じ、時おり彼のマンションなどで関係を続けた。

これが中村には解らない。何故それほどに卑劣な男の要求に応じ、再三体を与えたのか。別の話の時由紀子は、それでも菱山という男には、ある種、強烈な磁力のようなものがあったという意味のことを洩らした。

週一度程度の関係を続けるうち、飯田堀闘争敗北の挫折感もあって、菱山は以前から計画していた例の旧外堀に沿った、連続放火計画を実行すると言いはじめた。むろん由紀子はとめたが、次第にこれは、自分の計画に利用できると気づいた。それが最初の、四谷の雑居ビル火災である。

由紀子は、新聞広告によって無作為に勤めはじめた布袋屋で、若主人の自分に対する特別な感情に気づき、土屋の存在が邪魔になりはじめていた。これはのちに解ったことだが、由紀子にはある特別な事情があって、土屋と別れることができなかった。それで菱山のこの計画を利用して、土屋を消す決心をした。

菱山は、自分が放火を計画している地点を地図で説明した。しかし、それがかつての掘割に沿った場所であることは説明しても、旧見付門の場所であることまでは説明しなかった。思えばそれが由紀子の不幸だったわけだが、由紀子はその場所のうちに、現在土屋が夜警に入っている四谷もあることを知り、最初の放火地点を四谷にするよう主張した。

菱山は、飯田堀闘争の遺恨もあるので、最初の放火地点は牛込門、すなわち現在埋めたてが完了している当の飯田堀付近を考えていたようだったが、彼としてもはじめは勝手のよく解ったビルの方がありがたいと考え、由紀子の意見を容《い》れた。

由紀子は、深夜仕事中の土屋を一度四谷に訪ね、綿密にビルの下調べをした。そしてこのビルは、土屋さえ眠らせれば、地階への放火が容易であることを確認した。

この段階では、ここに土屋が夜警に入っていることを菱山には言わなかった。しかし菱山は事件後すぐに気づき、由紀子の弱味を握ったつもりになった。しかし由紀子は、菱山は最初から、ここに土屋が入っていることを知っていたと思うと言った。

婚約披露パーティでのハプニングは、由紀子にとっては、やはり怖れていたことが起ったということだったようだ。自分としては披露パーティなどやりたくはなかったのだが、周囲で計画がどんどん進行してしまい、断わることができなかったという。

婚約後も、結婚後も、由紀子は菱山と関係を続けざるを得なかった。菱山は、一瞬カッときてパーティに侵入したが、じきに、そういうことなら由紀子を金づるとして利用する方が得策と思い直した。

思えば由紀子は、土屋殺害の一件の弱味などがあるから、菱山の思いのままである。いつでも呼び出し、体を求めることもできるし、金銭を要求することもできる。由紀子としては、いつかは菱山を殺してしまわなければことは完了しない。一生菱山に金の無心をされ続けなければならない立場だった。

しかしそうなると、中村にまた解らない事柄ができる。由紀子が菱山を殺さなければならぬ理由は解ったが、何故神田のど真中で決行したのか。もっと人目のない、犯行に有利な場所はいくらもあったと思われる。第一菱山は手配中だから、当然名も変え、目だたぬ場所に潜伏していたと思われる。このアジトなどで殺す方がよほどよいではないか。そうすれば、菱山などを訪ねてくる友人もなかろうから、身もと不明の変死人として、あっさり処理された可能性もあり得る。

わざわざやつが放火しようとする場所へ一緒に出てきたのはどういうわけか。これほどことが大きくなっているのだから、当然警察が張り込んでいるかもしれぬという予測くらいついたはずだ。へたをすればわざわざ刑事の前で殺しを実演するという最悪の事態にもなりかねない。事実そうなった。

なんとも信じがたいほどに愚かというほかはない。放火地点がかつての外堀に沿っているということは解っても、旧見付門の位置だと気づかなかった愚かさを笑うべきなのか。それに気づいたからこそ、警察は先廻りができた。由紀子はそれを知らなかったから、何故警察がこれほど見事に先廻りして待ち伏せていられたのか解らない。歴史の勉強をもう少しやっておくべきだったということか。

しかし、それは中村たちも実は大差はない。堂迫がいなければ、中村もこの点に気づけたかどうか疑わしい。

中村は由紀子に、何故神田でやった？　と何度も尋ねた。由紀子は無言だった。そこでやむなく質問を替え、菱山の方は解ったから、土屋昌利とはどういういきさつで知り合ったのか、また何故殺さなければ彼のもとから逃げられないとまで思い詰めたのか。土屋が由紀子に抱いていた愛情故の独占欲といったもののほかに、何か特殊な事情があったのかと訊いた。

このふたつの問いに対する答えはひとつでよかった。しかし答えは、長いものになった。そして彼女が口を開くまでの時間も、また長かった。中村たちは三日、じっと待ち続けなくてはならなかったのである。

6.

「私、東京のことなんか、なんにも知らなかったから」

とついに三日目の夜更け、由紀子は疲れきって口を開いた。言葉の端々に、越後の訛りが現われはじめた。

「どこに何があるのか、病院がどこにあるのか、警察がどこにあるのかだって、建物がいっぱいで全然解らなかったですから。困った時にどうしていいか、ちっとも解らなかったし、相談する人もなくて」

中村は、当初由紀子が何を言いはじめようとしているのか解らなかった。

「東京に、身寄りや親戚はなかったのかね？」

由紀子は激しく首を横に振った。娘のこの仕草を、中村は以前にも見たと思った。

「友達がいたろう？　親友の井比さんがいたじゃないか」

「友達にも、相談できることと、できないことがあります」

「ふむ、そういうものかね」

「私は、東京が怖かったです。いえ、今でも怖いけど」

「うん？」

東京で生まれ育った中村には、実際のところ、その意味が解らない。実感がない。

「私は、ずっと越後寒川で生まれて育ちましたから、私の家は貧しかったですし、どこかへ遊びにいくということもなくて、大きな街といったら、高校のあった村上の街くらいしか知りません。

だから私は、はじめて上野へ出てきた時、北千住へ行くのにまた電車に乗らなくてはいけないという、そういうことが感覚的に理解できませんでした。だから、上野から電車に乗らずに歩いていって、その途中、どこまで行ってもビルがなくならないし、あとからあとから大勢の人が、どこからともなく出てきて、私とすれ違って、ああこれから自分は、こんな凄《すご》い人たちの中で生きていくんだなって思って、怖くてたまらなかったです。ですから、うんとしっかりしなくちゃいけないと、絶対に負けちゃいけないんだと、何度も何度も自分に言いきかせて歩きました。あの感じ、ああいう感じは、東京に生まれて育った人には、絶対に解らないと思うんです。

勤めはじめても、ものすごく馬鹿にされたし。でも、そんなことは関係ないですね」

中村は、いつか由紀子と、神楽坂近くの喫茶店で会った日のことを思い出した。あの時の由紀子は、妙に自信たっぷりに見えた。しかしあれは虚勢だったということか。今の彼女はとても小さく、弱々しく見える。

「私はあんな田舎で生まれ育って、父はいなかったし、だから、世間のことはなんにも知らないままおとなになったんです。誰も教えてくれる人がいなかったから。だから、都会のことってだけじゃなくて、私は自分のことも、自分の体のことも、何も知らなかったんです。だから、それで、菱山さんとのことのあとで、私に生理がなくなった時も……」

なんだって？　と中村は、口には出さなかったが、そう思った。

「妊娠したのかね？」

由紀子は、無言で深くうなずいた。

「それで、病院へ行ったのかね？」

「ですから！」

由紀子はひと言、激しい声を出した。

「どこに病院があるかも、こんな時どうすればいいのかも、お金がいくらかかるかも、何日勤めを休めばいいかも、私、なんにも知らないんです！」

「な、なんだって!?」

中村はさすがにあわてた。

「菱山には言わなかったのかね？」

「あの人にはそんなこと、言える感じじゃありません」

「井比さんには!?」

「そんなこと、とても言えません。田舎で、すぐに噂が広まってしまうし……」

「勤め先では？」

「女の人たちは、全然そんなこと相談できる感じじゃないし、あとは男の人ばかりでしたし……、そのうち時間も経ってしまって」

「それじゃ、どうしたんだ!? まさか……」

「ですから、千駄ヶ谷のアパートで、一人で……」

中村は唖然《あぜん》とした。

「なんてことだ！」

「でも、ほかにどうすればよかったんです？」

「ちょっと待て、それじゃ勤めはどうしたんだ？ あの、夢丸といったかな」

「私は、お腹《なか》が目だたない方だったから、生まれる三週間前まで、黙っていて働きました」

そうか、それで千駄ヶ谷のアパートの住人たちは、赤ん坊の泣き声を聞いていたのか。

「それで、一人でうまくやれたのかね？」

「大変でした。心細くてたまらなくて、何度ももう駄目だと思いました。ヘソの緒《お》が、子供の体に巻きついていて」

中村は溜め息をついた。

「よく近所に気づかれなかったものだね……」

「ですから、ラジオを大きくかけたりして、声を聞かれないようにして」

「なんとか一人でやれたのかね」

「はい」

「あきれたな！　こんな話は聞いたこともない」

中村は、椅子にそり返った。

「しかし、よくやったね」

とひと言褒めた。

「それから、友人から赤ん坊を預かっているんだって、近所には言ったんだね？」

「そうです」

なるほど。それですべて解る。

「君が、若かったからよかったんだぞ。それで子供は？　どうしたんだね？」

由紀子は少し沈黙した。

「どうしようかと思って、とても育ててはいけないと思いましたから、誰か、育ててくれそうな人のところへでも、捨てるしかないと思いました」

「ま、コインロッカーのことを考えなかったのは感心だな」

「絶対に、殺したくなかったんです」

「ふむ、それで？」

「それで、いつか井比さんと一緒に六本木に行ったことがあるんですけど、街を歩いた時、裏通りに神社があって、それを思い出したんです。あそこなら、神社なら、きっと拾って育ててくれると思って」

そういうことか！

「そうか。その、君が子供を出雲大社ビルの前に捨てたのが昭和五十七年、去年の、六月の十五日頃だな？」

「六月十六日の深夜です。子供が生まれたのは六月十三日の日曜日です」

「よく憶えているね、それで？」

「それから、あんまり嫌な思い出が多いから、嫌でたまらなくなって、アパートを越しました」

「ふむ、それが参宮橋だね？」

「はい。でも越した日に雨が降っていて、一日中雨を見ていたら、心配で、たまらなくなって」

「子供が？」

「はい」

「濡れているんじゃないかと」

「そうです」

「子供は男だった？　女だった？」

「男の子でした」

「ふむ。続けて」

「それで、もう一日おいて、翌々日だったんですけど、夜中に、六本木の神社へまた確かめにいったんです。もういないかどうか」

「どうだった？」

「もういませんでした。お賽銭函の陰まで行ってみましたけど、もういなくて、ああ拾われていったんだなと思いました。

　それで、帰ろうとしたら、お巡りさんみたいな人に呼びとめられて、びっくりして逃げだしたんですけど、雨だったし、すぐに追いつかれて、腕を摑まれて、神社の事務所みたいなところへ連れていかれて、いろいろと訊かれたんです。

　でもその人は、とても優しくて、お巡りさんだと思ったらそうじゃなくてガードマンの人で、私は東京へ来て、誰かにこんなに優しくされたことなかったので、すごく嬉しくて、みんな話しました。

　子供のことも話したら、その人は怒らないで同情してくれて、じゃあ子供がその後どうなったか、こっそり調べて教えてあげる、と言ってくれました」

「そうか……、それが十屋昌利さんだったんだね？」

「そうです。それから土屋さんは、アパートが同じ沿線で帰り道だからといって、よく私の参宮橋のアパートに寄って、子供がどうなったかを詳しく教えてくれました」

「どうなったんだって？」

「土屋さんが夜中に私の子供を見つけて困っていたら、ちょうど神社の所長さんがトイレに起きてきて、相談したら、自分に考えがあると言ったんだそうです。

あの神社の氏子《うじこ》の人で、道路の立ち退きかなにかでお金は入ったんだけど、子供がいなくて欲しがっているというお年寄りの夫婦がいたんだそうです。その人には多額の寄付もいただいているし、お世話になっているから、この子はそのご夫婦の養子にするんだって、所長さんはそう言っていたそうです。でも、捨て子というのはまずいから、島根県の、自分の知り合いの筋の子という話にするから、土屋さんにもこのことは黙っていてくれと言ったそうです。

土屋さんは、私の子が貰われていったお宅の住所も、聞き出してきてくれました」

なるほど、それで解った。あの所長は、そのことを自分に隠していたのだ、そう中村は知った。

「だが……」

と中村はまずそう口に出し、それからどう続けたものかとしばらく考えた。

二人の子供、渡辺由紀子と日高源一の子、しかし二人は異母兄妹であろう。由紀子はそのことを知らなかったのか？　いやそんなはずはない。知っていたはずだ。では由紀子は、自分の子供に関し、不安はなかったのか。両親の間が、血が濃すぎる。

中村がそう言うと、由紀子はゆっくりと首を横に振った。

「それはありません、それはないんです」

「ない？　というと？」

「私たち、兄妹ではないんです」

「どうして解る？」

「源一さんが持っていた、彼のお母さんが遺した遺書です。あれにはっきり書いてあったんです」

「なに？」

「源一さんはお母さんの連れ子で、元太郎さんとの子供じゃないんですって。元太郎さんと一緒になる前に、別の人との間にできた子供なんだと、はっきり書いてありました。

その人の名前も、ちゃんと書いてありました。青森の、大地主の息子さんなんだそうです。源一さんのお母さんより四つ歳が下で、お母さんが住込みのお手伝いさんに入っていた家の息子さんなんだということでした」

か。

「そうか」

中村は言った。では元太郎と源一の、ゲンの音が共通しているのは偶然ということなの

「偶然なんです」

中村がそのことを問うと、由紀子は即座に答えた。

「私もそのことがあるから、すごく心配したんです。きっと源一さんは、元太郎さんの子供だと思って。でも名前は偶然の一致だったんです。源一さんのお母さんの手紙には、そのことにも触れてあって、ちゃんと書いてありました」

「偶然だって？」

「そうです。源一さんにその手紙を見せられたのは、私が妊娠する前だったから……」

そういうことだったか。それなら二人は他人だ。子供に関しては、なんの心配もない。

「だから私、子供はどうしても殺したくなかったし、できたら自分で育てたかったけど、でも……」

「無理だと思った。それで君は六本木の神社の賽銭函の陰に捨てた。土屋さんはそれからたびたび君のアパートにやってきて、子供の消息を教えてくれた。それで君も次第に土屋さんを好きになったんだね？」

「そうです。上京して以来、はじめて親切にしてもらった人でしたし……」

そう言って、由紀子は黙り込んだ。中村がじっと待っていると、低い声でこんなふうに続けた。

「もう、一人ぼっちで辛い思いをするのはこりごりでした。誰か頼れる人が欲しかったから。それに、もう水商売も嫌だったし」

「彼と結婚するつもりだったんだね？」

「ええ、そのつもりでした」

「越後寒川にも連れていった」

「はい」

「何故布袋屋に勤めたんだね？」

「結婚資金を貯めるためでした。土屋さん一人のお世話になるのは心苦しかったし、嫌でしたから」

「土屋さんは、もの足りなかったのかね？」

由紀子は顔をあげ、刑事を見た。

「そんなことはありません」

彼女はきっぱりとそう言い、そしてそれ以上は何も言おうとしなかった。

「そして、布袋屋の若主人が君に求婚した。君の気持ちは動いたんだね？」

「そうではありません。私は、お断わりするつもりでいました」

「では何故？」

「それは、母のことを言ったら、こっちへ引き取ってもよいと言ってくださったからです。浅草橋のマンションが一軒空いているし、必要ならこっちで店を出させてあげてもいいと、それで……」

「なるほど。しかし土屋さんは、とても別れてくれそうもなかった」

「私、一度寝床の中で、言われたことがあるんです。おまえは俺のすべてだから、絶対離さないって。もし逃げだすようなことがあれば、どんなことをしてでも連れ戻す、人殺しだってやるぞって、そう言われました。あの人なら、きっとやると思って」

「君には子供のことがあった、それを土屋さんに知られていたから、永井家に密告でもされたら面倒だと、そういうことね」

「土屋さんは、そんなことはしなかったと思います。あの人は立派な人でしたから。でも、私は菱山さんのことなんかで、ちょっと男性不信みたいなところがあって」

「それで、睡眠薬入りの弁当を作った」

「はい……」

「君と菱山源一とはどういう関係だった？　神楽坂の飯田堀を守る会の集会で君らが再会し、関係が再開したことは解った。では以降、どんなふうに君らはつき合った？　菱山はどこに住んでいた？」

「簞笥《たんす》町です。私のいた矢来町から、歩いて五分くらいで行けるところにあるマンションにいました」

「では神楽坂のすぐ近くか？」

「そうです。あの人が私の近くにマンションを借りたんです」

「どんなふうにして会ってたんだね？」

「時間を見つけて私が行ったり、夜あの人が私の部屋へ来たり、です」

「週一度くらいかね？」

「そういう時もありましたし、毎日少しずつ、十日以上続けて会った時もありました」

「よく永井の家の者にばれなかったものだね」

「あの人に、お店には電話をしないように言っておきましたし、時間を作って、私の方で会いにいくことが多かったですから」

「ふむ、それでばれなかった」

「はい」

「金の無心なんかされただろうに」

「はい。あの人がマンションを借りる時のお金も、私が作りました」

「それだけかね？」

「いえ、それからも何度か……」

中村の感情が一瞬嵩ぶった。語気が強くなった。

「何故そんな男と何度も会った？　会いたかったのかね？」

するとか由紀子はじっと床を見つめた。否定も肯定もしなかった。会いたくなかったとは言わなかった。これは、中村には少し意外だった。興味が湧いた。

「彼と、菱山と会えば楽しかったのかね？」

すると由紀子は、はっきり首を横に振った。

「いいえ、あの人と一緒にいると、悲しい思いばかりさせられました。私たち、相性は悪かったと思います」

「それでもたびたび会っていた、それは菱山に弱味を握られ、ゆすられていたから、なんだね？」

しばらく沈黙があった。

「それも、ありますけど……」

「うん？」

再び沈黙。

「それもあるけど、ほかに何だね？」

「私、あの人が私の部屋に来たりすると、やはり嬉しかった。私、あの人に会いたかったんです」

こんどは中村が絶句する番だった。

「では君は……、菱山を、好きだったのかね？」

すると、由紀子はゆっくり、ゆっくりと、うなずいた。

「好きだったのか？」

もう一度訊いた。

「はい」

今度ははっきりとそう応えた。あきれたな、中村はそう胸のうちでつぶやいた。口には出さなかったが。

「どこがよかった」

由紀子は首を左右に振った。

「解りません。どこがいいのか。ちゃんと考えれば、あんな人、ちっともよくないけど、でもあの人、すごく傷ついていて、本当に、心の中なんてぼろぼろで……」

「同情して、放っておけなかったのかね？」

「それもありますけど、でもあの人、なにか凄いもの持っていると思いました。だからそこは私、尊敬してました」

「好きというのは、愛していたのか？　結婚したいと思うくらい、愛していたのかね？」

「あの人は、絶対結婚しようなんて言う人じゃないです。私もそんなことは、考えたこともありません」

「これは譬《たと》え話だ。君は、できることならそうしたいと思うくらい、彼を愛していたのかね？」

「はい」

由紀子は、今度は即座にそう言った。

「では布袋屋の若主人や、土屋さんは？」

「私はあの人以外、誰も愛したことはありません」

きっぱりと由紀子は言い、中村は驚き、それから溜め息をついた。

「では何故、永井富美郎と結婚する気になった？　そうか、それは寒川のお母さんのことがあったんだったな。君は永井富美郎と婚約し、結婚を決意した。しかしそのことを菱山には黙っていたわけだ」

「はい、それは言えませんでした」

「そうしたらやつは、君らの婚約披露パーティに押し込んできた……、なるほど」

「はい」

「だが考えてみれば、結婚したところで状況は同じだ。神楽坂の布袋屋の女房となれば、逆に逃げも隠れもできない、むしろ今まで以上の金づるになる、菱山はそう考えて沈黙した、そうかね？」

「そうだと思います」

「大した悪党だ。よくこんな男を愛する気になったものだ」

「…………」

「ではもうひとつ、何故一度やつの前から逃げた。新宿の、市谷冨久町のアパートからだ」

「あの人、あんまり私に辛くあたるし、私のこと愛してないみたいだったし、悲しい思いばっかりさせられるから、だから……」

「だがそれでも君は、やつを愛していたんだろう？」

「だから、うまく言えませんけど、反省して欲しかったのかもしれないし、それより、子供のことが不安で、乱暴されたりすると、子供によくないと思って」

「彼から逃げた時、妊娠していることを君自身は知っていたんだね」

「はい」

「どうする気だったんだ？」

「よく解らなくて、とにかく逃げようと思って」

「彼に、よく乱暴されたのかね？」

「はい、私を、怨んでるみたいでした」

「怨んでる？」

「はい。彼に、彼のお母さんが乗り移っているみたいで、怖いことがよくありました」

「なるほど。それじゃ子供のことを相談なんて、とてもできないね」

「はい」

「彼の方は、君のことを好きじゃなかったんだろうか？」

「解りません。すごく好きみたいに思える時もありましたし」

「ふむ、そうか」

女が男を愛する理由は、理屈ではない。自分などには解らない、中村は思った。

「あと解らないことは井比さん殺しだ。あれには君はどう関わっている？」

「あれは、私は全然知らないことです。井比さんは、私に全然電話もかけてはきませんでしたから。あの人が何を考えていたのかも、私は知りません」

「彼女は私に会いたいと言ってきた。何か話したいことがあったようだね」

「そうですか……。それならだいたい想像はつきます。あの人は私に対して、もちろん私が悪いんですけど、怒っていたようでしたから、菱山さんのことを、警察に話す気になったんじゃないかと思います。菱山さんも、井比さんが危ないって、そう言ってました。井比さんが、刑事さんに会おうとした日に、ちょうど菱山さんが井比さんのところへ行ったんじゃないかと思います」

「井比さんが、菱山をゆすってたなんてことはあるまいね」

「まさか！　それはないと思います」

この点は、やや解らず終《じま》いになった。

「もうひとつだ。これは是非答えてもらわなくちゃならんよ。何故君まで、わざわざ神田の放火現場へついてきて菱山を刺した？　ほかの場所でいくらでもやれたはずなのに。危険だとは思わなかったのかね？」

「それは、思いました。あの人は、警察を甘くみているようなところがあって、いくら警戒されてても自分は大丈夫だ、みたいなところありましたから。

でも私は、どうしてもあの人を殺さなきゃとは、思っていなかったんです。一生あの人にゆすられ続けるのなら、私はそれでもかまわないと思っていました。私はそれだけのことをしたのですから、自分にはそれがふさわしいと」

「じゃ、どうして」

「でも、子供だけは、どうしても守らなければと思ったんです」

「子供？　誰の？」

「私のです。私と、菱山のです」

「ん？　どういうことかね？」

「私の子供が、あのマンションにいたんです。私の子供を引き取って下さった方が、あのマンションに住んでいるんです」

「なんだって!?」

中村はまた絶句した。

「私、昔土屋さんと一緒に、子供が引き取られていった先の住所を訪ねてみたことがあるんです。千代田区内神田一丁目で、それがあのマンションだったんです。私は下の歩道からあのマンションを見あげて、ああここに私の子が生きているんだなと思って、しばらく立っていたことを憶えてます。

菱山と密会を続けていて、次の目的地が神田になったことを私は知ったんです。それで、心配で、いても立ってもいられなくて、あのへんを歩いてみたんです。そしたらマンションは、あのへんにあそこがたった一軒だけなんです。ほかは全部会社のビルでした。そしてマンションが一番放火しやすいように思えて。

次の神田を菱山が何日に決行する気なのか、私は一生懸命知ろうとしたけど、教えてくれませんでした」

それはそうだろう、天候待ちだったのだ。菱山自身、いつとは決められなかったはずだ、そう中村は無言で思った。

「でもだいたい十一月の終りか、十二月の一日だってやっと解って、私その三日間毎日、夕方になると菱山のマンションの見える喫茶店に行って、彼が出かけていかないか見張ってました。いつも陽が暮れてからだってことは知っていたんです。

そしたら十二月の一日に、彼がマンションから出てきたので、ずっと跡をつけていって、もしあのマンション以外に入るものなら、そのまま放っておくつもりでした。でももし、やはりあのマンションに入るようなら、その時は私は、やるつもりでいたんです。そしたら、やっぱり……」

「そうか」

中村は再び椅子にそり返った。なんという偶然か。神はこんな結末を用意した。菱山は、自分の子に殺されたのだ。

ふと見ると、窓の外が白んでいた。夜の底が持ちあがった。かすかに、雑踏が甦《よみがえ》りはじめている。大東京が活動を始めた。

中村は、渡辺栄のことが気になった。

「君のお母さんは、これでまた越後寒川へ帰ることになるな」

「母は、もう寒川へ帰ってるんです。東京の生活は合わないって言って」

「なんだ、そうかね」

中村は言った。

「母がこっちへ出てきた時、店で売ってた品物をいっぱい、おみやげだと言って持ってきて、私は永井の家の人に、それがとっても恥ずかしかった。私は、東京人にはなれないなあと思って。母はもっとそうでした」

中村は、雪の舞う越後寒川の風景をまた思い出した。自分が訪ねた去年も、やはりあれは十二月だった。

「だったら私、何をしたのかなあと思って」

由紀子がぽつんと言った。

中村はゆっくり立ちあがり、ひとつ伸びをした。ようやくこれでかたがついた。丸一年かかった。

「ああ疲れた。君も疲れたろう。ずいぶんだんまりで頑張ったからな。そろそろ、お互いの場所で休むとしよう」

由紀子もゆっくりと立ちあがり、ひとつ浅い礼をして、小谷に付き添われ、廊下へ出ていった。その背中を見ながら中村は、変った娘だなと思った。なにもかも一人でやろうとする。

それから中村は、以前喫茶店で相対した時のことをもう一度思い出した。あの時由紀子は、こらえきれず涙をこぼした。それで自分がひるんだのを憶えている。しかしこの五日間、今度こそ涙をこぼしてもよいと思うのに、とうとう一度もこぼさず、頑張り通した。変った娘だ。

中村は、窓のそばへ歩み寄った。菱山が言う、失敗した都市を見おろす。眼下に、ゆるやかに、夜が去っていく。皇居の森が、少しずつ輪郭を持ちはじめる。

あの娘は徹底して一人だった。それが結局災《わざわ》いした。この蒼みがかった都会の底に、自分がこうしているたった今も、あの娘のように、一人ぼっちの人間が大勢いるのであろう。

こういう事件はたくさんある。東京に孤独な人間がいる限り、そして自分がこの仕事を続ける限り、自分はこの先、また似たような厄介に出遭い続けるだろう。

それから中村は、いつか喫茶店で由紀子が泣いたのは、どういう理由でだったかなと思い出そうとした。しかし疲れきった彼の頭では、結局思い出せなかった。

解説

川本三郎（評論家）

東京を舞台にしたミステリは数多いが、なかでも島田荘司の『火刑都市』は随一の面白さといっていいだろう。

というのも単に事件が東京で起こるだけではなく、事件の背後に東京という町が持つ特質が見えてきて、それが重要な鍵になっているから。

『火刑都市』が発表されたのは一九八六年。この頃、都市論、東京論がさかんに語られるようになってきた。それまでの東京論が農村との対比で「都会」として語られてきたのに対し、東京をひとつの「都市」として見直すようになってきた。

一九八〇年代には、東京論の名著が次々に出版されるようになった。前田愛『都市空間のなかの文学』（筑摩書房、一九八二年）、海野弘『モダン都市東京――日本の一九二〇年代』（中央公論社、一九八三年）、松山巖『乱歩と東京　1920　都市の貌』（PARCO出版局、一九八四年）、陣内秀信『東京の空間人類学』（筑摩書房、一九八五年）など今日、都市論の古典になっている名著が次々に登場した。『火刑都市』が出版された一九八六年には、そうした東京論の隆盛を受けて、東京を主題にした季刊誌「東京人」（現在は月刊）が創刊されている。

『火刑都市』は、そうした流れのなかにあり、ミステリ作家によるもうひとつのすぐれた都市論といっていい。島田荘司には、都市としての東京に着目したいくつかの作品がある。「化石の街」（『網走発遙かなり』所収、講談社、一九八七年）、「ギリシャの犬」（『御手洗潔の挨拶』所収、講談社、一九八七年）、「踊る手なが猿」（『踊る手なが猿』所収、カッパ・ノベルス、一九九〇年）などがすぐに思い浮かぶ。いずれも、主人公は舞台となる東京そのものだといっていい。

『火刑都市』は、そうした島田荘司の東京小説の集大成である。東京は、舞台であると同時に、物語の背後にゆっくりとあらわれる重要な主人公になっている。島田荘司は当時、出版された数々の東京論を踏まえてこの小説を書いている。

一九八二年十二月、東京の四谷のビルで火災が起き、宿直の若いガードマンが焼死した。これが事件の発端。

事故か、あるいは事件か。警視庁の刑事、中村吉造が事件を担当する。焼死したガードマンが普段は使わない睡眠薬を飲んでいたことに疑問を持った刑事は、もしかすると殺人かもしれないと考える。

捜査を進めるうちに、土屋昌利というこの二十六歳のガードマンには、恋人がいたことが分かってくる。小田急線の千歳船橋駅に近いアパートで一緒に暮らしていたらしい。

この女性が重要参考人になる。中村刑事は彼女に会うために、アパートに行ってみると女性の姿はない。それどころか、私物を一切処分している。アルバムからは自分の写真がはがされている。明らかに、姿を消そうとしている。どこに消えたのか。

中村刑事は名前も分からないこの女性の行方を追うことになる。「幻の女」捜しである。このくだりがまず面白い。

唯一の手がかりは、部屋に残された一枚の紙片に「寒子《かんこ》」と書かれていたこと。さらに土屋昌利の友人の証言から、この年の十一月に開通する上越新幹線と消えた女性にはなんらかの関係がうかがえる。

中村刑事は、新潟県の日本海の地図を見て「寒子」を思わせる土地名を探してゆく。そして羽越《うえつ》本線に「越後寒川《えちごかんがわ》」という駅があることを知る。

このあたり、松本清張の『砂の器』で、刑事が地図を見ながら島根県の木次《きすき》線に「亀嵩《かめだけ》」という駅を見つけるくだりを思い出させる。鉄道ミステリのすぐれた書き手である島田荘司は実際にこの刑事のように地図を見ていて、「越後寒川」を発見し、その寒々とした名前に惹《ひ》かれたのだろう。

ガードマンの恋人だった謎の女性は、「越後寒川」の駅と関係があるかもしれない。中村刑事は、開通したばかりの上越新幹線を利用して新潟経由で羽越本線の越後寒川に行ってみる。

思ったより小さな駅で、駅前に商店らしいものはない。季節は冬。日本海は暗く荒れている。中村刑事は、駐在所の警官から、捜していた女性が、渡辺由紀子だと知る。一九六〇年の生まれ。父親は船の事故で死亡し、母一人子一人で育った。この近くでは大きな町、村上の高校を卒業し、一九七九年、十九歳の時に東京に出た。


中村刑事は越後寒川駅に降りたった時、その寂莫《せきばく》とした風景に驚く。

「小さな街であろうとは思ったが、これほどとは思わなかった。商店街はおろか、駅前の通りもない」

東京に生まれ育った中村刑事はあまりの寂しい風景に愕然《がくぜん》とする。新潟まで新幹線が来たのに、また、東京ではバブル経済の最盛期なのに、日本海側には繁栄から取り残された寂しいところが残っている。東京との格差はあまりに大きい。渡辺由紀子は、こんな寒々とした故郷から東京という大都市に出て来て、何を感じたのか。

渡辺由紀子が東京に出て来たのが一九七九年の春。四谷のビルが燃えたのが一九八二年の十二月。四年の歳月が流れている。その四年間に彼女はどんな暮らしをして大都会で生きてきたのか。

中村刑事は渡辺由紀子の仕事と、住所を追ってゆく。その結果、堅い地味な仕事から徐々に水商売へと替わっていっているのが分かる。昭和の作家、林芙美子は昭和五年に発表した出世作『放浪記』で、尾道《おのみち》の女学校を卒業して東京に出てきた。自身を思わせる若い女性が、社会の片隅のさまざまな仕事を転々としながら、最後はカフェの女給になってゆく姿を描いた。昭和後期に生きる渡辺由紀子も、はじめは足立区北千住の赤札堂デパートの店員だったが、一年ほどで辞《や》め、そのあと浅草に出て、映画館、レストラン、スナック、さらにバーと勤めを替えてゆく。日本海側の寒村から出てきた若い女性が大都会で生きてゆくためには必死だったことだろう。

彼女の住所が北千住から次第に西へと移動しているのも興味深い。近代の東京は、西へ西へと発展していった。一九九一年に東京都庁が有楽町から新宿へと移ったのは「東京の西への発展」を象徴している。それに合わせるように渡辺由紀子の住まいも、千駄ヶ谷、参宮橋、千歳船橋と西へ移ってゆく。

渡辺由紀子は美しい女性である。彼女が職業を替え、住居を替え転々としてきた一因は近寄ってくる男たちから逃げたかったことがある。美しいということは孤独な女性にとっては時には不利になる。目立つから男たちに言い寄られる。

しかし、今ようやく彼女に幸福がやってきている。神楽坂にある老舗《しにせ》の呉服屋の若旦那に見染められ、玉の輿《こし》に乗ろうとしている。

この女性は何度か中村刑事の訊問《じんもん》を受けるが、本心を明かさない。孤独な都会生活を送ってきただけに、ガードが固い。心が見えてこないから、中村刑事にも、そして読者にも謎のある女性として魅力的に見えてくる。

日本海側の寒村から出てきた貧しい女性がバブル経済期の東京でなんとか生き抜いてゆく。それだけでも若い女性の放浪記として、そして彼女を通して見た東京物語として読みごたえがあるのだが、後半になって、事件の核心が見えた時に、島田荘司ならではの東京論が浮かび上がる。

四谷で起きた火事は、さらに赤坂のホテル、虎ノ門のビルと連続放火事件になってゆく。中村刑事は、火事の現場に奇妙な張り紙が残されていることを知る。「東京」と書かれている。いや、よく見ると「京」が「京」になっている。「東京」とは何を意味するのか。中村刑事は、江戸東京の歴史に詳しい東京都文化財調査研究室の研究者に話を聞き、一般にはあまり知られていない、こんな事実を知らされる。

明治になって江戸が東京になった時、他方で「東京《とうけい》」という呼称も使われていた。とりわけ旧幕臣たちのあいだで使われた。だから「東京」には薩長《さっちょう》を中心とする明治政府に対する旧幕臣の抵抗、異議申し立ての意味があった。

「つまり東京というのは、江戸でも東京でもない、その過渡期にほんのわずかな間だけ存在した、まあいってみれば幻の都だというような、ロマンチックな考え方ですね」

これは、島田荘司が参考文献に挙げている江戸東京学の碩学《せきがく》、小木新造の都市論の名著『東京時代　江戸と東京の間で』（ＮＨＫブックス、一九八〇年）を踏まえている。

小木新造は、明治初年から二十二年頃までの東京を「東京時代」と名付けた。明治政府のやみくもな近代化に汚されていない、もうひとつの東京が存在していた。文化財調査研究室の研究者はその「東京」を「幻の都」「一種理想郷」と呼んだ。

連続放火犯はこの「幻の都」に郷愁を抱いている思想犯ではないか。これが小説の核であり『火刑都市』をすぐれた東京論、都市論という所以《ゆえん》である。

かつて江戸は「水の都」と呼ばれた。隅田川を中心にその周囲に無数の掘割が作られ、ヴェニスのような町だった。「東京時代」もまだその特質は残されていた。ところが明治政府は「水の東京」より、山の手を中心とする「陸の東京」へと軸足を移した。川が、掘割が徐々に埋め立てられ、消えていった。「東京時代」を理想とする人間は、当然のように「水の東京」を重視する。

そこで、文化財調査研究室の研究者は興味深い事実に気づき、それを中村刑事に説明するが、ここにも、東京論、都市論が反映されている。

放火事件が起きた場所、四谷、赤坂、虎ノ門、新橋、有楽町、数寄屋《すきや》橋、八重洲……発生場所に印を付けた地図を見た研究者は、思わず驚きの声をあげる。

「これはかつての外濠《そとぼり》、つまり江戸城の外堀ですね、これに沿った場所じゃないですか」

「それだけじゃない、これらはすべて、かつて見付御門《みつけごもん》があった場所ですよ！」

放火犯は明らかにかつての「水の都」に郷愁を抱いていた人物であることが分かってくる。放火犯は、川や掘割を埋めていった近代の東京へ憎悪を抱いている。

そういえば、と中村刑事は思い当たる。中央線の飯田橋駅に沿って、以前、掘割があった。江戸城の外濠の一部で「飯田堀」と呼ばれていた。それが東京都によって埋め立てられていった時、地元で反対運動があった。とすると犯人はその運動と関わりがあったかもしれない。

こうして事件は、東京論によって起こされ、中村刑事のほうも東京論に沿って犯人を追うことになる。みごとな都市小説になっている。

他方、渡辺由紀子はどうなるのか。

詳しく書くことは控えるが、最後に彼女が中村刑事にはじめて胸のうちを明かすところは上京者の孤独と悲しみが語られ、切実なものがある。

「越後寒川」という日本海に面した小さな町（いや、町というより集落）からいきなり大都市、東京にやってきた十代の少女にとって、それがどれだけ大変なことだったか。

「私は、東京が怖かったです。いえ、今でも怖いけど」「その（上野から北千住の）途中、どこまで行ってもビルがなくならないし、あとからあとから大勢の人が、どこからともなく出てきて、私とすれ違って、ああこれから自分は、こんな凄《すご》い人たちの中で生きていくんだなって思って、怖くてたまらなかったです」

「東京が怖かった」と語る女性はこの瞬間なんとも悲しいヒロインになる。中村刑事もそして読者も、思わず彼女を支えたくなるのではないか。私見では「秀れたミステリ」とは、読者にこの人は捕まってほしくないと思わせる主人公を登場させることにある。その意味でも『火刑都市』は傑作である。

本書は二〇一〇年一二月に南雲堂より刊行された「島田荘司全集Ⅳ」の『改訂完全版　火刑都市』を加筆・修正したものです。

|著者| 島田荘司　1948年広島県福山市生まれ。武蔵野美術大学卒。1981年『占星術殺人事件』で衝撃のデビューを果たして以来、『斜め屋敷の犯罪』『異邦の騎士』など50作以上に登場する探偵・御手洗潔シリーズや、『奇想、天を動かす』などの刑事・吉敷竹史シリーズで圧倒的な人気を博す。2008年、日本ミステリー文学大賞を受賞。また「島田荘司選ばらのまち福山ミステリー文学新人賞」や「本格ミステリー『ベテラン新人』発掘プロジェクト」、台湾にて中国語による「島田荘司推理小説賞」の選考委員を務めるなど、国境を超えた新しい才能の発掘と育成に尽力。日本の本格ミステリーの海外への翻訳、紹介にも積極的に取り組んでいる。

改訂完全版《かいていかんぜんばん》　火刑都市《かけいとし》

島田荘司《しまだそうじ》

講談社文庫

定価はカバーに
表示してあります

2020年3月13日第1刷発行

発行者——渡瀬昌彦
発行所——株式会社　講談社
東京都文京区音羽2-12-21　〒112-8001
電話　出版（03）5395-3510
販売（03）5395-5817
業務（03）5395-3615

Printed in Japan

デザイン—菊地信義
本文データ制作—講談社デジタル製作
印刷———豊国印刷株式会社
製本———株式会社国宝社

ISBN978-4-06-519013-5

講談社文庫刊行の辞

二十一世紀の到来を目睫に望みながら、われわれはいま、人類史上かつて例を見ない巨大な転換期をむかえようとしている。

世界も、日本も、激動の予兆に対する期待とおののきを内に蔵して、未知の時代に歩み入ろうとしている。このときにあたり、創業の人野間清治の「ナショナル・エデュケイター」への志を現代に甦らせようと意図して、われわれはここに古今の文芸作品はいうまでもなく、ひろく人文・社会・自然の諸科学から東西の名著を網羅する、新しい綜合文庫の発刊を決意した。

激動の転換期はまた断絶の時代である。われわれは戦後二十五年間の出版文化のありかたへの深い反省をこめて、この断絶の時代にあえて人間的な持続を求めようとする。いたずらに浮薄な商業主義のあだ花を追い求めることなく、長期にわたって良書に生命をあたえようとつとめるところにしか、今後の出版文化の真の繁栄はあり得ないと信じるからである。

同時にわれわれはこの綜合文庫の刊行を通じて、人文・社会・自然の諸科学が、結局人間の学にほかならないことを立証しようと願っている。かつて知識とは、「汝自身を知る」ことにつきていた。現代社会の瑣末な情報の氾濫のなかから、力強い知識の源泉を掘り起し、技術文明のただなかに、生きた人間の姿を復活させること。それこそわれわれの切なる希求である。

われわれは権威に盲従せず、俗流に媚びることなく、渾然一体となって日本の「草の根」をかたちづくる若く新しい世代の人々に、心をこめてこの新しい綜合文庫をおくり届けたい。それは知識の泉であるとともに感受性のふるさとであり、もっとも有機的に組織され、社会に開かれた万人のための大学をめざしている。大方の支援と協力を衷心より切望してやまない。

一九七一年七月

野間省一